KB124729

피아노 이야기

이 도서의 국립중앙도서관 출판예정도서목록(CIP)은 서지정보유통지원시스템
홈페이지(http://seoji.nl.go.kr)와 국가자료종합목록 구축시스템(http://kolis-net.nl.go.kr)에서
이용하실 수 있습니다. (CIP제어번호: CIP2020045671)

PIANO PIECES

피아노 이야기

러셀 셔먼 지음

김용주 옮김

건반 위의 철학자
러셀 셔먼의 음악과 삶

은행나무

내 아내 변화경에게 이 책을 바친다

차례

머리말

피아노와 더불어

한 사람의 생각을 정리하는 것, 한 사람의 인생에 축적된 지혜와 통찰, 체험담을 늘어놓는 것은 나에게 항상 매력적인 동시에 부질없어 보였다. 다행히도 나는 대체로 게으른 편이라 이런 일을 꾀하는 것이 크게 짐스럽지도 않았다. 오히려 이런 내키지 않는 일을 하지 않는 것보다 (부조니Busoni가 피아니스트의 구약성경이라고 한) 바흐의 48개의 프렐류드와 푸가를 연습하고 암기하는 데 전념하지 않는 것 때문에 훨씬 더 마음이 편치 않았다.

하지만 결국 이렇게 책을 쓰게 되었다. 그것도 실은 약간의 어떤 열정을 가지고 썼다. 사실 피아노 연주와 관해서는 다른 사람들이 더 잘 말할 수 있겠지만 어떤 원칙을 믿느냐에 따라 속삭일 수도 있고, 소리칠 수도 있는, 이야기할 만한 가치가 있는 것이 많기 때문에 용기를 냈다. 나는 시대의 흐름에 광적으로 또는 거칠게 반응하며, 지난날의 수많은 좋고 절박한 기억을 되살리면서 신념을 가지고 이 글을 썼다.

이것은 늙고 낡은 껍질의 기록이다. 하지만 이 까다로운 늙은이는 아직도 그가 연주하고 공부하는 음악과 젊고 생동감 넘치는 관계를 유지하고 있다. 나는 우리 스튜디오에서 가장 젊은 학생임에 틀림없다. 다른 학생들은 뛰어나긴 하지만 때때로 좀 진부하고 쉽게 무기력해진다. 요즘 시대는 아주 교활하게 우리의 머리와 감각을 공격하여 우리를 무감각하고 우울하게 만들기에 시대와 관련이 있음이 틀림없다.

이 기록은 음악의 힘과 유혹에 대한 증언이다. 불로장생의 영약인 음악의 예술적 및 교육학적 사명을 가로막는 해묵은 습관과 방어적 태도를 벗겨내려는 시도이다(니체는 음악이 없는 삶은 살 가치가 없다고 했다). 훈련과 나의 개인적인 행운 덕분에 피아노는 나의 막강한 무기다. 이국적인 양탄자와, 험준한 산과, 나비 표본의 패턴과 색깔을 재현할 수 있는 만능 도구이다. 행운과 삶의 은유가 그의 손에 떨어진 사람보다 행복한 사람은 없을 것이다.

이 책의 주제는 서로 겹치는 여러 가지 범주로 나뉜다. 여러 가지 원천에서 저절로 떠오르는 음악에 대한 생각을 따라 음악을 해석하려는 것이 본래의 의도였다. 작품의 성격, 소리, 기교, 전제, 구조 등 모든 것은 이 시도를 실현하고 제공하고 조정하는 지속적인 사고에 속한다. 모든 소리에는 저마다의 원천과 메시지가 있다. 그리고 이 소리를 책임지는 손가락은 삶의 다양한 경향과 사건을 반영해야 한다. 닦인 소리란 바로 이런 것을 뜻한다.

그런데 이성이 앞섰다. 아니면, 이성이 총애하는 습관

이 앞섰다고 하겠다. 그래서 지금은 다섯 단원이 되었다. 피아노 연주, 가르침, 일반적인 문화적 및 미학적 고찰, 악보, 그리고 마지막으로 본래 의도했던 대로 무작위로 혼합되어 이루어진 코다. 주제를 막론하고 모든 글은 거의 금언에 가까운 짧은 에세이로 돼 있다. 에세이는 저마다 1) 안주하지 못하고 늘 들떠 있는 마음, 2) 시적 공상, 3) 우발적인 음악적 사건, 4) 격언(교사의 자기방어)을 담고 있다. 아니면 이것들이 다 합쳐진 것일 수도 있다. 선택은 독자의 자유이다. 물론 모든 견해는 잠정적인 것이며 모든 이론에 협의를 둘 수 있다. 이 책의 골자는 거의 대부분 내가 평생 동안 연습에서 터득한 것이며, 피아노 앞에 앉아 꿈을 꾸고, 안달하고, 화를 내고, 감사하는 것이 무엇인지를 설명한 것이다.

수많은 견해를 제시했으므로 부족하다고 느껴지지는 않을 것이다. 그중 상당수는 매우 독단적이며 독설에 가까울 만큼 격렬할지도 모르겠다. 그 이유는 오늘날의 수많은 저속한 타협에 대한 반응으로서 완강한 저항과 분노만큼 적절한 것은 없다고 생각하기 때문이다. 만일 내가 화풀이를 하는 것이라면, 그것은 나에게 음악은 전설과 영웅과 성자의 영역이었기 때문이다. 성 제오르지오와 성 프란치스코의 영역처럼. 이런 것이 바로 피아니스트의 삶이다. 음악은 기회의 솟아나는 샘 또는 구덩이다.

너무 많은 사람의 은혜를 입어 도저히 다 언급할 수가

없다. 이를테면, 피아노 기교에 있어서 엄지손가락의 힘과 실수에 대해 쓴 장황한 글들은 시적인 피아니스트이자 교육자 이르마 볼페Irma Wolpe와의 대화에서 떠오른 것이다. 그리고 제이콥 맥신Jacob Maxin을 비롯한 오랜 친구들과 카차 앤디 Katja Andy를 비롯한 비교적 새로운 친구들을 통해 배운 과거의 위대한 피아니스트들에 대한 그들의 해박한 지식과 심오한 이해가 큰 힘이 되었다. 이 밖에 개인적으로 꼭 감사를 표해야 할 사람이 넷 있다. 작곡가 건서 슐러Gunther Schuller. 다재다능함과 너그러움에 있어서 금세기의 리스트라고 할 수 있는 그는 수없이 많은 유형적, 무형적 도움을 주었다. 루돌프 콜리시Rudolf Kolisch. 나의 선생님의 절친한 친구인 그는 나에게 영롱한 햇빛과 고드름을, 음악의 엄연한 현실과 부드러운 약속을 건네주었다(그는 핵심에서 주변에 이르기까지 눈부신 빛을 발하는 분이었다). 그다음으로 나의 선생님 에드워드 스토이어만Edward Steuermann이 있다. 이 책 곳곳에 그에 대한 훈훈한 기억들이 소개돼 있다. 그에게 처음 찾아갔을 때 나는 열한 살이었다. 한마디로 그가 아니었다면 나는 음악가가 되지 못했을 것이다. 그가 아니었다면 진지한 생각이나 알맹이가 있는 사람이 되지 못했을 것이다. 그리고 마지막으로 나의 아내가 있다. 그녀가 없으면 나는 존재하지 못할 것이다.

게임

피아노 연주는 자연과 조화를 이루는 것이다. 넋을 잃은 사랑의 달콤한 향기뿐만 아니라 하찮은 벌레, 독사, 수증기, 심지어 은하계도 모두 피아니스트의 손안에 있다. 연주 결과는 엉망진창이 될 수도 있고 축복이 될 수도 있지만 실은 그대로 물려받거나, 교묘하게 합성했지만 미숙한 모방인 경우가 많다.

○

소리는 우주를 지탱하고 채우는 정기精氣다. 그러나 소리는
고립된 하나의 소리가 아니라 여러 가지 소리가 결합된 것이
다. 하나의 소리는 공허할 뿐이고, 화합과 조화에 대한 배반
이다. 짐짓 아름답게 들리는 하나의 소리는 트로이 없는 헬
렌과 같다. 꿈 없는 마약과 같다. 모든 생명체가 서로 상관관
계를 맺고 있는 생태계가 창조되기 전에는 조화가 거의 없
었다. 각양각색의 소리들이 4차원에서 어우러진 것, 발란신
George Balanchine이 소리로 여러 차원과 각도에서 안무한 춤 같
은 것은 없었다.

○

양치기가 노래를 하면 대지가 신음하고 바람이 소곤거리며
사시나무가 떤다. 각각의 후렴은 슈만이 선택한 사람들만이
들을 수 있는, 인간성의 선하고 조용한 측면만이 들을 수 있
는 합창에 대한 응답이다. "나는 음표는 몰라도 쉼표는 다른
피아니스트들보다 더 잘 연주한다"고 한 아르투르 슈나벨
Artur Schnabel의 말은 오직 침묵만이 보여줄 수 있는 잠재의식
의 합창을 뜻한 것이다.

o

칸타빌레*는 소리 두 개를 이어주는 연골 조직이다. 알갱이 두
개를, 섬 두 개를, 유랑자 두 명을 이어주는 비단실이다. 의혹
에 찬 숨막히는 탄성을, 외로운 탄원을, 가혹한 행위를, 냉담
한 신상神像을 헤아리고 받아들이고 보듬어주려는 시도이다.
칸타빌레는 존재의 사슬을 증명하는 DNA이며 고리다. 베
토벤에 따르면 칸타빌레는 피아노 연주에서 가장 중요한 요
소다.

o

아무리 아름답게 만들어진 소리라도 그 자체는 하나의 탈선
일 뿐이다. 피아니스트라는 직업을 미화하는 아름다운 소리
는 결국 자아도취적인 공허일 뿐이다. 여러 가지 소리가 있
을 뿐이다. 딸기나 조개처럼 주워 모아야 하는, 딸기와 조개
의 화학적 성질과 교배 습성을 면밀하게 조사한 다음 꿰맞춰
야 하는 소리들이 있을 뿐이다. 딸기와 조개는 어떻게 교배
할까? 라흐마니노프의 음반을 들으면서 왼손이 내는 소리를
잘 들어보라. 왼손이 만들어내는 민감한 반응의 조직망과,
왼손과 멜로디와의 관계에 귀를 기울여보라.

- '노래하듯이'라는 뜻으로, 표정을 담아 선율을 아름답게 흐르는 듯이 연주하라
  는 말.

◗

소리는 오직 상관관계 안에서만 아름다움을 발한다. 에드워드 스타이컨Edward Steichen이 말했듯이, 사진을 처음 배울 때에는 전경前景의 나무에만 관심이 쏠린다. 그다음 단계에서는 주변의 관목과 풀밭에 초점을 맞추게 된다. 그러다가 마지막에는 다시 전경의 나무로 돌아간다. 그러나 이때의 나무는 단순한 나무가 아니라 다른 사물들과 상호작용 관계에 있는 나무이다. 명지휘자 샤를 뮌슈Charles Münch는 신이 우리에게 두 개의 귀를 준 것은 한 귀로 들어간 것이 다른 귀로 나올 수 있도록 하기 위해서라고 말한 적이 있다. 신은 또한 우리에게 두 개의 손을 주었다. 한 손이 뭐라고 말하면 다른 손은 그에 대꾸한다.

◗

손은 서로 반대 방향으로 움직이는 두 부분으로 이루어져 있다. 엄지손가락이 다른 손가락들과 반대 방향으로 움직이면서 두 개의 갈퀴를 형성하고, 이것이 유연한 갈고리가 되어 소리의 스펙트럼을 샅샅이 탐험한다. 그러나 대부분의 피아니스트는 한 손으로 연주한다. 이런 연주가 만들어내는 것은 부드럽건 거칠건 무질서한 소리의 혼합일 뿐이다. 소수의 피아니스트는 두 손으로 연주하여 높은 영역과 낮은 영역에 접근한다. 그리고 선택된 극소수의 피아니스트는 네 손으로 연주한다. 엄지손가락이 호른이 되고 비올라가 된다. 그것은 마치 휘어진 공간 속에서 수많은 물체가 멀리서 또는 가까이에서 빙글빙글 도는 것과 같고, 단단히 고정되어 있는 환상과 현실의 고정된 중심축이 와르르 무너져 내리는 것과 같다.

O

존 컨스터블John Constable은 대자연을 읽는 기술은 상형문자를 읽는 기술처럼 '터득'하는 것이라고 말한 바 있다. 멜로디와 베이스의 관계를 이해하는 것도 그에 못지않게 어려운 일이다. 각각 환상과 운명을 상징하는 멜로디와 베이스를 잘 조화시키려면 먼저 자유의지와 운명에 대해 연구해야(또는 직관적으로 이해해야) 한다. 그러므로 논리적으로 말하자면 피아노 공부는 그리스 비극 공부에서 시작해야 한다.

O

흔히 기교의 개념을 잘못 이해하고 있다. 사람들은 피아노 기교를 이중 3도음, 빠른 옥타브, 도약 같은 특별한 손재주쯤으로 여긴다. 오늘날 피겨스케이팅이 지루하게 돌며 기원하는 사이에 간간이 보여주는 3회전 반 점프와 발끝으로 점프하는 기술로 전락한 것과 같다. 기교는 시처럼 음악의 보조역일 뿐이며, 전적으로 상상력을 표현하는 도구에 그친다. 상상력이 없으면 기교도 있을 수 없다. 기능만이 있을 뿐이다. 소리를 포착하는 것은 물고기를 잡는 것과 마찬가지로, 신체적으로 대단한 힘을 요구하는 것이 아니라 음악의 흐름, 유통과 저항을 감지하는 손의 민감성의 문제이다.

o

손은 유연해야 한다. 나바호족* 사이에서 전해지는 말에 의하면 우리는 벌새처럼 가볍게 공간을 이동해야 한다. 그러나 운동선수들이 말하듯 모든 동작은 상체의 큰 근육들을 사용하는 동시에, 다리와 등에서 시작되어야 한다. 손이 유연하게 움직이려면 상체가 균형이 잡히고 탄력성이 있어야 하며, 그러기 위해서는 등이 튼튼하게 받쳐주어야 한다. 손을 부드럽게, 어루만지듯 움직일 수 있는 것은 등이 받쳐주기 때문이다. 그 결과 가벼워진 손은 엄지손가락과 다른 손가락들의 상호작용을 통해 진동하며 스스로를 표현할 수 있다. 때로는 새의 날개처럼 빨리, 때로는 발리섬 댄서의 팔처럼 느릿느릿하게.

o

피아노를 아는 것은 우주를 아는 것이다. 피아노를 마스터하려면 우주를 마스터해야 한다. 피아노 소리의 스펙트럼은 마

● **북아메리카 인디언 종족의 하나.**

치 모든 음악적 및 비음악적 소리를 걸러내는 프리즘 구실을 한다. 휘파람 소리, 긁는 소리, 송아지 울음소리, 쓰다듬는 소리, 쾅 치는 소리, 올빼미 울음소리, 달콤하고 씁쓸하게 뜯는 소리 등 다른 악기들이 내는 온갖 소리는 물론이거니와 심지어 양이 낑낑거리는 소리, 노새 울음소리, 샴페인 코르크 마개가 펑 터지는 소리, 짝사랑의 한숨 소리 등 모든 소리가 가장 단순하면서도 변화무쌍한 이 카멜레온의 손안에 있다.

○

피아니스트로 성공하려면 지능지수가 110 이하이거나 140 이상이어야 한다. 그 사이에 있는 사람들의 왕성한 호기심은 피아노를 연주하고 피아노의 물리적 및 구조적 복잡성을 이해하는 데 필요한 인내심에 방해가 된다. 이것은 마치 비잔틴 미술 양식의 촘촘한 홈과 무리, 선과 무늬를 연구하는 한편 날마다 여섯 시간씩 망원경으로 화성을 관찰하는 것과 같다. 훌륭한 피아니스트가 되려면 약간 비인간적이거나 비정상적이어야 하든지 약간 멍청하거나 매우 똑똑해야 한다.

○

엄지손가락은 한 나라의 수도이고 다른 손가락들은 각 지방이다. 다른 손가락들은 엄지에게 세금을 내고, 엄지는 그 대가로 보안 체계와 사령부를 제공함으로써 세금의 부담을 덜 어준다. 엄지는 전시를 제외하고는 매우 자비로운 군주이다. 전시에는 곡사포와 어뢰로 무장된 막강한 군사력을 동원한다. 이렇게 강력한 통치자가 있는 것을 모든 사람이 감사하게 여긴다. 반면에 매미 우는 소리나 벌이 꽃과 교감하는 소리밖에 들리지 않는 평화로운 시절에 엄지는 다른 섬세한 손가락들을 받쳐주는 보이지 않는(들리기는 하지만) 줄기가 된다.

o

최근의 과학적 연구에 따르면 구부러진 손가락으로 피아노를 연주하는 사람들의 57퍼센트가 구부러진 코를 가졌으며, 납작한 손가락으로 피아노를 연주하는 사람들의 63퍼센트가 납작한 코를 가졌다고 한다. 어떤 기술적 방법을 선택하는 데 있어서 해부학적 요소가 작용하는 것 같다. 신체의 다른 부위들도 이 같은 어떤 연관이 있지 않을까 하는 생각이 들지만 설득력 있는 연구는 아직까지 하나밖에 없다. 연방 정부에서 실시한 이 연구의 결과는 신체 구조가 특이한 나에게는 상당한 위안이 되는데 처진 손가락과 처진 등 사이에 밀접한 연관이 있다고 한다.

다시 말해서 어떤 사람은 그렇고 어떤 사람은 그렇지 않다는 것이다. 결론적으로 말하자면 기술은 끊임없는 조정과 보완의 문제이다.

o

위대한 골프 선수 벤 호건은 골프채를 처음 휘두를 때에는 자신이 뭐든지 잘못하고 있다는 것을 알 수 있다고 말한 바 있다. 올바른 골프 스윙은 피아노 건반을 올바로 두드리는 것보다 훨씬 더 복잡하고 난해할지도 모르겠다. 아마도 흔히 우리가 피아노를 처음 배울 때보다 훨씬 더 늦은 시기에 골프를 시작하기 때문일 것이다. 이를테면 30대가 되어서 처음 피아노를 배우면 몸을 통제하기가 골프처럼 어려울 것이다. 사실 골프와 피아노는 둘 다 훈련된 내성을 요한다는 점에서 비슷하다. 특히 참담한 좌절감을 느끼게 할 수 있다는 점에서는 똑같다.

o

피아노 연주란 "건반과 관객의 영혼을 동시에 누름으로써 소리를 만들어내는 방법"이라는 앰브로즈 비어스Ambrose Bierce의 정의는 지금도 진리로 받아들여지고 있다. 피아노는 평범한 애정 표현 방식에는 절대로 응하지 않는 상자요, 기계며, 덤덤한 골리앗이다. 피아노는 말로 표현할 수 없을 만큼 미묘하고 간접적이고 교묘하게 암시적이고 은근한 몸짓으로 유혹해야 한다. 피아니스트의 태도는 한데 융합되어 빛나는 소리의 거울을 이루며 온갖 어울리지 않는 동작을 감추어주는 고상하고 조화로운 생각을 표현해야 한다. 건반을 두드리는 동작은 유연하고 탄력적이어야 하며 항상 스스로 바로잡아야 한다. 헤아릴 수 없을 만큼 다양한 음색과 음감이 합쳐져서 연주자와 음악의 유연성을 나타내는 소리의 프리즘을 이루어야 한다.

❍

엄지손가락은 손의 축이자 항해사일 뿐만 아니라 닻이자, 무어인, 정박항, 정복자, 배후 세력, 촉매, 기화기, 지휘자, 세금 징수자, 독소, 배심원, 대들보, 베개, 만두, 용광로, 탐침, 기억과 전략의 저장소, 나침반, 경계선, 이정표, 게으른 떠돌이다. 디누 리파티Dinu Lipatti는 엄지손가락의 거친 성격을 가다듬기 위해 레가토 음계를 고안했고, 클라우디오 아라우 Claudio Arrau는 엄지손가락의 놀라운 기억력을 찬양한 바 있다. 엄지손가락은 짐승으로 태어나 귀족으로 변신해간다고 할 수 있다.

❍

몸동작은 순환적이며 상호작용적이다. 다시 말해서 에너지는 양방향으로 흐른다. 손가락 끝이 건반을 두드리면 누르는 힘이 정점에 이르렀을 때(누르는 힘은 취향에 따라 조정된다) 소리가 포착되고 저장되었다가 척추를 통해 심장으로 돌아가고, 심장에서 흡수되어 다음 여행을 위해 재정비된다.

물론 중도에 갖가지 자극과 충동이 끊임없이 오가며 많은 일이 벌어진다. 그러나 아무리 미약한 피아니시모*라도 우리 몸에서 가장 광활한 의식의 영역에서 생겨나고 소멸된다.

o

손은 평온하고 가벼워야 한다. 손은 척추에 의해 지탱된다. 척추의 안정된 힘이 어깨와 팔꿈치를 통해 전달되어, 가만히 있는 손을 가볍고 편안하게 지탱해준다. 그러나 움직일 때에는 손이 상체의 에너지가 전달되는 통로가 되어 조이거나 풀고자 하는 몸이 의도와 심장의 뜻을 반영하고 집중시킨다. 이를테면 셋째 손가락이 건반을 누르면 엄지손가락과 손바닥이 상호작용한다. 손이 오므라들면 손가락뼈 위쪽으로 부드럽게 움직이면서 셋째 손가락이 소리를 만들어내도록 자극하고, 이 과정이 역전되어 손이 다시 열리면 셋째 손가락을 지탱해주면서 충격을 완화시킨다.

o

엄지손가락이 이끄는 손바닥 쪽과 네 손가락으로 이루어진 손가락 편대는 서로 밀고 당기며 춤추는 스페인 댄서 한 쌍과 같다. 한쪽에서 일어나는 일은 다른 쪽에 즉각적인 촉매 효

- 매우 여리게 연주하라는 말.

과를 일으킨다. 두 파트너의 밀고 당기기는 주기적으로 지속
되며, 그 열정은 만들어내고자 하는 소리의 특성에 달려 있
다. 이 밀고 당기기의 구분선이자 동력원이 되는 중심점은
손가락 관절의 맨 위쪽 능선에 있다. 이 능선에서 이루어지
는 손바닥과 손가락의 각도는 손이 구부러진 정도에 따라 달
라진다. 건반을 누를 때에는 각도가 커지며, 손이 쉴 때에는
각도가 작아진다.

o

움직이건 가만히 있건, 손의 두 부분의 유대 관계는 깨지지
않는다. 몸이 붙은 샴쌍둥이처럼 이 관계는 이미 예정된 것
이며 변함이 없다. 아무리 미묘한 암시라도 이 유대 관계를
확인하기에는 충분하다. 손은 겉으로 보기에는 가만히 있는
것 같지만 그 내면에서는 신경세포들의 다정한 인사와 대화
가 끊임없이 오가고 있다. 이 보이지 않는 흐름은 두 부분 사
이의 오목한 곳에서 시작되어 팔과 어깨를 통해 등으로 이어
지고, 다시 손으로 돌아간다. 그리고 손에서는 때로는 조용
하고 때로는 난폭한 갈고리가 소리를 먹고 소화한다. 이 소
화 과정은 수면 중에도 멈추지 않는다.

o

실생활에서 둘째 손가락은 여러 가지 역할을 한다. 어떤 대

상을 가리키기도 하고, 방아쇠를 당기기도 하며, 손짓을 하기도 한다. 이 모든 역할이 피아노 연주 기능으로 흡수된다. 둘째 손가락은 질서와 방향을 잡고 계획을 세우는 등 할 일이 많기 때문이다. 엄지손가락 옆에 자리 잡은 손가락 편대의 대장으로서, 둘째 손가락은 마치 그리스 신화의 애꾸눈 거인과 아름다운 소녀같이 그 계보와 목소리가 서로 근본적으로 다른, 손의 두 부분 사이의 연락을 맡고 있다. 양쪽과 협력하여 그 이질성을 조화시켜야 하기 때문에 양성적인 성질을 가지고 있으므로 엄지손가락을 달래는 한편 다른 손가락들을 통제할 수 있다. 둘째 손가락은 가장 많은 주의를 요하는 손가락이다.

o

둘째 손가락은 방향을 가리키는 손가락으로서 손가락 편대를 지휘한다. 손의 두 부분의 경계선 바로 안쪽에 위치한 둘째 손가락은 엄지손가락 및 새끼손가락과 연결하여 건반을 탐험하면서 고정된(하지만 바뀌는) 위치를 찾아내는 수색대의 대장 역할을 한다. 이 임무를 수행할 때 엄지손가락과 둘째 손가락은 서로 존중하는 바람직한 관계를 맺으며, 두 손가락의 끝이 마주칠 때 형성되는 고리가 바로 이런 관계를 나타낸다. 이들이 마주치는 것은 이들의 특징이 되는 부드러운 긴장 때문이다. 둘째 손가락은 또 하나의 매우 중요한 역할을 맡고 있다. 즉 멜로디의 흐름을 감시하는 어려운 임무를 맡은, 자칫 연약해지기 쉬운 새끼손가락을 이끌고 지원해 주는 본부이자 나침반이 되는 것이다.

o

셋째 손가락은 거의 사기꾼이라고 할 수 있다. 많은 피아니스트가 할 수만 있다면 기꺼이 다른 것과 바꾸려 할 만큼 셋째 손가락을 혐오한다. 셋째 손가락은 가장 긴 손가락으로서 힘이 있으며 실제로 힘을 공급하기도 하지만, 이 손가락은 스스로를 손의 중심축으로 착각한다. 자신이 모든 권리를 가지고 있다고 생각하며, 그에 마땅한 복종과 충성을 기대한다. 그러나 쇼팽의 손을 그린 그림을 잘 살펴보면 손의 중심이 셋째 손가락보다는 둘째 손가락 가까이에 있다. 손의 타고난 이중적 구조를 입증하는 것이다. 무엇보다도 셋째 손가락은 리듬적 지시에 정확하게 응하지 않는다. 왜냐하면 굼벵이처럼 느려 터져서 자칫하면 호흡을 놓치게 된다. 재빠른 아프리카 원주민 와투시족 전사보다는 죽마를 탄 어릿광대에 가깝다. 그러므로 셋째 손가락에는 신경 쓰지 않는 것이 좋다. 그래봐야 혼란만 일으키고 완전한 재활이 불가능하기 때문이다.

●

전통적으로도 그렇거니와 생리학적으로도 넷째 손가락은 병약한 자매 같다고나 할까. 넷째 손가락이 연약하며 공격 목표와 착륙 지점을 정확하게 포착하지 못한다는 것은 누구나 아는 사실이다. 넷째 손가락은 셋째 손가락에 대한 의존에서 벗어나기를 거부하며, 그로 말미암아 두 손가락 모두 혼란에 빠진다. 슈만은 손가락 훈련 기구를 개발했지만, 결국 손을 못 쓰는 좌절과 돌이킬 수 없는 부상만 입었다. 지금도 이 문제에 대한 해결책을 찾고 있지만 희망이 없어 보인다. 하지만 실망할 필요는 없다. 쇼팽은 넷째 손가락에 칸타빌레를 처리하는 데 쓰라는 중요한 임무를 부여했다. 기막히게도 그동안 우리는 엉뚱한 곳에서 해결책을 찾고 있었던 것이다. 넷째 손가락을 기계화하려 하지 말고 그 특별한 재능을 살려야 한다. 외다리 플라밍고야말로 실은 낙원의 새라고 판명된 것처럼!

●

새끼손가락은 대담하다기보다는 늘 여리고 싱싱한 듯하다. 새끼손가락이 만들어내는 소리는 맑다기보다는 날카롭다. 아르투르 루빈스타인Arthur Rubinstein, 당신의 그 우아한 새끼손가락은 도대체 어느 뮤즈에게 주문한 겁니까? 보통 사람들이 새끼손가락이 넷째 손가락의 둘째 마디에 밖에 닿지 않게 태어난 것은 정말이지 불공평하다. 하지만 곰곰이 생각해 보자. 새끼손가락의 연약함은 짧은 길이에 있는 것이 아니라 짧고 연약하다는 두려움에 있는지도 모른다. 그래서 성급하게 제일 위의 음(서정적 에센스를 뽑아내는)을 짚어버리거나 실제로는 저음(권위의 목소리)을 짚어버리는 것도 그래서일지 모른다. 결론: 새끼손가락의 동작과 바깥쪽으로의 움직임을 늦추어야 한다. 여유를 가져라. 엄지손가락과 둘째 손가락을 새끼손가락의 길잡이이자 기둥으로 삼아라. 목표를 삼각 측량하여 서로 도우는 버팀목이 되게 하라.

o

완전한 자세는 바로 이런 것이다. 척추는 길고 살짝 구부러져 있으며 허리의 잘록한 부분에서 두개골의 밑까지 탑처럼 뻗어 있다. 다리는 조용하면서도 자유롭다. '피아노의 영혼'으로 불리는 페달을 통제하는 발바닥에서 다리를 통해 척추로 에너지가 흐른다. 어깨는 조 디마지오Joe DiMaggio 같은 위대한 운동선수들의 그것처럼 자연스럽게 옆으로 흘러내려, 상체와 살짝 떨어져 있는 팔꿈치와 함께 척추를 축으로 가지처럼 뻗어 있다. 순환 작용이 모든 것이다. 손목은 맨 위쪽 손가락 관절의 능선보다 낮아서 손이 열리고 닫히는 데 지장을 주지 않는다. 호흡, 배치, 평정, 유연성 등 모든 것이 완벽하다. 도약할 준비가 된 표범, 하늘을 나는 나방의 자세와 같이.

O

모든 동작에는 그 반대 동작이 따른다. 탄력, 반동, 회복 등. 손가락이 건반을 칠 때와 뗄 때 똑같은 힘이 적용된다. 언젠가 마르타 아르헤리치Martha Argerich가 내 학생에게 "건반이 손 밑에 있지 않고 손 **위에** 있는 것처럼 손가락을 위로 움직이는 연습을 하라"고 충고한 적이 있다. 그녀의 이 기발한 상상은 실질적으로 도움이 되는 진리다. 다음 음을 표현하는 것은 대개 앞선 음에 대한 평가를 바탕으로 이루어진다. 앞선 음을 어떻게 되살리느냐가 다음 음을 연주하는 기준이 된다. 이를 어떻게 소화하느냐가 연주의 구상에 중요한 것이다. 우리 몸은 여러 가지 소리를 듣고 처리하고 전달하는 공명체이다. 이 과정을 촉진하기 위해 긴장을 풀면 안된다(긴장을 푸는 것은 좀 진부한 만병통치제이긴 하지만). 우리는 끊임없이 듣고 사라지고 다시 태어난다. 창조의 맥이 계속 이어지는 것이다. 늘 민감하게 깨어 있는 것, 이것은 수동적인 활력의 불꽃이다.

O

스윙을 하기 전 골프채 헤드는 공 바로 뒤에 정지해 있다. 골퍼는 공을 칠 자세를 취한다. 공을 치기 전에 샷의 방향과 세기와 특성이 머릿속에 그려진다. 피아니스트가 피아노를 칠 자세를 취하는 것도 이와 매우 비슷하다. 손가락을 건반 바로 위에 올려놓고 연주할 준비를 한다. 손가락이 내려가 운명적인 선택을 하기 전에 소리의 강약과 타이밍과 특성이 머릿속에 생생하게 그려진다. 이 순간에 구상과 준비라는 두 가지 예비 단계가 맞물려 있다. 둘 중 하나가 결여되면 게임은 패배로 끝난다.

o

엄지손가락을 다른 네 손가락과 같은 것으로 여기는 것은 고래를 물고기로 여기는 것과 같다. 이 게으른 괴물을, 멧돼지를, 말썽꾸러기를 (검은 건반 위에서 얼쩡거리지 못하게) 길들이기 위해 엄청난 연습을 하는 것은 이 커다란 착각에서 깨어나지 못했기 때문이다. 그래서 우리는 이 괴물이 응석받이처럼 얌전히 행동하도록 어르고 달래고 유혹한다. 완전히 추방시켜버리거나 (옛날에 그랬듯이) 그 본성을 누그러뜨리기 위해 상징적 수술을 감행하는 것도 고려한다. 하지만 돼지 귀로 어떻게 비단 지갑을 만들 수 있겠는가. 이 돼지에게 발레용 짧은 스커트를 입히지 마라. 붙임성 있고 정력적인 이놈의 주둥이를 이용해서 곧장 문제의 핵심으로 들어가 손의 위치를 확고히 하라.

o

다른 손가락들과 대치하고 있는 엄지가 없으면 우리 손은 우

리의 원숭이 사촌처럼 몸을 긁고 밥을 먹을 것이다. 둘째 손
가락에서 새끼손가락까지 네 손가락은 밀집 대형을 이루고
4대 1로 엄지손가락과 맞선다. 하지만 이 전투는 무승부로
끝난다. 두 진영이 서로 밀고 당기면서 손이 열리고 닫힌다.
손을 조이고 펴고 하는 이 동작은 마사 그레이엄Martha Graham
이 고안한 몸을 구부렸다 폈다 하는 기본 동작과 비슷하다.
긴장이 집중되었다가 흩어지는 것은 곧 인간의 삶이요, 운명
이요, 만물의 순환 주기다. 손이 반복적으로 열렸다가 닫히
는 동작에서 트릴*과 트레몰로**와 분절된 에너지가 생겨난다.
손에서 이루어지는 모든 좋은 효과는 서로 반대 방향으로 움
직이는 피스톤 두 개로 이루어진 이 기계에서 시작된다.

O

다섯 손가락은 똑같이 독립적이며 능률적이다. 리스트가 제
시한 모델에 따르면 열 손가락은 서로 대등하고 연속적이며
한 대가의 손에 속한다. 손가락들은 머리와 귀의 연장이며,
머릿속에 담긴 상상의 소리를 보내는 통로와 같다. 손가락은
명령에 따라 움직이는 대리인이나 하인이며, 마음을 전달하
는 레이저요 방사선이다. 또한 다양한 색상과 디자인으로 된

- 어떤 음을 연장하기 위하여 그 음과 2도 높은 음을 교대로 빨리 연주하는 물결
  모양의 음을 내는 장식음.
- •• 음 또는 화음을 빨리 떨리는 듯이 되풀이하는 연주 기법.

슬라이드 쇼같이 우주에 요술을 부린다. 손가락들은 이기적이지 않고 중립적이다. 그러나 안타깝게도 아무리 수도사처럼 수련한다고 해도 상처와 물집, 건염과 정신적 갈등을 피할 수는 없다.

o

다섯 손가락은 저마다 그 기능과 효능이 전혀 다르다. 쇼팽에 따르면, 각 손가락은 저마다 그 비중과 재능이 독특하며, 저마다의 특성에 따라 평가되어야 한다. 그러므로 궁극적인 음의 질감은 서로 다른 비중과 음색을 적절하게 배합하여, 변화무쌍한 다차원적 이미지를 보여주는, 옅거나 짙은 소리들의 화판을 만들어냄으로써 이루어진다. 각자 제멋대로 움직이며 무질서하고 서로 어울리지 않는 장난감 병정들의 배열에 저주를! 아니, 그 반대다! 전문 은행 강도단같이 능숙하게 역할을 분담하는, 절묘하게 서로 차별하며 돕는 음모자들로 이루어진 이 손에게 축복을!

o

손가락 끝은 살아 있는 생명체이다. 전에는 구멍 있는 상아로 만들어졌지만, 지금은 매끈한 플라스틱으로 만들어진 피아노 건반은 생명이 없는 고체이다. 이 무심하고 냉담한 건반으로 손가락 끝의 호흡과 기도와 생명력이 어떻게든 전달되어야 한다. 불쌍한 피아니스트는 먼저 내키지 않는 마음을 극복한 다음, 매끄러운 건반을 더듬으며 신경이 없는(그렇지만 그 변덕과 심술에 있어서는 신경질적인) 이 검은 상자를 호려야 한다. 이럴 때 시스틴 성당 천장에 그려져 있듯이, 이럴 때 생명의 숨결이 비로소 전달된다. 피아니스트는 고요한 내재적 존재가 되고 피아노는 성령과 은총의 화신이 된다.

o

손가락 끝이 건반을 깊이 누른다. 확고하면서도 자유롭다. 온몸이 팔과 상체와 다리를 통해 머리끝에서 발끝까지 신체와 건반 사이에 살짝 연결되어 있다. 건반, 손가락, 팔꿈치가 이루는 축을 중심으로 아래위로, 북으로 남으로 움직임이 인다. 마치 팔다리나 꼬리로 나뭇가지를 붙잡고 그네를 타는 원숭이처럼, 손가락 끝은 건반에 붙어 있다(그러나 부드럽게). 손가락 끝과 건반의 접촉은 확고하면서도 유연하며 순간적으로 영원하다.

o

손가락 끝과 건반 사이의 서약은 몸의 각 감각기관과 충격 흡수 장치에 옮겨져서, 섞이고, 걸러져 고루 전달되어야 한다. 손가락 끝의 살과 건반 사이에 이루어지는 양도의 순간은 충격과 방출의 순간이며, 이것은 몸의 각 부분의 중재를 필요로 한다. 몸은 충격을 흡수하고 소리의 메시지를 소화한다. 증거를 검토하고 다음 소리에 대한 지시 사항을 전달한다. 몸은 일선에 정렬해 있는 군대, 즉 손가락들의 공명판이요, 교환기요, 종합 편의 시설이요, 발전기다. 이 군대는 잘 통제되어 있으며 다양한 스펙트럼의 개성과 음악을 위해 봉사한다.

o

타이밍이 가장 중요하다. 그러나 성급하게 맺어진 관계는 깊이가 없다. 충격과 흡수 사이의 방정식이 너무 쉽거나 너무 빨리 성립되면, 그에서 비롯되는 소리는 노래하지도 멀리 전달되지도 않는다. 커티스 학교에서 뛰어난 피아니스트들을 키운 바 있는 이사벨라 벵게로바Isabella Vengerova가 학생들에게 몇 년 동안 손가락 끝을 단련시켜야 한다고 한 것도 그래서이다. 손목을 내리고 올림으로써 손가락 끝으로 건반을 깊이 누르는 훈련을 반복해야 탄력과 힘을 키울 수 있다는 것이다. 방정식의 이 측면이 완성되기 전에는 몸이 적절한 파트너나 도전의 기회를 가질 수 없다. 약하고, 반짝하곤 사라져버리는 소리만 날 뿐이다.

o

손가락 끝과 몸 사이에는 사람과 땅, 나무와 숲 그리고 태양

처럼 어떤 회로나 공생 관계가 있는 것이 분명하다. 어느 쪽
이 작업을 시작하는지는 아무도 단정할 수 없다. 손가락 끝
은 기억을 가지고 있고, 기억은 촉감을 가지고 있으며, 몸은
모든 차원의 촉감과 개념을 품고 있기 때문이다. 비결은 중
립적인 건반을 이 영원한 삼각관계에 통합시켜 셋을 하나로
만드는 데 있다. 환상적인 콤비네이션으로 멋진 더블 플레이
를 만들어낸 팅커-에버스-찬스 콤비˙처럼.

o

이 교묘한 손재주를, 속임수를, 집적 회로를 완성하려면 여
럿을 가지고 하나를 만들어내는 어떤 스타일, 독특한 우아함
이 있어야 한다. 시각적인 추상은 원으로 표현된다. 이 원은
시작도 끝도 없으며 모든 흐름이 양방향으로 이루어지므로
충격과 소리와 에너지가 같은 방향으로도 반대 방향으로도
흐를 수 있다. 간단히 말해서, 피아노와 피아니스트가 짝짓
기를 하는 것이다. 그러나 안타깝게도 피아니스트는 인간이
기 때문에 정신과 물질로 이루어져 있다. 그러므로 이 분열
을 조율하고 파열된 곳을 수선하고 원을 완성하는 것은 피아
노일지 모른다. 인간의 번민과 파탄과 불행에 대한 이상적인

- 1903년부터 1910년까지 미국 메이저리그에서 절묘한 콤비네이션 플레이로 멋
  진 더블 플레이를 만들어낸 시카고 컵스 소속 선수들. 유격수 조 팅커, 2루수 조
  니 에버스, 그리고 1루수 프랭크 찬스.

치료자는 피아노일지 모른다.

o

개체 발생학은 계통 발생학의 요약이다. 인간의 몸은 진화론적 조상들의 역사를 품고 있다. 인간의 손은 미끄러지기에서 찢기에 이르기까지 동물의 사지의 여러 가지 기능을 반영하고 있다. 피아노를 연주하는 손의 모든 동작은 어떤 동물의 놀라운 운동 기능에 대한 기억과 모델에서 비롯된 것이다. 연주가 생명이 없거나, 무미건조하거나, 독단적이거나, 활력이 없는 것은 우리의 조상을 잊어버렸기 때문일 경우가 많다.

o

골퍼들이 완벽한 스윙의 요소에 대해 열을 올려 이야기하는 것을 들어보면 골프 기술의 미묘함과 복잡함이 피아노 연주보다 훨씬 더한 것처럼 여겨진다. 골퍼의 보디랭귀지는 매우 세세하게 조정된 것이다. 첫째, 신체 여러 부분이 유연하면서도 정확하게 움직여야 하며(이를테면 오른팔 팔꿈치가 매우 부자연스럽게 옆구리에 붙어야 하는 등) 둘째, 스윙의 모든 요소가 정확한 타이밍에 따라 조화되어야 한다.

그러나 가장 중점적으로 강조되는 것은 균형 잡힌 스윙을 할 때 다리의 역할이다. 힘과 균형에 있어 다리의 중요성을 역설하는 최고의 골퍼 잭 니클라우스의 가르침은 일반

관찰자나 피아니스트에게도 교훈적이다. 다리에서 스윙이 시작된다. 다리는 스윙과 신경의 긴장을 완화시킨다. 신체 각 부분의 조화는 다리에서 시작되어 다리에서 마무리된다. 땅을 딛고 있는 발은 안정과 그 반대인 상승의 감각을 강화시켜준다. 이런 여러 요소에 덧붙여 피아니스트의 발은 천국에 오르는 계단, 즉 페달을 밟아야 한다.

O

잭 니클라우스의 또 다른 가르침은 "발이 통제할 수 없을 만큼 스윙을 빨리 하지 말라"는 것이다. 그럼 이것은 피아노 연주와 무슨 연관이 있을까?

피아노 연주 기술은 근래 많이 발전했지만 페달을 밟는 기술은 크게 쇠퇴했다. 페달은 뒤섞인 소리를 조정하는 중요 기관이다. 페달은 길고 짧은 음을, 크고 작은 음을 조화시켜 다양한 음색을 만들어낼 수 있다. 음을 울리는 댐퍼 페달을 밟을 때는 섬세하고 유연해야 한다. 댐퍼 페달은 짧은 순간에서 일정 시간에 이르기까지 그 지속 시간과 차원에 있어서 다양한 음악적 이미지에 반응할 수 있다. 이렇게 민감하고 미묘한 페달의 기능을 최대한 살리려면 벌새의 날개처럼, 구애자의 가슴처럼 발이 민감해야 한다.

o

페달의 스펙트럼은 미개척 대륙, 사라진 아틀란티스 대륙, 또는 환상과 절망의 잠재적 낙원 같은 것이다. 페달의 스펙트럼에는 고갱이 타히티 연대기에서 그린 육감적이고 심리적인 유희의 영역에서 찾아볼 수 있는 그런 다양한 빛깔이 들어 있다. 다시 말해서 페달은 망자의 세계를, 마법의 세계를, 빛의 세계를 불러낸다. 하지만 우리는 세탁기나 진공청소기 따위의 가전제품의 스위치를 켜고 끄듯 페달을 쓴다. 둔탁한 소리 아니면 무미건조한 소리, 홍수 아니면 가뭄, 쇠기름 아니면 밀짚*. 그야말로 거세한 말이라도 빌려 쓸 것인지 안 쓸 것인지 선택해야 하는 홉슨의 선택**처럼.

o

손은 체계적인 동시에 유동적이다. 이는 모두 전형적인 사실이며, 이 둘은 공존한다. 그러나 이 둘은 궁극적으로 통합되기 전에 개별적으로 다루어져야 한다.

그 발달 과정은 보통 다음과 같다. 1) 어린아이의 손

- 쇠기름은 양초를 만드는 원료이고 밀짚은 마소의 꼴로 쓰인다. 둘 다 하찮기는 마찬가지라는 뜻.
- •• 여러 개 중에서 좋은 것을 고르는 선택이 아니라 유일하게 주어진 것을 갖느냐 안 갖느냐의 선택. 17세기 영국의 홉슨이라는 삯말 업자가 손님에게 말을 선택할 기회를 주지 않은 데서 비롯된 말.

은 처음에는 탄력적이고 말랑말랑하며 형태가 결정되어 있지 않다. 2) 박자와 음계의 패턴과 유사한 방식으로 어느 정도의 체계와 균형이 잡힌다. 3) 음을 구분하고 조절할 수 있는 '적합한' 자세가 갖춰진 후에는 표현과 기교를 구사하기 위해 손의 움직임이 어느 정도 느슨해져야 한다. 유연성이 중요하긴 하지만 자세와 조직의 기본적인 개념을 무시하면 안 된다.

모든 체육 활동이 다 그렇듯이 피아노 연주에도 정적 및 동적 요소들이 끊임없이 작용해야 한다. 예전에는 손등에 동전을 올려놓고 피아노를 연주해도 동전이 떨어지지 않을 만큼 손이 유연해야 한다고 했는데, 마귀 같은 긴장을 물리치기 위한 유연함에 대한 집착은 예나 지금이나 마찬가지다.

긴장. 그것은 무서운 괴물이고, 재갈이며, 식자들의 강제 노동 수용소이다. 한편, (지금은 없어졌지만) 방종과 탈선을 퇴치하기 위한 치안대이기도 하다. 그 중간에는 선禪 사상에 심취해서 무임승차와 자유낙하와 공짜 점심을 일삼는 사도들의 영향으로 갈피를 못 잡고 방황하는 불쌍한 피아노 학도가 있다.

하지만 명심해야 할 것들이 있다. 숭상할 가치가 있는 선 사상은 어떤 문제에 대한 가능한 모든 측면과 해결책을 검토하기 전에는 무작위 선택(또는 무선택)을 허용하지 않는 매우 조직적인 체계를 바탕으로 하고 있다. 교훈: 엄격한 통제 절차에 따라 음, 리듬, 악절과 외운 것을 완전히 파악해야 비로소 자유가 바람직한 것이 된다.

피아노 연주, 그것은 아무리 여러 가지 인간적 및 초인간적 의미가 담긴 탐구일지라도 또 하나의 색다른 근육 운동일 뿐이다. 물리적 의미에서 피아노 연주 못지않게 복잡한 다른 체육 활동들을 면밀하게 분석해보면, 제논의 역설이 암시하듯 한 지점에서 다른 지점으로 진행하는 지속적인 동시에 점진적인 운동의 특성이 드러난다. 이동할 지점을 찾지 못하면 그 움직임은 아무리 매혹적으로 안무된 것이라도 혼란으로 전락하고 만다.

o

이를테면 골프의 스윙에는 수많은 체크포인트가 있으며, 이체크포인트들은 스윙의 궤도를 추적하여 최대한의 컨트롤과 파워를 확보하는 데 필수적이다. 골프에서 스윙을 할 때나, 야구에서 공을 던지거나, 방망이로 공을 칠 때나, 발레에서 제자리돌기를 할 때도 마찬가지다. 그러나 피아노를 연주할 때는 악보로 기보된 수많은 변화무쌍한 음들을 처리해야 하는 부담감에서 긴장이 유발되고, 이를 떨쳐버리기 위해 모든 동작이 물 흐르듯 막힘이 없고 부드러워야 한다는 생각에 사로잡힌다. 악보는 변화무쌍하며, 수많은 음은 사방으로 미친 듯 날뛰는 것처럼 보이므로 우리는 머리가 너무 느려서

할 수 없는 일을 손에 맡길 수 있을 만큼 무한한 적응력이 있어야 한다고 생각한다.

나의 선생님은 나에게 머리를 믿으라고 말씀하셨다. 변화무쌍한 음들을 음악적인 동시에 구체적으로 구성해야 하기 때문이다. 손의 움직임은 다양하다. 가지에서 가지로 날아다니는 새처럼 사방으로 움직인다. 우아하면서도 단호하게, 서둘지 않으면서도 과감하게, 부드러우면서도 효율적으로 움직인다. 음악의 내용은 손이 구상하고, 추구하고, 수집하는, 서로 상응하는 물리적 요소들로 이루어져 있다. 그러나 초점이 없는 동작은 유리창에 부딪히는 새와 같은 결과를 초래한다.

이리저리 움직이는 동안 손의 모습은 어떨까? 공처럼 튈까? 미소를 지을까? 뚤뚤 말리거나 풀릴까? 파닥거릴까? 얼어붙을까? 휙 날아갈까? 달랑거릴까? 내가 보기에 손은 가만히 앉아 있는 손님처럼, 신중한 소매치기처럼, 교활한 협잡꾼처럼 조용히 움직인다. 하지만 손은 항상 어떤 여유를, **형용하기 어려운** 어떤 품위를 유지한다. 그리고 반대편에 있는 엄지손가락에 지고 있는 근본적인 빚을 잊지 않는다. 맛있는 먹이를 쫓는 두 개의 더듬이와 같이.

○

엄지손가락과 그 동맹군(카인과 아벨) 사이의 협조는 지속적으로 유연한 관계 안에서 이루어진다. 상반되지만 공존하는 두 개의 발전소 사이에서 발생하는 전류에서 운동과 방향과 동력이 생겨난다. 위에서 밑으로 뻗어 있는 손은 하나로 움직이지만 실은 두 송곳니를 축으로 걷고, 달리고, 떠다닌다. 손은 팔뚝에 붙어 있으며 팔꿈치, 어깨, 목, 척추, 엉덩이, 다리, 발에서 살짝 떨어져 매달려 있다. 몸의 이 모든 부분은 건반을 두드리는 손동작의 원천이자 쿠션이자 기반이 되는 회로 안에서 서로 밀접하게 맞물려 있다. 손목의 기능은 애매하다. 다른 부분들과 조화를 이루고 있지만 그 주된 역할은 전달의 매개체이다. 몸 전체를 참여하게 하는 열린 밸브이다.

운동과 구조, 흐름과 틀은 서약을 맺은 영원한 동반자이다.

o

음악적 표현과 피아노 연주의 필수 요소인 칸타빌레는 다양한 소리와 이야기를 전경과 배경, 멜로디와 반주, 노래와 합창, 시인과 풍경, 오른손과 왼손 등 두 가지 범주로 명확하게 구분할 것을 요구한다. 몇 년 전 하계 캠프에서 나에게 수업을 받은 한 학생은(경험은 부족하지만 똑똑했다) '꿈과 현실'이라는 멋진 표현을 했었다. 소리의 세계의 여러 가지 기본적인 기능들을 그렇게 구분한 것이다. 배경은 그 구조가 단순할 때가 많지만 여러 가지 복잡한 역할을 품고 있다. 풀어서 연주하기가 더 어려운 성부가 배경일 때가 많다. 독창자가 원하는 것을 뒷받침해주기 위해 보조 요소들과 배경음을 지속적으로 제공해야 하기 때문이다. 멜로디는 흐름에 따라 그리고 음악과 연주자의 개성에 따라 때로는 어슬렁거리고 때로는 미친 듯 날뛴다. 멜로디를 다듬는 것은 끝없는 도전이지만 어떤 면에서는 한정되어 있다고 할 수 있다(뉘앙스와 음색, 악구의 여러 가지 변화는 실은 하나의 중심에서 비롯된 것이기 때문에).

　　　나는 보통 왼손부터 가르친다. 시인이 노래를 하려면 어떤 바탕이 있어야 한다. 자신의 위치와 특성을 확인해줄 수 있는 상관관계가 있어야 한다. 그렇지 않으면 그는 단지 자기 자신의 문제에 대해서만 노래하기 쉽고, 그런 노래는 흔히 지루하기 십상이다.

o

칸타빌레를 설득력 있게 연주하려면 무엇보다도 서로 상충되는 두 가지 정신적 요소, 자존심과 감수성을 결합시켜야 한다. 감수성이 뜻하는 것은 명백하다. 감수성을 달리 정의할 필요도 없고 그럴 수도 없다. 즉, 음악가는 음악의 경이로움과 느낌에 대한 존경심을 품고 모든 빛깔과 굴곡과 형태, 모든 뉘앙스와 음조, 색깔, 강약, 기호에 민감해야 한다. 아주 미세한 의미에도 '민감하게' 반응해야 한다.

자존심은 달리 표현할 필요가 있다. 음악가는 비굴하게 머리를 숙이지 않고 감상적인 생각에 빠지거나 경솔하게 행동하지 않도록 당당해야 한다. 온갖 슬픔과 고통을 '민감하게' 받아들이지만 여러 가지 기쁨을 나타내는 고상한 표현으로 그것들을 승화시켜야 한다. 음악가라는 것에 대한 자부심에 찬 기쁨, 인간의 고통과 희망을 표현하는 일을 맡은 것에 대한 침울한 기쁨, 무한한 색깔과 디자인으로 정원을 묘사하는 것에 대한 유쾌한 기쁨.

o

레가토 칸타빌레*를 제대로 연마하려면 서로 중복되면서도 모순되는, 소리의 세 가지 측면을 이해해야 한다. 이 세 가지는 각각 필수적인 것이지만 어느 하나라도 없으면 전체가 무의미하다.

첫째, 악절의 모든 후속음은 선행음의 여운에서 나와야 한다. 악기가 만들어내는 음향의 특성(의무) 때문에 소리는 항상 시작에서 사라질 때까지, 또는 다음 소리가 만들어질 때까지 다소 직선상으로 서서히 사라진다. 그러나 변화가 부드럽게 이루어지려면 새로운 소리의 강약이 선행음의

• 부드럽게 이어서 노래하듯 연주하라는 말.

여운과 어우러져야 한다. 그래서 이 규칙을 엄수하다 보면 어쩔 수 없이 점진적이고 비실용적인 디미누엔도*가 이루어진다.

둘째, 모든 음의 색깔과 질은 같은 우물에서 길은 물처럼, 같은 용광로에서 달군 쇠처럼 **똑같은** 성질과 강도를 가져야 한다. 그러나 이 규칙을 엄수하다 보면 강약의 변화가 없는 단조로운 음만이 악절 전체를 지배하게 된다.

셋째, 음의 고저, 지속 시간, 연결, 주제와의 연관성, 기타 악보의 모든 측면 등 음의 다양한 성질이 나타나려면 각 음의 특정한 음향에 영향을 끼치는 터치가 끊임없이 **변화**해야 한다. 그래야 악절의 개성이 살아난다. 매끄러움과 일관성과 다양성은 레가토 선율의 기본이자 상반되는 요소이다.

○

아르투르 슈나벨이 말했듯이 바이올린과 오보에는 피아노보다 본래 저마다 독특한 음색을 지녔다. 그러나 바이올린과 오보에는 서로의 음색을 낼 수 없으며, 오직 피아노만이 이 둘을 흉내 낼 수 있다.

일반인과 전형적인 연주자는 음색이 아름다운 피아노를 높이 평가한다. 그러나 근래의 피아니스트들 중에서 가장

- **점점 여리게 연주하라는 셈여림표.**

독창적이라고 손꼽히는 글렌 굴드와 스비아토슬라브 리히터Sviatoslav Richter가 야마하 피아노를 즐겨 연주했다는 것은 흥미로운 사실이다. 이들이 야마하 피아노를 선호한 것은 야마하 피아노의 중립적이고 평범한 음색에 자신의 개성을 불어넣을 수 있었기 때문이었던 것 같다.

피아노의 아름다움은 변화무쌍한 유연성에 있다. 피아노는 뭐든지 할 수 있으며 뭐든지 될 수 있다. 불한당, 성자, 바람의 신 아이올로스, 물의 요정 옹딘의 목소리를 흉내 낼 수도 있고, 티티새, 벌새, 착암기, 어릿광대, 요부나 나폴레옹의 목소리도 흉내 낼 수 있다. 하지만 피아노의 중심음이 색깔의 어머니인 흰색이 아니라면 이런 목소리를 하나도 흉내 낼 수 없을 것이다. 오직 순백색(또는 수수한 회색)만이 그런 도발적이고 난폭한 빛깔들을 감추고 억제할 수 있다.

소리가 너무 아름다우면 우리는 그 포로가 된다.

o

피아노 음의 근본적인 중립성은 부정적인 천성이다. 쇠를 벼리듯, 우리가 상상할 수 있는 온갖 방법으로 때리고 깎을 수 있기 때문이다. 하늘과 바다의 거대한 온갖 동물이 이 이름 없는 소리, 목적이 오직 하나뿐인 이 평범한 소리의 노련한 매복 공격의 표적이 된다. 하지만 두 가지 음이 합쳐지면 그 가능성이 급격히 늘어난다. 두 가지 음에 페달을 적절히 가하면 수증기도 불도 굶주림도 만들어낼 수 있다. 만일 목적 없는 아름다움 자체가 목표라면, 달콤한 꿈에 의해서건 히스의 향긋한 유혹에 의해서건 여러 가지 연금술이나 전략을 쓸 수도 있다.

비교하자면 베토벤의 작품의 주제가 되는 멜로디는 보통 슈베르트나 말러의 멜로디처럼 뇌리에서 떠나지 않고 맴돌지 않는다. 물론 강렬하고 날카로운 선이 있는 멜로디도 이따금 있긴 하지만 일반적으로 베토벤의 멜로디는 암호처럼 조각조각 분리될 수 있는 동기들로 이루어져 있다. 이 동기들은 장차 형성될 전개부의 온상이다. 그 전개의 범위는 이 동기들의 상대적 중립성(또는 순수성)에 의해 직접적으로 결정된다.

피아노의 은유와 변신의 재능은 그 '특징 없는' 소리와 직결되어 있다.

o

작곡가는 어느 피아니스트보다 창의적이다. 피아니스트보다 신비주의자가 더 영적이고 10종 경기 챔피언은 더 강건하며, 수학자는 더 천재적이고, 어머니는 어느 피아니스트보다 더 따뜻하다. 물론 작곡가이거나 신비주의자이거나 수학자이거나 어머니인 피아니스트들도 있다. 그러나 이 모든 면을 다 가지고 있는 피아니스트는 없다. 그러나 피아니스트가 천직이라면 이 모든 측면에 뛰어난 재능이 있어야 한다. 더 나아가 배우의 면모도 지녀야 하며 예언자의 정열도 갖추어야 한다.

인간성의 모든 측면을 결합하는 데 있어서 피아노 연주보다 더 광범위한 다양성과 더 많은 집중적 훈련을 필요로 하는 분야는 없다. 그 증거는 두 가지가 있다. 첫째, 특별한 예외가 몇몇 있긴 하지만 피아노 연주처럼 전적으로 오직 단 한 사람이 참가하여 연주하고, 홀로 극장을 환상의 세계로 만드는 역할을 담당하는 극장 예술은 없다. 둘째, 창조적 일을 하는 사람들이 다 그렇지만 그중에서도 특히 피아니스트는 흔히 나이가 들수록 더 원숙해진다. 아르투르 루빈스타인, 블라디미르 호로비츠, 클라우디오 아라우 등이 그 좋은 예이다. 특히 아흔일곱 살의 나이에 카네기 홀에서 연주하여 극찬을 받은 바 있는 미에치슬라브 호르초프스키Mieczyslaw Horszowski는 경이로움 그 자체로 세계를 놀라게 했다.

피아노 연주는 놀라움과 즐거움으로 가득찬 긴 모험이다.

o

피아니스트는 두 개의 십자가를 진다. 첫 번째 것은 현실적인 문제이다. 명성을 동경하고, 클래식 음악을 우아한 장식품으로 여기며, 뛰어난 재능을 가지고 값비싼 훈련을 받은 사람들에게 최소한의 기회를 부여하는 문화에서 생계를 걱정해야 한다. 저명한 대학교에 피아노 교수 자리가 나면 저명한 피아니스트 이백 명이 우르르 몰려든다.

두 번째 십자가 역시 매우 짐스러운 것이다. 하지만 도스토예프스키의 혼을 이어받은 우리 피아니스트는 이 시련을 환영한다. 독주곡, 협주곡, 실내악곡 등 피아노를 위해 작곡된 레퍼토리는 그야말로 무궁무진하다. 전부는 말할 나위도 없고 이 중 상당 부분만 마스터하는 데에도 한 평생이 아니라 열두 평생이 걸릴 것이다. 우리의 머리가 수용할 수 있는 이상의 것을 소화하고, 천부적인 암보력을 타고난 행운아들을 저주하면서, 우리는 이 광활한 음악의 세계 속에서 달팽이처럼 기어다닌다. 우리의 숨구멍으로 파고드는 것이 못인지 불로장생의 영약인지 모른 채 우리는 이 십자가의 무게에 짓눌려 비틀거린다. 이것은 축복받은 병이다. 새로운 시련을 겪을 때마다 정신이 단련되지만 또 한편으로는 평정을 잃는다. 탈진했지만, 우리는 아직 살아 있다.

o

춤과 체조의 탄력적인 동작은 그 물리적 메커니즘을 이해하려고 애쓰는 학생과 교사 둘 다에게 현혹적이다. 늘 그렇듯이 긴장은 탄력적인 도약의 흐름을, 음악의 자연스러운 흐름을 가로막는 잔인한 마귀다. 공처럼 튀려는 것은 건강한 본능이다. 우리는 음표가 하늘 높이 솟아오른 아치를 묘사하기 바라며, 더 나아가 우리 자신이 하늘로 솟아오르고 싶어한다. 악절은 엄격한 구획들로 나뉘지 않는다. 왜 손이 로봇처럼 딱딱하고 부자연스러운 걸음으로 이리저리 기계적으로 이동해야 하는가?

그러다가 우리는 명장들의 손을 보게 된다. 복잡한 악절이나 라르고 칸타빌레*를 연주할 때 손이 춤추듯 통통 튀는가? 높이 올라갔다가 건반으로 내려올 때 우아한 낙하선처럼, 물속으로 다이빙했다가 물고기를 잡아 다시 하늘로 날아오르는 바닷새처럼 움직이는가?

우리는 날고 싶어 한다. 하늘로 솟아오르고 싶어 한다. 밤새 꿈꾸고 춤추고 싶어 한다. 좋은 생각이며 진취적인 생각이다. 우리는 마디 없이 자연스럽고 부드럽게 연주하고 싶어 한다. 그러나 명장들은 이런 우리의 소원을 들어주지 않는다. 옆에서 볼 때 그들의 손은 파수병이나 매처럼 보인다. 코브라의 이빨이 본능적으로 먹이를 노리듯, 손가락이 음표를 샅샅이 조사하고 준비한다. 이런 장면 뒤에서 팔과 상체와 다리가 코브라의 몸뚱이처럼 꼬이고 되꼬인다. 파수병이 순찰을 하고 손가락 끝이 숨을 쉰다. 그 안에서 안전하게 춤이 계속된다. 음악이 춤을 춘다.

- 매우 느리게 노래하듯이 연주하라는 말.

O

피아노 연주의 법칙은 오직 하나뿐이다. 그러나 이것은 실은 법칙이라기보다는 다른 부수적 규칙들에 대한 전제 조건이다. 이것은 매복 공격의 법칙이다. 달아나는 16분음표를 붙잡으려면 만반의 준비를 하고 노리다가 덮쳐야 한다. 이 게임의 이름은 '준비'다. 준비가 없으면 게임의 규칙도 없고 게임이 진행되지도 않으며, 점수를 올리거나 소리를 낼 수도 없다. 준비가 열쇠이다. 코치들이 귀가 따갑도록 충고하듯 공격하기 전에 머릿속에 표적을 그려야 한다(이 경우에는 머릿속에 소리를 떠올려야 한다).

준비는 긴장된 상태가 아니라 민감하게 깨어 있는 상태이다. 몸과 마음이 조화를 이루어 육체적 및 영적 진동의 소리 없는 프렐류드를 노래한다. 이 프렐류드는 연주의 이미지이자 다리 구실을 한다. 이 프렐류드의 진동은 매우 부드러워 큰 근육들로 연결되는 통로를 열어주며 기대와 행위 사이의 접촉을 분명히 해준다.

이때 중요한 것은 공격자가 표적에 바싹 붙어 있어야 한다는 것이다. 건반 위에 또는 건반의 진동에 코를 들이대고 있어야 한다. 발레리나가 미리 구성된 동작에 따라 아라베스크*를 구사할 때에는 임의로 회전을 할 시간도 겨를도 없

• 발레에서 한쪽 발을 뒤로 곧게 뻗고 한 팔은 앞으로, 다른 팔은 뒤로 뻗는 자세.

듯이, 이런 경제적 동작은 우아함 그 자체이다.

o

매우 흥미롭고 매혹적인 유진 헤리겔의 회고록《궁도의 선 Zen in the Art of Archery》은 실생활과 건강 유지에 많은 도움이 되는 선 사상의 열풍이 한창일 때 출판되었다. 이 책은 '무無목표'의 영적 가치관을 발전시킨 고대 일본의 전통에 자신의 실용주의적 방법론을 접목시키려는 한 서양인의 설득력 있는 이야기를 담고 있는데, 여기에는 오해의 불씨가 숨어 있다.

그가 말하는 일본의 전통에 따르면 겨냥하지 **않고** '마음을 비움으로써' 표적을 맞춘다. 바로 여기에 오해의 여지가 있다. 마음을 비운다는 것은 책임감 없이 경솔하게 행동하는 것이 아니며 표적을 꼭 맞춰야겠다는 생각을 버리고 긴장을 풀기만 하면 표적을 맞출 수 있는 것이 아니다.

선禪의 대가가 눈을 감고도 표적을 맞출 수 있는 것은 사실이다. 그러나 이것은 연구를 바탕으로 한 혹독한 훈련을 통해 완벽한 준비의 경지에 이르고 나서야 가능하다. 헤리겔은 여러 달 동안 활을 쏴보지도 못했다. 처음에는 시위를 당긴 채 온몸의 근육이 쑤시고 아플 때까지 그 자세를 유지하고, 몸 전체가 조화를 이루어 지탱해줄 때까지 균형을 잃지 않고 가만히 서 있는 법을 배워야 했다. 다시 말해서 몸과 마음의 모든 요소가 혼연일체가 되어 집중할 수 있는, 그런 준비가 되어 있어야 했다.

어릿광대처럼 익살을 부림으로써 어떤 특별한 즐거움을 누리고자 한다면 몰라도 무턱대고 몸과 마음을 풀어놓으면 안 된다.

o

헤라클레이토스는 같은 강에 두 번 들어갈 수 없다고 했다. 만물의 무상함을 일깨워주는 말이다. 그러나 물의 흐름에도 어떤 원칙이 있으며, 이것은 혼란 자체에도 법칙이 있다는, 보다 위안이 되는 인식의 실례이다.

아르투르 슈나벨이나 텔로니어스 멍크의 자연스러움은 준비되지 않은 의식에서 저절로 나오는 것이 아닐 뿐 아니라 이들이 세상사에 대해 아무 생각도 하지 않았기 때문도 아니다. 오히려 세상사에 대해 매우 열심히 솔직하게 생각했기 때문에 날뛰는 신앙이나 유희를 필요로 하는 세상의 온갖 수수께끼와 모순에 조화될 수 있었던 것이다. 영감에 의한 '우연한 성과'의 조건은 오직 모든 것과 모든 것의 한계를 가르치는 철저한 준비에서만 비롯된다. 오직 부단한 노력과 훈련의 고통과 기쁨을 통해서만 혼란의 매력을, 그 특성과 변칙성의 역학을 이해할 수 있다.

손가락을 건반 가까이 갖다 대고 소리에 정신을 집중해보라. 전체적 이미지 안에 들어 있는, 이제 곧 울려 퍼질 소리의 이미지가 몸을 자극하고, 태엽처럼 감겨 있던 몸은 조용히 흔들거리다가 손을 통해 풀리기 시작한다. 손가락이 건반을 두드리는 동작의 특성은 휙 날아가는 소리, 구르는 소리, 노랫소리, 불에 그을리는 소리, 장중한 소리 등 어떤 소리를 원하느냐에 달려 있다. 소리의 제단 앞에서 기도를 올리려면 조용히 정신을 집중하고 엄숙한 준비를 갖추어야 한다. 진정한 게임의 즐거움은 오직 이런 자세에서만 비롯된다.

o

원하는 이미지를 개념화하지 않으면 이미지를 만들 수 없다. 아무리 좋은 생각이라도 형상화할 수 없다. 그래서 무엇보다도 느린 속도로 연습하는 것, 또는 '예비 연습'이 중요한 것이다. 예비 연습을 하지 않고 자신의 취향과 습관에 따라 제 속도로 연주하면 예술적 기준이 무너질 수도 있다.

철학자 베네데토 크로체Benedetto Croce는 예술적 허식이 있는 많은 사람들이 적절한 연구와 기술적 발전의 기회를 갖지 못한 것에 대해 억울하게 생각한다고 말한 바 있다. 그런 기회만 있었으면 자신의 아름다운 상상의 세계를 마음껏 펼쳐 보일 수 있었을 것이라고 생각한다는 것이다. 이런 한탄은 기술적 결함보다는 개념적 불완전함을 감추려는 자위적 합리화라는 것이 크로체의 생각이었다. 만일 어떤 사람이 특정한 영역 내에 있는 소리들을 들을 수 있다면 어떻게든 그 소리들을 만들어내는 방법을 찾아낼 것이고, 그에 따라 자연적으로 기술이 필요한 수준으로 발전하게 마련이다.

블라디미르 아슈케나지Vladimir Ashkenazy도 비슷한 생각을 했다. 그는 기술은 리듬의 기능일 뿐이라고 말했다. 소리의 정확한 지속 시간을 듣지 않으면 손가락은 쥐가 나고 더듬거릴 뿐이다.

물론 경쾌한 손가락과 적절한 유전자를 가졌다는 것은 좋은 일이다.

o

우아함과 조화가 요구되는 모든 신체적 행위를 보면 대부분 신체의 일부가 움직일 때 다른 부분들은 정지해 있다. 회전, 풀림, 흔들거림 등의 움직임은 지주支柱를 중심으로 또는 비교적 고정되어 있는 기둥들의 체계 안에서 이루어진다. 오른손잡이 투수는 왼쪽 다리가 제공하는 안정된 축을 중심으로 팔을 휘두르고 힘을 낸다. 어떤 공을 던지건 그는 정확하게 똑같은 방식으로 똑같은 지점에 왼쪽 다리를 내디디도록 훈련되어 있다. 고정된 축의 확고한 받침이 없으면, 통제된 동작에서 비롯되는 운동과 힘을 제대로 이용할 수 없다. 이와 마찬가지로 골프의 스윙은 흔들리지 않는 좌반신에 의해 구축되는 확고한 지주를 중심으로 이루어진다. 이 지주가 없으면 스윙은 엉망진창으로 무너져버린다.

반작용이 없으면 작용도 없듯이 저항과 기준을 제공하는 반작용적 기둥이 없으면 의도적인 운동이 있을 수 없다. 모든 일은 일어나지 않고 있는 어떤 일과의 상관관계 속에서만 일어날 수 있다. 그러므로 피아니스트의 손과 팔과 상체가 일제히 도리깨질을 할 수는 없는 것이다.

❂

피아니스트의 메커니즘은 그물 침대처럼 손가락 끝과 척추 사이에서 작용한다. 다른 점이 있다면 그물 침대는 좌우로 흔들거리지만 피아니스트의 운동은 비교적 상하로 제한되어 있다는 것이다. 정확히 말해서 이 운동은 상하 운동이라기보다는 회전 운동이다. 척추와 손가락 끝 사이에서 이루어지는 연속적인 순환을 통해 무게와 에너지가 전달된다. 유원지의 대회전 관람차와 비슷한 메커니즘이라고 할 수 있다. 이 순환 과정에서 보이는 어느 정도의 자유는 늑골에서 살짝 떨어져 약간 떠 있는 상태에서 상하좌우로 자유로이 움직이는 팔꿈치의 자세에서 비롯된다.

척추는 비교적 안정된 자세를 유지하면서 그 권한을 고루 분배해야 한다. 모든 것이 척추로 흘러 들어가고 척추에서 흘러나온다. 척추는 부처처럼 차분하면서도 민감하게 깨어 있다. 어깨와 팔은 파도처럼 넘실거리는 척추의 충격파를 타고 힘을 전달한다. 손목은 피스톤처럼 조용히 들락날락

한다. 그 목적지는 완강하면서도 유연하게 건반 위를 지키는 손가락 끝이다. 손가락 끝은 점점 커지는 운동량을 정확한 순간에 흡수하고 전달한다. 완벽하게 인식하고 실행하는 것이다.

o

위에서 (그리고 밑에서) 전달되는 에너지를 흡수하려면 손가락 끝은 완벽하게 탄력 있고 민감해야 한다. 무게의 흐름이 앞뒤로 자유로이 흐를 수 있도록 건반 위에서 유연하게 구부려져야 한다. 그리고 피아니스트의 음악적 의도를 소화하려면 무게의 비율을 정확히 선택해야 한다. 순환 작용의 매개체이자 계산기, 초점이자 정점으로서의 손가락 끝은 가볍게 움직이건 무겁게 움직이건 건반과 밀접한 관계를 맺는다. 나뭇가지에 대롱대롱 매달려 있는 오랑우탄의 팔처럼 점착력이 강하면서도 유연해야 한다. 온몸의 체중을 실어 치든, 아주 가볍게 치든 건반을 치는 동작은 에너지 공급의 전달자이자 반송자인 손가락 끝에 의해 똑같이 효율적으로 처리되어야 한다. 손가락 끝은 건반에 달라붙고, 어루만지고, 탐식하고, 뛰놀고, 내리누르고 꿰뚫어야 한다. 그러나 건반 위에서 미끄럼을 타면 안 된다.

　　건반을 치는 동작과 되튀는 동작 사이에는 단절이 없다. 음을 연주하는 순간 이미 회복 과정이 시작된다. 새로운 음에 대한 지시와 이미 연주된 음에 대한 자료가 통신망을 통해 오간다. 손가락 끝은 끊임없이 계속되는 이 순환 과정의 종점이다.

O

우리는 최고 수준의 연주 기술을 높이 평가하는 시대에 살고 있다. 새로운 것에 대한 탐욕이 공연 예술가의 장래를 좌우하는 시대에 살고 있다. 솜씨가 뛰어난 수많은 전문가들이 몇 안 되는 성공의 사다리를 오르려고 치열한 쟁탈전을 벌인다. 이런 풍토에서 재능을 발전시키는 것은 참으로 어려운 일이며 용기뿐만 아니라 도덕관념까지도 잃기 쉽다.

이런 환경에서 어떻게든 성공하려고 발버둥 치는 젊은 전문가들과 재능 있는 학생들을 위로하기 위한 온갖 '기분 좋아지게 하는 방법'이 만연하는 것은 당연하다. 신념과 자부심을 갖게 해준다는 이런 처방들은 이들처럼 우울한 유망 선수들에게는 그야말로 만병통치약이다. 이런 조언이 위로가 될 수도 있지만 무용지물일 때가 많다. 자부심은 매우 중요한 것이지만 무슨 구호나 일시적인 진정제에 의해 이식될 수는 없다. 자부심은 오직 지속적이고, 정교하고, 체계적이고, 애정 어린 지도에 의한 꾸준한 성장을 통해서만 생겨난다.

가혹한 현실에도 꺾이지 않는 만족감이 있다. 그것은 바로 꾸준한 노력을 계속하는 데에서 비롯되는 즐거움이다.

이야말로 가장 만족스럽고 행복한 결실이다. 이보다 더 좋은 위안은 있을 수 없다.

○

즐겁게 뛰노는 아이처럼 손이 경쾌하게 움직이는 모습은 심리적으로 기분을 더욱 좋아지게 한다. 늘 그렇듯이 여기서도 카시오처럼 나약하고 이아고처럼 간악한* 긴장을 조심해야 한다. 그런데 긴장은 도대체 어떻게 생겨나는 걸까?

긴장은 불안에서 비롯되고, 불안은 무지에서 비롯된다. 피아노 연주에서 무지란 음표를 모르는 것을 말한다. 무지는 여러 가지 음표가 어떻게 구성되어 있으며 서로 어떤 관계로, 어떻게 작곡되었는지 모르는 등의 여러 가지 죄를 포함하는 포괄적인 죄목이다. 다시 말해서 모든 촉감 및 기억 장치가 제대로 작동한다고 해도 음악의 구성을 모르면 심한 불안에 빠지게 된다. 기초가 부실한 데다 세부적인 표현력이 부족한 상태에서 짐짓 불안하지 않은 것처럼 연주하면 독단적인 연주밖에 되지 않는다.

그러나 음표가 확실하게 지시되어 있고 전체적인 메커니즘이 질서정연할 경우에는 긴장의 제거가 아니라 긴장

- 셰익스피어의 희곡 《오셀로》에 등장하는 오셀로의 부관 카시오는 간악한 오셀로의 기수 이아고에게 이용당하며 흔히 우유부단함과 나약함의 상징으로 여겨진다.

의 **분배**에 해답이 있다. 긴장은 음악의 칼이자 접착제이기 때문이다. 척추와 팔, 어깨, 다리, 상체 등 몸의 모든 부분이 혼연일체가 되어 긴장을 신념으로 전환시켜야 한다. 긴장, 초조, 정신적 및 형이상학적 불확실성 따위는 실은 적절하게 배합하여 이용하면 음악적 정념의 요소가 된다.

O

모든 분야에는 표현 형식과 그 변수를 활용하는 데 전문가가 있다. 나는 왕년의 아이스하키 선수 웨인 그레츠키만큼 게임의 모든 변수를 잘 활용하는 선수를 본 적이 없다. 그는 자기편이건 상대편이건 모든 선수들의 위치를 빙판 위에 그림을 그리듯 머릿속에 정확히 그릴 수 있는 기막힌 재주를 갖고 있다. 완벽한 스피드로 완벽한 패스를 하려면 어느 선수가 지금 어디 있고 어디로 가야 하는지 정확히 알고 있는 듯하다. 한마디로 빙판의 모차르트이다. 그의 이런 능력은 게임의 구조와 역사, 미묘한 차이, 기회 등에 대한 해박한 지식에서 비롯된 것이다.

우리 피아니스트는 옛날에 쓰이던 포르테피아노*의 음색을 흉내 냄으로써 더 많은 음색을 구사할 수 있을 것이다. 고전 시대 작품을 연주할 때 왼손의 반주는 이 전통 악기의

● 그랜드 피아노의 초기 형태.

60

부드럽고 경쾌하고 목가적인 음색을 반영해야 한다. 그래야 현대 피아노의 묵직하고 울적한 음색에 활력이 가미되기 때문이다. 게다가 현대 음악에서 급팽창하고 있는 타악 분야에 정통하다면 참으로 다양한 음색을 구사할 수 있을 것이다. 가히 이처럼 신화적인 다양한 음색은 모든 시대의 음악에 있어서 음향적 공명뿐만 아니라 정신적 공명을 불러일으킬 수 있다.

소리는 우리 피아니스트의 게임 이름이며, 우리는 하키의 퍽을 패스하는 선수들이다. 그러나 웨인 그레츠키가 이 팀의 피아니스트라면 또 한 명의 뛰어난 하키 선수 보비 오어는 오르가니스트이다.

o

힘이 있고, 울림이 있다. 힘은 좋은 것이지만 울림은 그보다 더 좋은 것이다. 힘은 무미건조하고 난폭하고 공격적일 수 있다. 울림은 힘이 없을 수 있지만 강력하다. 울림은 짧은 음과 긴 음, 밝은 음과 어두운 음, 경쾌한 음과 둔중한 음, 유동적인 음과 고정적인 음으로 결합된 에너지의 스펙트럼으로서 음악을 표현한다. 울림의 비밀은 아무도 알 수 없다. 그러나 피아노에 있어서는 그 특별한 소리에 기여하는 요소가 많긴 하지만 지배하기는 해도 압도하지는 말아야 할 중재자가 있다.

페달은 피아니스트의 모든 것이다. 피아니스트가 즐

겨 찾는 카페로 가는 길이며, 그의 태양의 배경이며, 능가와 차별, 그리고 천국으로 가는 길이다. 페달을 한껏 잘 활용하면 뭐든지 가능하다. 특히 공간과 선, 점, 시간의 열쇠인 공명이 가능하다.

알베르트 아인슈타인 이전에도 네 개의 차원이 존재했다. 그리고 피아니스트는 뛰어난 식별력으로 이 차원들에 정통했다.

o

영국인들은 야구의 목적은 둥근 방망이로 둥근 공을 직각으로 치는 것이라고 말한다. 피아노 연주라는 예술은 망치로 철사를 내리치는 것의 효과가 절묘하다고 청중을 설득하는 것이다.

피아노는 장난기가 많고 잡종인 기계 코끼리 같다. 이 코끼리의 상아로 만든 피아노 건반은 더 이상 간질이는 데 쓸 수 없다. 현재 몇 대밖에 남아 있지 않은 탐나는 피아노는 멸종 위기 동물 보호법으로 보존되어야 한다. 좋은 피아노를 만드는 데 필요한 재료와 기술이 부족할 뿐만 아니라 대량 생산의 법칙에 매우 취약하기 때문이다.

몇 년 전 어느 저명한 피아니스트가 우리 학교에서 공개 레슨을 한 적이 있다. 세미나가 끝난 뒤 그는 순회 연주를 할 때 가는 곳마다 다른 피아노를 다루어야 하는 문제에 대한 질문을 받았다. 그의 대답은 좀 엉뚱했다. 현재 유통되고 있는 피아노들 중에는 정확히 열세 종류의 나쁜 피아노가 있다는 것이었다. 그는 특정 연주회에서 어떤 종류의 부적절한 악기가 제공되었는지 확인한 다음 마음을 가다듬고 그냥 아무 일도 없었던 것처럼 태연하게 호텔 방으로 돌아간다고 했다.

스비아토슬라브 리히터의 일화에서도 이처럼 체념적인 태도를 볼 수 있다. 리히터가 연주회가 열리는 곳에 도착하자마자 연주회 매니저가 그에게 피아노를 시험해보라고 했다. 그는 두말없이 연주장으로 가서 피아노 앞에 앉아 의자를 조정한 다음 조용히 건반 위에 손을 올려놓더니 피아노를 치지도 않고 만족한다며 벌떡 일어섰다. 당황한 매니저는 왜 피아노 소리를 시험해보지 않느냐고 물었다. 리히터는 "항상 실망하기 때문"이라고 대답했다.

o

사실 좋은 피아노가 있고 나쁜 피아노가 있으며, 대개 그렇듯 좋지도 나쁘지도 않은 피아노가 있을 뿐이다. 기계적 작용의 요소들은 별개로 하고 피아니스트에게 피아노의 중요한 요소가 네 가지 있다. 1) 개개의 음, 특히 높은 음역의 음의 지속 또는 사라짐, 2) 개별 음 및 화음의 음질과 공명, 3) 음의 강약의 범위, 4) 음과 음, 음역과 음역 사이의 음가音價의 균등성. 첫 번째 및 두 번째 요소가 가장 중요하다고 생각하는 사람이 많지만 나는 음역과 고른음이 더 중요하다고 생각한다.

아리스토텔레스는 위대한 예술의 가장 중요한 요소는 범위라고 말한 바 있다. 물론 그는 음의 세기를 말한 것이 아니라 극적인 성격을 말한 것이다. 그러나 공연 예술가에게 있어서 이 둘 사이에는 직접적인 연관이 있다. 왜냐하면 서로 대조적인 양극단의 음의 강약이 없으면 구상과 울림이 적절하게 표현될 수 없기 때문이다.

한편 시종일관 고른 음은 소리의 정확한 형태와 균형을 잡는 바탕이 된다. 그리고 의미 있는 소리는 접어두고 이른바 아름다운 소리는 개개 음의 미학적 특성의 부산물이라기보다는 조절의 부산물이다. 둘 다 있는 것이 좋긴 하지만 겉모습보다 책임이 더 중요하다.

o

본질적으로 아름다운 피아노가 있을 수 있다는 생각은 일종의 **귀속임**trompe l'oreille이라고 할 수 있는 환상이다. 이것이 환상임을 입증하는 두 가지 증거가 있다. 첫째, 진열실이나 특정 연주장에서 아름다운 소리를 내는 피아노라고 해서 반드시 다른 곳에서도 아름다운 소리를 내는 것은 아니다. 둘째, 좋은 피아노라도 경험 없는 조율사가 손보면 금세 그 아름다움을 잃을 수 있다.

결론적으로 말해서 아름답거나 눈부신 소리는 악기

와 조율사와 장소, 세 가지 조건에 달려 있다. 이 세 가지 요소 중 어느 하나만 빠져도 소리의 질이 두드러지게 나빠진다. 그러나 피아노가 꽤 괜찮은 편이면, 이들 중 가장 중요한 조건은 조율사의 자질이라고 할 수 있다. 음역이 너무 좁거나 작동이 부정확하지 않는 한 현명하고 섬세한 조율사는 좋지도 나쁘지도 않는 평범한 피아노를 좋은 피아노로 만들 수 있다.

이 필수 요소들을 바탕으로 한 절대적 기준에 관해 말하자면 나쁜 피아노는 많지만 절대적으로 좋은 피아노란 없다. 그러나 공명이 잘 되는 연주장에서 훌륭한 조율사가 만진 피아노가 좋은 피아노라는 근본적인 방정식에는 변함이 없다.

o

공명이 괜찮은 연주장에 믿을 만한 조율사를 능가하는 피아노가 없다면, 한결같이 좋은 피아노를 생산하는 피아노 제조업체도 있을 수 없다. 제조업체들 사이에 우열이 있긴 하지만 전적으로 제조업체의 족보를 바탕으로 피아노를 선택하는 것은 선택이라기보다는 일종의 반사작용이다. 모든 것이 여러 가지 변수에 달려 있다. 그중 가장 적용하기 쉬운 변수를 들자면, 피아노와 곡이 다르면 연주법도 달라져야 한다는 것이다.

여러 상표 사이의 일반적인 차이는 무시해도 좋다. 명백하고도 흥미로운 비교를 하나 하자면 미국산 스타인웨이는 보통 따뜻하고 육감적인 적포도주 소리를 내고, 독일산 스타인웨이는 보통 보다 맑고 낭랑한 샴페인 소리를 낸다. 하지만 둘 다 저마다의 약점이 있다. 미국산 스타인웨이의 풍부한 소리는 종종 둔하고 무거운 경향이 있고, 독일산 스타인웨이의 또렷한 소리는 다소 날카로워지는 경향이 있다. 이처럼 저마다 다른 소리를 내는데, 마찰이 더 적은 독일산 스타인웨이를 선호하는 피아니스트가 많다.

물론 이 밖의 다른 상표들도 저마다의 특성과 매력이 있다. 피아노를 상표나 광고로 평가하지 않고 그 장점을 평가하는 한, 장점이 많을수록 좋은 피아노이다.

o

이상적으로 말하자면 연주장에는 종류가 다른 음악마다 다른 피아노를 쓸 수 있도록 피아노가 두세 대 있어야 한다. 이를테면 모차르트용, 쇼팽용, 프로코피예프용 피아노 등. 이상적으로 말하자면 이렇게 서로 대조적인 스타일을 연주하게 되어 있는 피아니스트는 다른 작품을 연주할 때마다 다른 피아노를 써야 한다. 완벽한 피아노라는 미녀 또는 괴수가 없듯 만능 피아노라는 것도 없기 때문이다.

연주자나 청중에게 중요한 것은 피아노보다 연주

에 신경을 써야 한다는 것이다. 언젠가 제임스 골웨이James Galway는 그의 금 플루트와 백금 플루트 중에서 어느 것으로 연주하는 것을 선호하느냐는 질문을 받고 그런 것은 별로 중요하지 않다고 잘라 말한 바 있다. 중요한 것은 연주자이지 플루트가 아닌 것이다.

음악의 본질과 보편적 의미에 관해 명심해야 할 또 다른 금언이 있다. 모든 예술 표현에 있어서 그렇듯 중요한 것은 깊이와 비전과 상상력이다. 인습적인 아름다움은 피상적이고 '고전적인' 측면을 가지고 있다. 아프리카 마사이 족의 장식 무늬를 경이롭게 바라보는 백인이라면 누구나 인정하겠지만, 진정한 아름다움은 매우 주관적인 것이다. 피아노는 아름다움의 전달자로 탄생한 것이 아니다. 피아노는 세상과 그 안의 다양한 보물을 보여주는 비범하고 다재다능한 수단이다.

o

사람들이 완벽한 기술과 요술에 매혹되는 것은 현대의 물질주의 시대에만 국한된 것이 아니다. 19세기 독일의 시인이자 음악가 E. T. A. 호프만은 그의 음악 수필집《크라이슬레리아나Kreisleriana》에서 이른바 '거장'이라고 불리는 사람들을 풍자한 바 있다. 그의 〈교육받은 원숭이 밀로가 북아메리카의 여자 친구 피피에게 보내는 편지〉는 거장들의 기술의 매력과 착각을 신랄하게 풍자하고 있다.

당신도 잘 알다시피 나는 좀 긴 손가락을 가지고 태어
났어요. 이 손가락으로 14도음은 물론이고 두 옥타브
까지 칠 수 있죠. 이렇게 긴 손가락과, 손가락을 자유
자재로 놀리는 엄청난 기술이 바로 나의 포르테피아
노 연주를 치는 비결이랍니다. 나의 음악 선생님은 제
자의 뛰어난 재능에 기쁨의 눈물을 흘리셨어요. 양손
을 자유자재로 놀리면서 32분음표, 64분음표, 심지어
128분음표도 실수 하나 없이 연주하고, 어느 손가락
으로든지 트릴도 잘 연주하고, 내가 전에 나무에서 나
무로 건너뛰듯 서너 옥타브를 마음대로 건너뛸 만큼
짧은 시간에 엄청나게 발전했거든요. 이제 나는 세상
에서 제일 위대한 거장이랍니다.

o

기술이 없으면 예술도 없다. 그러나 기술은 서비스 산업의
일부일 뿐이다. 재화를 만들지 않고 생산을 촉진한다. 기술
자체가 목적이 되면 음악은 음계, 화음, 아르페지오, 트릴, 옥
타브, 도약 등 피아노 창고의 여러 가지 도구로 전락한다. 악
상과 악상을 공들여 다듬는 것보다는 일련의 기술과 공식이
우선시된다. 아이디어를 포장하는 것이 그 내용물을 대체하

는 것이다. 결국 기술은 전적으로 방법론적인 것이 된다. 즉, 피아노 연주의 모든 것에 관련된 관습적인 기술적 문제들에 대한 관습적인 해결 방법이 되어 음악적 상상을 돕는다는 본래의 역할에서 점점 더 멀어진다.

음계는 단순히 음계가 아니다. 어떤 상황에서도 적용될 수 있는 표준 음계는 없다. 특정 상황에 적합한 특정한 변화로 이루어진 특정 음계가 있을 뿐이다. 유연하고 민감한 손가락을 이용하여 이 특정성을 해독하고 표현하는 것만이 생각할 가치가 있는 유일한 과제이다.

기술이 그 본래의 역할대로 음악적 표현을 돕는 한 기술적 능력에 대한 집착을 버리려는 피아니스트는 없다. 기술은 단순히 명세서가 아니기 때문이다. 기술은 음악적 구성의 형식과 범위를 표현하는 매우 민감하고 유연하며 충실한 수단이다. 기술은 뮤즈를 섬기도록 명령을 받은 상상의 시종이다.

o

바른 음과 틀린 음은 셀 수 있다. 완벽은 실수가 없는 것을 말하며, 탁월함은 스피드와 강약의 조절에서 비롯되는 것이다. 보편적으로 기술의 세계는 양으로 표시할 수 있는 특징들을 가지고 있으며, 이것은 여러 피아니스트들의 뛰어남을 구분하는 통계적 기준이 된다. 소비자 사회는 오직 최고만을 원한다. 그리고 최고를 결정하는 가장 간단하고 확실한 방법은 보다 높은 수준의 스피드와 힘을 찬양하면서 음표의 수를 기록하는 것이다. 시적인 가치는 너무 애매해서 이런 양적 평가를 적용할 수 없다.

이런 개념들은 모든 시대, 모든 사회에 공통된 것이다. 공연이라는 개념에서 성직자 사회, 야구, 음악에 이르기까지 모든 분야에 적용된다. 이런 기술들에는 힘과 끈기, 표현력, 일관성 등이 함축되어 있다. 그러므로 피아니스트의 연주를 들을 때 우리는 자연스럽게 피아니스트의 기교를 평가하고 싶어 하지만 기교를 통찰력으로, 묘기를 예술로 혼동한다면 매우 게으른 것이다. 이 게으름에서 비롯되는 유감스러운 결과는 인상적인 연주를 하는 재능이 뛰어난 예술가들이 기교가 완벽하거나 일관적이지 못하다고 연주가로 인정받지 못할 수도 있다는 것이다.

표면적으로 완성의 상징인 음반 녹음은 이런 왜곡된 가치관을 부채질하고 있다. 역사상 똑같은 원천에서 이렇게 많은 축복과 불행이 발생한 적은 거의 없었다.

❖

쇼팽의 악보의 전형적인 기호 표기는 늘 쓰이는 저음을 겨냥한 것이다. 조화와 구성을 통제하는 이 저음에 스타카토와 페달을 쓰라는 동시에 모순된 지시가 자주 붙어 있다. 즉 짧고, 긴 소리를 동시에 내라는 것인데 양자택일과 동시성의 법칙상 이것은 불가능한 일이다.

그러나 이 경우에는 상황이 혼동되었다. 양자택일은 행동이나 참조의 근거가 단일할 경우에만 적용되기 때문이다. 이 경우에는 피아노를 치는 순간 소리의 일부가 진동을 멈추는 한편 어느 정도의 여운이 남게 하는 급전적 상황을 막을 방법이 없다. 이것은 오직 능숙한 페달의 사용에 의해서만 가능하다. 소리의 질을 조절하지 않으면 소리가 너무 약하거나 강해지기만 한다. 스타카토 기호를 존중하여 페달을 들면 음이 너무 짧고, 스타카토 기호를 무시하여 페달을 밟으면 지나치게 길어진다.

이에 대한 해결책은 항상 있지만 주의를 기울이는 사람은 거의 없다. 저음을 치는 동시에 페달을 밟고 나서 곧바로 약간만 든다. 이 선택은 귀와 예술적 기량, 피아노와 연주장의 음향 효과에 달려 있다. 이 방법을 쓰려면 완전한 투시력으로 예술적 진리를 빛과 어둠의 유희로 인식하는 감수성과 관련된 예민한 발이 있어야 한다.

o

페달이 열쇠다. 페달은 음과 강약과 타이밍과 구성에만 영향을 끼치는 것이 아니라, 연관된 음들을 모아서 흡수하며, 빨아드리고 내보내는 과정의 모든 요소에 종합적인 영향을 끼치기 때문이다. 페달은 삶과 죽음의 모든 문제를 결정하는 자비로운 독재자이다. 혼자서 종족 전체의 이익을 증진시키는 페달의 결정에 모든 개개 음의 운명이 좌우된다.

페달은 놀라운 일들을 한다. 짧은 것과 긴 것, 안정된 것과 변덕스러운 것, 흰 것과 검은 것, 피라미와 청새치, 나뭇잎과 나뭇가지, 원자와 대기권, 점과 선, 선과 원 등 서로 대조적인 것들의 진로를 나란히 만들 수 있다. 이 모든 것이 페달의 주의 깊은 아량과 분별력에 의해 실행되고 확대되고 삭제되며 기적적으로 그 모습을 드러낸다.

페달은 독창에서 합창에 이르기까지 모든 분야의 종합적인 조화를 독특한 모순을 가지고 교묘히 조율한다. 음악에 의미와 분위기를 부여하는 한, 더 나아가 가변적이고 역동적이며 체계적인 소리의 표현 형식과 구조를 부여하는 한 페달은 처음이자 마지막으로 의지할 수 있는 재판관이다.

o

쇼팽의 〈발라드 G단조〉에는 메노 모소° 가 표시된 곳이 있다. 여린박으로 시작되어 제68마디, 제2주제가 시작될 때까지 계속되는 이 부분은 페달의 책임과 위세를 잘 보여준다. 시작 마디와 두 마디 뒤의 똑같은 마디만 제외하고 오른손은

* 느리게 또는 평온하게 연주하라는 말.

단일음으로만 이루어져 있다. 왼손 반주도 마찬가지다. 악절을 마무리하는 제3의 겹침음을 만들면서 마침음들 중 두 음이 잠깐 지속되긴 하지만 열네 마디 악절의 처음부터 끝까지 단일음으로만 이루어져 있다. 쇼팽의 페달 기호는 논의의 여지가 없고 명백한 화성의 변화와 정확하게 일치한다.

왼손의 단일음들은 직선상의 대열을 형성하는데 이 대열은 무려 다섯 가지나 되는 임무를 수행한다. 1) 일관된 박자와 타이밍을 제공한다. 2) 화성의 배경을 형성한다. 3) 독립 멜로디의 대위법적 선을 구축한다. 4) 이 선에서 어떤 주제적 음들이 은은하게 나타나 제3의 배경음을 형성한다. 5) 오른손의 멜로디와 대화를 나눔으로써 뉘앙스와 타이밍과 특성에 영향을 끼친다.

페달은 쇼팽이 의도한 대로 밟아야 한다. 그러나 음악의 여러 가지 과제와 목적을 수행하려면 이 규칙을 준수하는 한편 탐험을 해야 한다. 페달에 미세한 변화를 주어 스펙트럼 전체를 한껏 살림으로써만 비로소 주제의 모든 서약과 복잡한 의미와 풍미를 적절하게 묘사할 수 있다.

o

위에서 말한 악절의 오른손 멜로디는 흥미롭고, 아름다운 멜로디가 다 그렇듯이 독특한 형태와 강세가 있다. 이 경우에는 모든 패턴이 첫째 마디(더 넓게는 셋째 마디도 포함된다)

에서 비롯된다. 이 마디의 동기는 으뜸 주제의 첫마디의 시작의 닮은꼴 진행을 조옮김한 것일 뿐이다. 그리고 이 두 진행에서 처음부터 화성과 멜로디가 합쳐져서 긴박하면서도 향기로운 촉매를 만들어내고, 이 촉매에 의해 각각의 주제가 살아난다.

** o**

우리는 멜로디를 주된 음부라고 한다. 이 말은 일리가 있지만 혼란을 일으킬 수도 있다. 상관관계에서 벗어나 단독으로 존재하는 것은 아무 것도 없다. 그리고 이 상관관계가 부적절하게 이해되고 묘사될수록 주된 음부는 성부의 힘과 형태와 의미를 잃는다.

　　이를테면 쇼팽의 〈발라드 G단조〉의 멜로디는 그 난해한 운율로 악명이 높다. 쇼팽의 지시에 따라 시작과 반복되는 모티브의 처음 세 음을 지속시켜서 형성되는 화음의 구조가 매우 복잡하다. 왼손 반주에서는 단순한 화음들이 '순순히' 리듬과 화성을 이룬다. 하지만 이 화음들은 보기처럼 그리 유순하지 않다. 이 화음들을 관례대로 연주하면 악절 전체의 혼이 죽어버린다.

　　이 화음들에는 세 가지 기호가 붙어 있다. 반복되는 한 쌍의 화음마다 페달 기호가 있고, 이 한 쌍을 묶는 이음줄이 있으며, 각 화음마다 스타카토 기호가 붙어 있다. 스타카토

위의 이음줄은 떨림을 주면서 부드럽게 끊어서 연주하라는 뜻이며, 이런 주법을 '포르타토'라고 한다. 그러나 페달을 통상적인 방법으로 밟으면 이 까다롭고 독특한 터치가 물로 씻은 듯 와해되어 악절의 특색을 잃게 된다. 쇼팽의 악보 표기의 특별한 매력과 영감이 사라진 평범한 드라마 같은 결과가 나오는 것이다. 왜냐하면 이 주제의 절묘한 탄식에는 애가와 **슬픈 왈츠**, 회상과 잃어버린 순수 등이 혼합되어 있기 때문이다. 여기서도 역시 페달은 여러 가지 터치와 무드와 시간대 사이에서 중재자 역할을 해야 한다.

그러나 모든 아름다운 멜로디는 공통된 근본적 특성을 가지고 있다. 여기에는 정신적 특성도 포함되며 이것은 일종의 '영적 소외감'이라고 표현할 수 있다. 모든 멜로디는 세속적 경험의 공통 기반으로부터 벗어나 여러 가지 통상적인 주법과 루바토*를 활용하여 저마다의 특색을 나타내려고 하기 때문이다. 멜로디의 역할은 개인적 뜻에 따른 변덕과 즐거움을 대신하여 말하고 노래하는 것이다. 그래서 멜로디가 너무 수동적으로 소리의 네트워크에 섞이면, 멜로디를 집단적 현실로부터 자유롭게 만드는 예언적이고 부드러우며 절박한 특성이 사라진다.

멜로디는 아름답다. 자아도취적이지만 고매하다. 멜

- 박자에 얽매이지 않고 자유롭게 연주하는 기법.

로디는 그 고립의 고통과 장엄함을 전달할 수 있어야 한다.

○

필라델피아 필리스의 에이스 외야수 레니 딕스트라의 타격
스타일은 모든 공연 예술 분야에 있어서 이상적인 조화의 본
보기다. 그의 타격 스타일은 특히 음악의 짐을 짊어지고 의
자에 묶여 있는 피아니스트에게 교훈적이다.

딕스트라는 체격이 땅딸막하기 때문에 몸의 모든 부
분을 동원하여 움직임과 힘을 만들어내야 한다. 타석에 들
어선 그는 한마디로 복수심에 불타는 사람처럼 보인다. 매우
공격적이고 도전적인 자세로 씹는담배를 질경질경 씹어대
며 그가 가진 모든 것을 스윙과 몸과 영혼에 바치겠다는 자
세이다. 타석에 들어선 순간부터 몸의 모든 근육과 마디가
물결치듯 차례로 구부러지기 시작한다. 발끝에서 씰룩거리
는 목 근육에 이르기까지 모든 근육이 춤추듯 출렁거리면서
몸의 정기를 불러일으켜 한 번의 방망이질을 준비한다. 이윽
고 그의 몸이 빙글빙글 도는 낫처럼 홱 풀리면서 몸의 모든
부분이 하나가 되어 운동의 소용돌이를 일으킨다.

피아니스트는 그 동작이 동적이건 정적이건 모든 육
체적 및 정신적 자원을 동원해야 한다. 피아니스트의 동작
은 절제되어 있지만 결코 덜 동적이지도 않고, 덜 정적이지
도 않다. 몸에서 움직이지 않거나 죽은 부분은 하나도 없다.

의도된 소리가 도표와 계획표를 제시하면 몸은 그에 반응한다. 모든 것이 새털처럼 가볍다. 모든 것이 완벽한 조화를 이루고 있기 때문에 모든 것이 하늘로 날아오를 수 있다. 소리가 날아오른다. 고형의 물질이 액체가 되었고, 액체가 공기가 되었기 때문이다. 아니, 공기보다 가벼워졌기 때문이다. 영혼이, 신념에 차고 평정한 영혼이 고형의 물질을 변환시킨다.

주의: 궁극의 매체인 손가락 끝의 신성함과 온전함은 영원히 보호되어야 한다.

가르침

피아노를 가르칠 학생을 고를 때에는(그럴 특권이 주어진다면) 기교와 표현력, 그리고 일반적인 지적 수준을 보고 판단해야 한다. 나이 어린 학생이 생각하지도, 느끼지도, 집중하지도, 건반을 정확하고 올바르게 두드리지도 못한다면 피아노를 친다는 것은 불가능한 일이 된다. 대개의 기준은 이런 것이지만 한 가지로 좁혀 말할 수 있는 것이 즉, 부모이다. 어머니나 아버지, 또는 두 사람의 사랑과 뒷받침 없이는 여러 가지 재능이 살아나지 못하고 시들어버린다.

●

총명한 학생 뒤에는 총명한 부모가 있다. 헌신적인 부모가
있다. 이들의 헌신은 막연한 기대나 야단스런 야심 같은 것
과는 다르다. 이것은 뭐라고 형용할 수 없는, 불완전하며, 더
나아가 가족의 체험이나 유대관계를 초월하는, 일종의 미학
적이고 영적인 이상과 같은 헌신이다. 그러나 이것은 뜨겁게
느껴지며 전달된다. 이것은 영광에 대한 꿈 이상의 것이며,
아름다움과 정의로움을 영원히 간직하고 있는 낙원의 이상
과 비슷한 것이다. 이런 부모는 굳건하게 뿌리 내린 강렬한
신념을 가지고 있다. 그 자녀들의 부단한 노력과 소리를 통
해 천국이 실현되고, 황홀해지며, 널리 알려질 것이다.

●

부모들의 기질과 교양 수준은 천차만별이다. 거친 부모도 있
고, 말이 없는 부모도 있으며, 간섭하기 좋아하는 부모도 있
다. 공손한 부모도, 의식 있는 부모도 있으며, 고상한 부모도
있다. 차분하게 설득하는 부모도 있고 완강하게 요구하는 부
모도 있다. 병적으로 화를 잘 내는 부모도 있고 마음을 쉽게
다치는 부모도 있다. 한 손엔 사랑을, 다른 손에 채찍을 들고
서 온화하게 대하는 부모도 있고 난폭한 부모도 있으며 냉정
한 부모도 있다. 긍정적인 태도로 격려하는 부모도 있고 부
정적으로 나무라기만 하는 부모도 있다. 그러나 이것은 결국

스타일의 문제일 뿐이다. 굳이 비교하자면 더 바람직한 스타일이 있을 수 있지만, 결국은 하나의 공통된 신념이 우선한다. 끊임없는 노력과 고매한 행동은 헌신적인 사람들에게 천국의 문을 열어줄 것이다.

o

음악에 대해 이야기할 때 이런 부모들을 자극하는 것은 부에 대한 환상이 아니다. 피아니스트처럼 장래가 불확실한 직업은 그런 망상을 유지시켜주지 못한다. 망상에 현혹된 부모들도 이것을 안다. 어리석은 부모들조차 통계 결과를 알고, 피아니스트라는 직업이 얼마나 무익한 것인지 안다. 어떤 신화 같은 이야기에 매혹되어 그런 동화 같은 이야기를 설득의 수단으로 삼을 수는 있다. 하지만 승산이 희박하다는 것을 안다. 이들은 바보가 아니다. 이들의 가슴속에 타오르는 것은 결코 성공에 대한 탐욕이 아니라 그보다는 물질주의가 팽배한 요즘 세상에서 찾아보기 힘든 신비로운 불빛 같은 것이다. 영원한 낙원 같은 것에 대한 꿈이다. 자식을 통해 아름다운 세상이 실현되기를 바라는 꿈이다.

o

모두들 더 좋은 학교와 교육이 필요하다고 말한다. 나무랄데 없는 생각이다. 그렇다면 교사 능력 평가가 실시되고, 종합적인 교육 기준이 수립되고, 재직기간과 서열의 원칙이 폐지될 것이다. 시원찮은 교육의 질에 대해 사회는 당장 눈앞에 보이는 표적에 분노를 발산한다. 진짜 피의자는 무시한 채. 사실 오늘날의 젊은이들 중에는 소심하거나 거칠고 불안정하며 욕심만 내는 젊은이가 많다. 이들은 자신의 노력과 용기의 부족을 다른 사람들에게 돌리는 경향이 있다. 다시 말해서 이들은 사회의 복제물이자 희생자이다. 우리에게 필요한 것은 더 좋은 교사가 아니라 더 좋은 거울이다.

o

이것이 단순히 더 좋은 교사를 채용함으로써 해결될 문제라면 고생물학자 스티븐 제이 굴드의 충고는 반박의 여지가 없다. 교사의 봉급을 두 배로 올리기만 하면, 내로라하는 교사들이 우르르 몰려들 것이다. 일찍이 플라톤은 한 나라의 번영은 교사에 대한 대우에 달려 있다고 했다. 이 주장을 반박할 만한 역사적 예가 몇몇 있을지도 모르지만 좋은 대우를 받는 교사들이 재능이 부족하고 가르치기 어려운 학생들에게 더 도움이 되는 것은 자연스러운 일이다. 좀 충격적인 가정일지도 모르겠지만 역사 교사가 미식축구 코치보다 더 널리 알려져 있고 더 많은 월급을 받는다면 어떤 결과가 나올지 생각해보라.

o

그럴 가능성은 희박하지만 교사가 더 많은 존경과 보수를 받는다고 할 때 이것은 교육적 발전의 원인이라기보다는 징조가 될 것이다. 아이들을 가르치는 사람들 중에서 교사의 비중은 세 번째밖에 되지 않기 때문이다. 부모와 사회가 첫 번째와 두 번째를 차지한다. 교사의 훌륭한 가르침이 앞선 두 가지 경우에서 비롯되는 부적절한 영향력을 극복할 수 있는 경우는 극히 드물다. 그러나 음악적으로 조숙한 아이들에게 있어서는 진로를 정하고 미래를 설계하고 운명을 결정하는 사람은 부모이다. 사회의 기준과 압력을 극복할 수 있게 하고, 의무와 노래의 세계로, 기사와 음유시인의 신비로운 왕국으로 아이를 조용히 인도할 수 있는 사람은 오직 부모뿐이다. 그리고 부모의 인도에 따라 이 세계에 들어선 아이는 외로운 훈련을 통해 신성한 소리의 거룩한 잔을 움켜잡을 수 있다.

o

그런 다음 신화를 영속시키며 꿈을 계속 이어가게 하는 것은 교사에게 달려 있다. 교사는 등장인물과 도구, 실제적인 조언, 요원한 개념과 이국적인 풍경, 아마존 여전사들과 영웅들, 무지갯빛 짐승들을, 깃털과 별, 전쟁과 포위와 저항의 이야기, 용기와 불굴의 이야기, 하찮은 일로 싸우는 이야기, 신과 계절과 느릿느릿 기어가는 시간을 이용하는 이야기를 들려준다. 교사는 오직 원칙에 따라 살고 유행에 무관심한 길잡이며, 인간이 만든 것이건 신이 만든 것이건 주위의 창조물들과 자신의 스승들만을 섬기며, 모험적인 것과 균형 잡힌 것, 영감으로 떠오르는 것만을 추구한다. 교사는 이야기꾼이지만 이론과 그것을 설명하고 꾸미기 위해 흔히 덧붙여지는 장식보다 경이로운 사실을 보여주기 위해 이야기를 한다.

o

하지만 설탕같이 달콤하고 양념같이 맛있는 것만이 전부는 아니다. 학생 개개인의 유일한 책임자로서 연습과 일과와 집중 학습에 적합한 틀을 짜야 한다. '나와 너', '주제와 사실'이 '인식과 세부 묘사'라는 새로운 차원에 도달할 때까지 학생을 이끌고 매혹시켜야 한다. 악보가 복잡하고 어려워지면서 예기치 않은 깊이의 개인적 감정이 싹트기 시작한다. 양쪽에서 진전이 이루어진다. 개개의 영혼이 스스로의 특별한 재능을, 상상력이 풍부한 판단력과 교감에 대한 재능을 깨닫게 된다. 연습의 대상도 달라지며, 더 예민해지고 친숙해지며 그 범위가 더 넓어지고 점점 더 익숙해지는 한편 더 난해해진다. 발견을 위해서는 평온과 평화, 경계와 강렬한 매혹이 필요하다. 알면서 느껴지지 않는 생각은 당첨금 없는 복권에 당첨되는 것과 같다.

o

온갖 사건과 사람과 매체로 넘치는 현대인의 복잡한 삶을 생각할 때, "고요한 상태에서 연습하라"는 아르투르 슈나벨의 조언은 대부분의 사람들에게 반가울 것이다. 그러나 요즘 젊은이들의 정신은 온갖 이미지의 충돌과 의미의 분열로 인해 너무나 단편화되어 시간과 논리의 근본적인 순서가 크게 파괴되어버렸다. 대부분의 젊은이들에게 (그리고 그 어른들에게) 있어서 중단과 분열의 습관적인 사이클을 깨뜨리기란 매우 힘들다. 헌신적인 부모들과 대리 교사들의 부단한 노력만이 몇몇 아이들을 문화적 체증에서 비켜가게 할 수 있다. 그 승산을 생각할 때 이보다 더 영웅적인 일은 상상할 수 없다.

o

알베르트 아인슈타인은 가장 훌륭한 스승은 우둔한 현학자일 경우가 많다고 말한 바 있다. 하이든의 제자였던 베토벤은 일화를 즐기고 쾌활한 스승의 성격을 경계하여 더 보수적인 스승 요한 게오르크 알브레히츠베르거Johann Georg Albrechtsberger를 찾아가 엄격한 대위법을 배웠다. 교훈: 형식 없는 자유는 없고, 구문론 없는 언어는 없으며, 구조 없는 예술은 없다.

　　피아노를 치는 어린아이의 손은 아무리 음악적 흐름을 잘 탄다고 해도 일반적으로 모양이 잡혀져 있지 않다. 사실 '올바른' 손의 위치라는 개념은 순전히 허구적이다. 그러나 손은 음악적 의미와 특징을 정확하게 전달하는 임무를 맡고 있으므로 연마되어야 한다. 터치와 표현, 악구와 그 뜻을 구체화하는 막중한 역할을 맡았으므로 모양이 잡히고, 잘 길들여지고, 중요하게 여겨져야 한다. 일단 손 모양을 갖춘 뒤에야 비로소 양극단의 색깔과 느낌을 자유로이 나타내는 데 필요한 유연함과 힘, 소리의 깊이가 이루어진다.

o

세계 최고로 손꼽히는 한 고참 음악가가 언젠가 어떤 콩쿠르에서 내 제자를 '비음악적'이라며 깎아내린 적이 있다. 이 학생은 지금 신인으로서 활발히 활동하고 있다. 그가 저지른 잘못은 음악이 그네처럼 자연스럽게 흔들거리면서 모성애나 애플파이처럼 듣는 이를 즐겁게 하는, 나긋한 체념 같은 부드럽고 매끈한 겉모습을 만들어내지 못했다는 것이었다. 우리가 연주자에게서 원하는 것은 즐거움을 주면서 문화적 전통의 수호자로서 자신의 운명을 받아들이는 감각과 정신이다.

　　　나의 다른 제자들 역시 음악적인 점에 있어서는 덜 매력적일지 모르나, 의지와 정열, 연주력에 있어서는 뛰어난 재능을 가지고 있다고 생각한다. 위축되거나 욕심이 없기 때문인지 아직은 매력이 부족하다. 물론 멜로디와 악절의 부드러움은 연구할 필요가 있는 주제이지만, 표현의 일부로서의 이 특별한 능력은 내면에서 고동치는 신념과 정열의 수많은 보물 중 한 알의 진주일 뿐이다.

o

어떤 학생을 가리켜 '비음악적'이라고 말할 때 이것은 어쩌면 우리 자신의 상상력이 부족해서인지도 모른다. 어떤 학생들은 쉽게 치고, 외모를 잘 치장하고, 레퍼토리를 잘 고르고 다듬음으로써 그저 그런 평범한 재능들을 보기 좋게 결합하여 그럴듯하게 듣는 이를 즐겁게 할 수도 있다. 오디션이나 콩쿠르에서 흔히 지나치게 되고 좀처럼 인정되지 않는, 진정한 재능의 두 가지 속성이 있다.

첫 번째 속성은 생산성, 즉 피아니스트가 되는 데 필요한 모든 것을 배우고, 섭취하고, 소화하는 능력이다. 곡을 아는 폭과 지혜는 다양한 음악과의 접촉을 통해서만 이루어질 수 있고, 이것은 교사보다 더 중요한 가르침이 된다.

두 번째 바람직한 특성은 학생의 여러 가지 능력이 혼합되어 어떤 특색을 나타내는 것이다. 모든 ('음악적') 능력이 균등하게 혼합되면, 없어서는 안 될 개성의 힘이 개발될 수 없다. 위대한 테니스 선수가 최소한 한 가지의 '필살' 기술을 가지고 있듯 독특한 기술이나 성향이나 지성이 있어야 한다. 이른바 '음악적'이라는 것은 흔히 그런 재능의 결여를 드러낸다.

o

'음악적' 혹은 '비음악적'인 아이를 독단적으로 구분하는 것
은 몇몇 나라에서 고등학생들이 졸업반에 올라갈 때 전문직
에 적합한지 직업 훈련에 적합한지 결정하는 교육 제도와 비
슷한 것이다. 두 가지 경우 모두 참으로 성급하고 건방진 평
가가 아닐 수 없다.

　　　어떤 아이도, 어떤 사람도 근본적으로 비음악적인 경
우는 없다. 물론 절망이나 폭력에 의해 꺾이거나, 질식하거
나, 짓밟히거나, 싫증나거나, 지쳐서 다소 그렇게 될 수는 있
다(이런 상처에 대한 최선의 치료법은 음악이다). 릴케는 우
리 얼굴에, 우리 영혼에 새겨진 피곤과 억압을 가리켜 "우리
얼굴에 되돌려진 세월의 선"이라고 표현했다. 인간은 노래
를 통해 기도하고, 희망하고, 슬퍼하거나, 즐거워할 필요가
있다. 이것은 이미 인류학적으로 증명되었을 뿐만 아니라 상
식이다.

o

잘라 말해서(엘가에게는 부끄럽지만), 우리 스튜디오는 젊
은 세대의 저속함과 방종을 용납하지 않는다. 저속한 행동이
퇴폐적인 정신으로 발전할 경우가 많기 때문이다. 우리의 운

영 원칙은 노력과 이상과 철저함이다. 정신이 성숙해지고 영혼이 풍요로워지려면 집중해야 한다. 그리고 자연과 인간이 만든 위대한 창조물에 대한 심오한 이해와 공감이 필요하다. 이를테면 음악의 구조에 대해 이야기할 때, 고딕 양식 성당의 버팀벽과 박공과 이랑을 떠올리게 하는 나비 날개의 복잡하고 정교한 구조에서 착안한 '나비 날개의 구조'라는 은유를 쓴다. 우리가 가장 먼저 배우는 말은 'No'이다. 몸과 마음을 약하게 만드는 쓸데없는 습관과 행동은 안 된다. 음악가의 가장 소중한 자산인 시간을 빼앗기 때문이다. 서로 어울리지 않는 것들을 뒤섞어 꿀꿀이죽 같은 잡탕을 만드는 것도 안 된다. 인식과 순차적인 사고의 과정을 가로막기 때문이다. 감언으로 동료를 동화시키는 것도 안 된다. 개성을 약화시키기 때문이다.

독서와 친절, 생산성과 탐구는 환영이다. 인간사와 자연의 경이에 대한 존경심은 환영이다.

O

'No'는 제1막의 프렐류드다. 제1막은 연극 전체와 이후의 모든 연극 및 재연의 전제가 되는 하나의 주제를 바탕으로 하고 있다. 이 주제는 하나의 단어와 개념, 즉 간결하고도 엄격한 (그렇지만 추종자가 많은) 스파르타식 메시지에 초점을 맞춘다.

훈련에 패턴과 일관성이 없으면 야구의 즐거움을 맛볼 수 없다. 타석에 서기만 하면 스트라이크 아웃이고, 아무 목표도 효과도 없는 동작을 똑같이 되풀이할 뿐이다. 패턴이 반드시 '일상적일' 필요는 없다. 연습이 낮에 더 잘 되는 사람도 있고 밤에 더 잘 되는 사람도 있다. 실용적인 이유로 평일에만 연습하거나 주말에만 연습하는 사람도 있다. 스스로 계획표를 만드는 사람도 있다. 어떤 방법을 쓰건 일상에는 똑같이 반복되는 일관된 패턴이 있어야 한다. 이상적인 일상은 날마다 연습하는 것이다.

연습은 정신과 의식과 영혼에 끊임없이 도전하며 즐거워야 한다. 학생이 하루 동안 열심히 연습하고 나서 진정한 만족감을 느끼도록 설득하는 것이 중요하다. 발전은 기분 좋은 것이고 성공은 커다란 자극이지만 연습 자체가 근본적으로 즐거운 일이어야 하며, 즐거움의 으뜸 원천으로서 모든 물질적 보상을 능가해야 한다.

그러므로 음악은 무한한 매력이 있는 수수께끼로서, 자의식과 자부심에 이르는 길로서 항상 찬미되어야 한다. 이것은 음악의 본질적인 치유력을 온건하게 표현한 것일 뿐이다.

❍

학생들을 가르치려면 그들이 무슨 생각을 하는지 알아야 한다. 그들의 지각력, 식별하고 종합하고 선택하는 능력, 지성과 상상력, 이해력을 알아야 한다.

단어를 조합하여 올바른 문장을 만들 줄 아는 학생은 너무나 적다. 이것은 치명적인 결함이 아닐 수도 있다. 그러나 모자란 인식력이 그 원인일 수도 있고, 주의를 산만하게 하는 불완전한 환경에 대한 자연스러운 반응일 수도 있다. 이런 아이들에게 옳고 그름에 대한 기본적인 분별력을 일깨워주어 가치를 구분하는 신념을 회복시켜주어야 한다. 이것이 저것보다 더 중요하며, 따라서 말할 가치가 있다는 신념이 있어야 하기 때문이다. 자신의 음악을 만들어내는 일의 절박함과 분별력은 여기에 밀접하게 연관되어 있다.

그러나 고질적으로 웅얼대는 소수의 아이들의 경우에는 문제가 다를 수 있다. 이들의 정신은 영혼과 상징의 세계에 집중되어 있다. 이들은 이 세계를 표현하는 데 미숙할 뿐이다. 이들의 웅얼거림은 이름 없는 성자들에 대한 흠모를 나타낸다. 이들의 엉터리 어법은 요원한 영역을 더듬거리며 찾는 방법이다.

o

피아노를 연주할 때는 여러 가지 사고가 요구된다. 맨 먼저 음악을 악절 단위로 세분하여 생각하는, 피아노 연주의 청사진이 되는 조직적 사고가 있다. 손이 음악을 소화하기에 앞서 악절을 구성하고 있는 여러 가지 동기와 운율의 집합을 인식해야 한다. 이 패턴들을 해독하고 구분해야 비로소 기교의 조절과 능숙한 연주가 가능하다(증거를 추론하고 분류하는 능력을 키우는 방법으로 나는 학생들에게 퍼즐과 셜록 홈스의 추리소설을 권한다).

그다음에는 (특히 반복, 변화, 또는 내용 전개 방식을 기준으로) 더 큰 단위들의 형식적 및 화성적 관계를 탐사하는 구조적 사고가 있다. 음악적인 기억력의 기본 법칙은 어떤 것이 같고 어떤 것이 다르며 얼마나, 어떻게 다른지 분간하는 것에 의해 좌우된다.

마지막으로, 음표에 의미를 부여하는 사고가 있다. 이 차원에 있어서는 완벽한 재능을 갖춘 학생이 없다. 오히려 재능이 부족한 학생이 많다. 이것은 이들의 잘못이 아니다. 이들이 자라온 정신적 및 물질적 환경의 잘못이다.

o

나는 학생들에게 개개의 작품에 대한 의미와 암시의 합창을 만들어내는 예술과 자연 작품들의 어떤 특색을 가르치려고 애썼다. 이를 위해 때로는 학생과 작품이 탄생한 지역을 연관시킨다. 이를테면 러시아 학생에게는 라흐마니노프의 〈피아노 협주곡 제3번〉 제1악장 제2주제의 허망한 이상주의를 표현할 때 닥터 지바고의 라라의 이미지를 연상해보라고 한다. 하지만 이런 연상법을 쓸 때는 애틋한 심정과 장난기가 병행된다. 이런 방법은 장난으로 그칠 때도 있고, 독특한 소리를 내기 위한 필사적인 노력일 때도 있다.

그러나 지적 능력과 상상력의 부족 때문에 보다 형식적이고 이해하기 쉬운 방법을 써야 할 때도 있다. 나의 선생님이 나에게 체스의 미묘함과 변화무쌍함을 가르친 것도 이 때문이었다. 그 대신 나는 선생님에게 야구 규칙을 가르쳐드리려 했다. 그러던 어느 날 선생님께서 투수와 타자가 같은 편이라면 훨씬 더 쉬운 게임이 될 텐데라고 하셨다. 물론 나는 할 말을 잃었다.

❂

언젠가 나는 한 학생에게 회화의 명암법에 관한 짧은 논문을 쓰라고 하고, 또 다른 학생에게는 화초를 몇 그루 사서 성장 주기에 관한 글을 쓰라고 하고, 또 다른 학생에게는 러시아의 찻주전자인 사모바르의 이미지에 대한 비유적 표현을 스물다섯 가지 써보라고 했다. 이런 것은 결코 많은 노력을 필요로 하는 힘든 일이 아니며, 끊임없이 생각하고 또 생각하는 훈련일 뿐이다.

생각의 어떤 유연성이, 어떤 자유로움이, 어떤 시정이 음악과의 연결을 꾀한다. 음악에 특색을 부여하고 고매한 행위의 영기를 불어넣는다. 많은 젊은이에게 있어서 피아노 연주는 부모에 대한 존경의 표시와 체육 기술로 전락해버렸다. 이들에게 계속 일깨워주고 싶다. 음악을 만드는 것은 예술 행위이며 이들은 예비 예술가라고.

또 한 가지 일깨워주고 싶은 것은 음악의 상관관계는 변화무쌍하며 심오하다는 것이다. 꿈을 이루려면, 예리하거나 황홀한 소리를 만들어내려면, 성자들과 용들의 세계를 다시 불러내야 한다.

o

재능 있는 학생들이 넘쳐나자 문화적 규범과 개인적 양심에 관한 문제가 악화되었다. 선생들은 많은 피아니스트를 필요로 하지 않는 사회로 재능 있는 학생들을 인도하기 전에 한번 생각해보아야 한다. 피아노 연주는 가장 어려운 분야라고 할 수 있다. 선수로서 활동할 수 있는 시간이 짧은 체조나 피겨 스케이팅과는 달리 오랫동안 많은 노력을 요한다. 참으로 힘든 일이며, 외롭고 지루하며 절망스럽다. 그럼에도 그 보상은 하루살이처럼 순식간이다. 어쩌다 한번 주어지는 금성훈장, 연례 연주회에 대해 쑤군대는 찬사, 부모의 뿌듯하면서도 불안정한 긍지. 이런 것은 음악에 대한 사랑 없이는 빈약한 식단이 될 수도 있다.

그러나 학생들은 습관과 희망의 가냘픈 실을 타고 계속 연주한다. 이들의 영혼은 산발적이고 서툰 방식으로 성장하고 발전한다. 그러면서 이들은 일반적인 유행이나 동료들의 침몰과는 다른, 진정한 주체성의 가능성을 탐지한다. 이들이 연습하는 곡은 점점 더 복잡해지고 어려워지면서, 새롭고 보다 급진적인, 혹은 오래되고 보다 전통적인 인간의 잠재력을 보여준다. 이들은 인류의 운명을 호전시키기 위한 고매한 사상과 이상주의적 계획을 품고 있는 예비 예술가이다.

이들이 피아노를 공부하게 하자. 우리 사회는 이들이 필요하다.

o

나는 복이 많다. 제자들이 다 뛰어난 재능을 가지고 있기 때문이다. 그래서 나는 그들에게 피아노 공부를 계속하라든지 다른 것을 해야 할지 조언해야 하는 위기에 처하는 경우가 거의 없다. 하지만 몇몇 제자는 하버드대학교에 다니며 여러 방면에서 뛰어나다. 이들이 노벨 물리학상을 목표로 나아가야 할까, 뛰어나지만 마땅한 대우를 받지 못하는 피아니스트가 되어 변두리에서 학생들이나 가르쳐야 할까? 물론 복지학교, 지역 사회 대학, 초급대학 등에도 일자리가 있으며, 운이 좋으면 인정을 받아 종합대학교에서 학생들을 가르칠 수도 있다. 그리고 이들 중 한둘은 상당히 유명한 콩쿠르에 입상하여, 어떤 높은 자리에 보다 적합한 후보가 될 수도 있다. 그러나 과연 이들 중 몇 명이 이들의 가장 소중한 꿈인 연주가로서의 성공적인 경력을 쌓을 수 있겠는가. 냉정하게 생각해서 보다 쉽고 편한 길을 택하도록 하는 것이 옳지 않을까?

오래전 일이다. 어느 날 나의 선생님은 아파트 창밖으로 거리를 청소하고 있는 쓰레기차를 물끄러미 바라보고 있었다. 그 옆에 있던 선생님의 친구가 아마 쓰레기차 운전사가 선생님처럼 훌륭한 음악가보다 돈을 더 많이 벌 것이라며 사회적인 보상의 부당함을 지적했다. 선생님은 이렇게 대꾸했다. "그럴지도 모르지. 하지만 난 그래도 피아노를 치겠네."

o

영혼도 배가 있지 않을까? 그래서 우리는 기본적인 본능 또는 일반적인 계략과 속임수에 취약한 본능을 충족시키며 삶을 영위하는 것이 아닐까? 햄버거는 몸에 좋지 않다고 하지만 맛있고 먹지 않을 수 없다. 몸에 좋지 않은 것, 즐거움을 주는 것, 예쁜 것, 달콤하고 만족감을 주는 것, 배부르게 하며 정신과 영혼의 습관을 충족시키는 것을 더 대보라고 하면 얼마든지 댈 수 있다. 돈을 많이 버는 것은 좋다. 돈과 좋은 물건을 가지는 것은 좋다. 오페라를 보러 갈 시간과 돈의 여유가 있는 것은 좋다. 그러나 음악을 만들어내고 자신을 아는 것, 자신의 영혼을 아는 것, 영혼의 뿌리와 가지를 아는 것, 배는 부르지 않지만 성취감을 느끼는 것이 더 좋다.

내가 가르치는 학생이건 아니건, 재능이 있는 학생이

건 아니건, 학생들이 음악을 계속해야 할지 말아야 할지 물을 때 나는 망설이지 않는다. 어쩌면 내 조언이 잘못된 것일지도 모르겠다. 하지만 자의식에 대한 본능을, 달고 쓴 양심의 주위를 배회하는 본능을, 신중하게 한 발 두 발 내디디며 독립적이고 자유로운 자아 또는 무아를 인식하는 본능을 어떻게 거부할 수 있겠는가. 우리에게는 항상 든든한 길잡이가 있다. 그것은 바로 이성과 윤리에 의해 만들어지지 않으면 살아남을 수 없는 악보이다. 학생을 가르치는 것은 악보이다. 선생은 학생을 악보로 인도할 뿐이다(선생이 악보를 안다면).

o

모든 학생의 목표는 항상 똑같다. 독립이다. 그리고 모든 선생의 목표는 학생의 독립심을 키워주는 것이다.

독립심은 두 가지 요소, 즉 음악적 판단력과 개인의 정체성으로 이루어진다. 판단력에 대해 말하자면 기본적인 전략은 여러 가지 수준에서 합리적인 선택을 하는 데 필요한 수단을 제공하는 것이다. 선생은 해석의 문제에 있어 선택된 해결책이 왜 합당한지 설명해야 한다. 악보는 저마다 독특한 특색이 있는 수많은 음표와 기호로 이루어져 있으므로 결정해야 할 점진적 변화와 관계와 음의 표현이 수없이 많다. 물론 모든 음은 강조되는 부분의 위치와 표현 방식에 따라 다르게 해석될 수 있다. 음악의 무한한 자유를 나타내는 본보기로서 여러 가지 가능한 선택을 검토하고 즐기고 구상해야 한다.

학생의 정체성에 대해 말하자면 학생들에게 레퍼토리를 할당할 때 특별한 주의를 기울여야 한다. 할당된 작품들은 그 학생의 성향을 반영해야 하지만 성향과 반대되는 작품도 몇 곡 집어넣어 새로운 발전을 도모해야 한다. 진정한 예술가는 프로그램의 선택으로 스스로를 차별화한다. 한 학생에게 다른 학생들이 연주하는 것들과 똑같은 관례적인 곡들을 주면 결국 그 학생은 관례적인 방식으로 연주하는 평범한 학생이 된다.

o

화가 페르낭 레제는 어느 시점에서 한 번쯤은 스승에게 "뒈져라!"라는 욕을 하지 않는 제자는 믿을 수 없다고 말했다. 나는 한 번도 이런 대담한 반역을 부추긴 적은 없지만, 거꾸로 학생이 무의식적으로 내 연주를 흉내 낼 때는 벌컥 화가 나는 것을 보면 이 말의 뜻이 무엇인지 알 것 같다. 선생은 학생이 자신을 모방하는 것보다 독자적인 것을 훨씬 더 좋아한다.

모든 학생은 아무리 미숙하다고 해도 나름대로의 '소리'를 가지고 있으며, 선생은 이것을 인정하고 잘 살려줘야 한다. 그러나 이런 개성이 아직 채 발달되지 않아서 알아보기가 힘들 때도 있다. 그럴 때일수록 더 더욱 그 중심을 살려 살과 날개를 붙여주면서 이제 막 싹트는 개성의 중심을 만들어 줘야 한다.

학생은 선생의 인정에 힘입어 아직 취약한 중심을 잘 지켜나갈 수 있다. 학생의 스타일이 현재의 인습적인 스타일과 맞지 않더라도 걱정할 필요가 없다. 기준이라는 것은 항상 변하며 더 낮아질 때가 많기 때문이다. 과거의 명화와 벽화들이 그 원형을 상실할 만큼 풍화와 부식, 손질 등의 온갖 재난을 겪으면서도 살아남았듯이, 위대한 음악은 해석법의 격변을 비롯하여 기타 온갖 악영향과 정화 작용에서도 살아남는다. 소리와 스타일의 온갖 변화는 음악의 무한한 의미를 확인하는 데 필요한 경의의 표시인 것 같다. 따라서 우리 학생들도 이런 무한한 의미를 탐사함으로써 자신만의 색깔을 발견할 수 있도록 옆에서 장려해야 한다.

O

선생의 첫째 역할은 소리, 표현, 느낌의 어휘를 가르치는 것이다. 꾸밈없는 소박한 글을 쓴 어니스트 헤밍웨이 같은 작가나, 은유법을 피한 콘스탄틴 카바피Constantine Cavafy 같은 시인은 무한한 가능성 안에서 신중한 선택을 한 것이다. 이들의 글이 화염처럼 선명하고 강렬한 것은 그들이 선택한 말과 선택하지 않은 말 사이의 긴장에서 비롯된 것이라고 할 수 있다(앙드레 지드는 작가가 말하지 **않는 것**이 말하는 것보다 더 중요하다고 말한 바 있다).

학생들에게 표현할 수 있는 소리와 말을 몇 가지 제시하고 스스로 선택하게 하라. 그들이 선택한 것과 선택하지 않은 것을 직접 또는 녹음기로 들려주고, 의도적으로 선택한 것인지 우연히 그렇게 된 것인지 물어라. 그리고 소리의 강약과 색깔을 다양한 방식으로 표현한 여러 가지 연주를 들려주고, 나중에 또다시 선택을 할 때 참고하게 하라. 이 복잡한 실험을, 진리에 이르는 여러 길을 즐기게 하라. 선택의 한계를 정하는 작업의 예비 단계로서 수없이 다양한 소리의 변화를 체험하게 하라. 이렇게 훈련된 귀는 스스로 운명의 개척자가 되어야 한다. 나 자신도 늘 상기하듯 음악의 운명의 개척자가 되어야 한다.

●

내 아내가 가르치는 학생들 중에 재능이 뛰어나고 매우 진지한 여학생이 하나 있다. 이 학생은 음악과 이와 연관된 여러 가지 문제들 그리고 직접적으로 관련이 없는 문제들에 관한 기본적인 질문을 끊임없이 한다. 한 가지 질문에 대답해주면 두 가지 질문을 한다. 알면 알수록 불만이 더 커진다. 뭘 생각해야 하고, 뭘 해야 하며, 뭘 선택해야 하는지뿐만 아니라 왜 그래야 하는지도 묻는다. 이 학생이야말로 이상적인 학생이다.

그녀의 유전자에는 옳고 그름의 명확한 구분뿐만 아니라 무엇보다도 이런 구분을 해야 하는 이유를 요구하는 정신이 깃들어 있다. 서로 다른 범주의 가치관에 서로 다른 기준이 적용될 수밖에 없다는 것을 그녀는 아직도 이해하지 못하고 있다.

실생활이나 법적인 원칙에 관한 문제라면 상식과 전례에 따라 선과 악을, 받아들일 수 있는 것과 없는 것을 선택하면 된다. 이를테면 이는 하루에 세 번 닦아야 하고, 음주 운전을 하면 안 된다. 도덕에 관한 문제에 있어서는 선악의 구분이 불분명하다. 하지만 자비심은 타인에 대한 가장 고매한 충동이다. 그리고 자비심은 집에서 시작된다.

미적 가치에 대해 말하자면 아름다움과 진실은 목숨을 건 싸움에도 있고 포용에도 있다. 옳고 그름의 수많은 변수는 영원한 긴장 관계에 있다. 마르셀 뒤샹이 "문제가 없으므로 해답도 없다"고 말한 것도 아마 그래서일 것이다. 어떻게 이 우주가 존재할 수 있을까, 이런 문제와 같은 것이다. 그리곤 그다음에는 어떻게 우주를 묘사할 수 있을까 하는 문제가 따른다.

o

가르침의 어려움에 관한 가장 설득력 있는 말은 화성에 관한 교과서를 쓴 아널드 쇤베르크Arnold Schoenberg의 저서 머리말에 들어 있다. 그는 대부분의 선생들이 학생이 이미 알고 있는 것을 가르치며, 그들이 모르는 것을 가르치는 선생은 거의 없다는 명백한 사실을 지적하고 있다(이것은 정신이 번쩍 들게 하는 사실임에도 일반적으로 무시되고 있다).

곰곰이 생각해보라. 흔히 우리는 자신이 가장 좋아하고 잘 아는 곡을 학생들에게 가르치지 않는가? 자신의 배경과 전통을 반영하는 해석을 더 좋아하지 않는가? 자신의 손에 익숙한 훈련을 반영하는 기술 훈련법을 쓰지 않는가? 자신이 가장 잘 알고 즐겨 읽는 것을 권하지 않는가? 학생마다 성향과 재능이 다양함에도 불구하고 그들이 유사한 성향을 부여하는 똑같은 환경에서 자랐다고 생각하지 않는가? 성취에 대한 자신의 생각과 계획을 바탕으로 하고 있을 뿐, 학생 개개인의 요구 사항과 장점, 약점, 이상을 충족시키지 못할지도 모름에도 불구하고, 순전히 습관적으로 음악적 스타일과 몸의 자세와 기교, 철학과 레퍼토리와 운지법 등에 관한 똑같은 공식을 권하고 반복하고 있지 않은가?

o

교과 과정은 학생 저마다의 필요와 목표에 따라 달라야 한다. 어떤 학생은 대위법 공부가 더 많이 필요하고 어떤 학생은 가창 공부가 더 많이 필요할 수 있다. 그런데 왜 서로 다른 필요에 똑같은 것을 제공할까? 왜 개인적인 장점과 약점을 살리고 보완할 수 있는 교과 과정을 만들지 않을까?

아마 그것은 매우 실제적이고 합당한 이유 때문일 것이다. 즉, 학생 수가 예상할 수 없을 만큼 변동이 심한 데다 교사의 임용 계약과 의무도 불안정하기 때문이다. 이에 대한 해결책은 치밀한 계획과 융통성을 바탕으로 학과목 간의 학생 수의 불균형을 해결함으로써 대량 이동을 막는 것이다. 그리고 이렇게 해서 안정적인 이동 체계가 확립되면 이를 바탕으로 교과 과정과 교사 배치를 재조정할 수 있을 것이다.

필수 과목은 전반적으로 줄여야 한다. 물론 일정 수준의 음악적 재능은 기본적으로 갖춰야 하겠지만 학생 개개인의 다양한 재능과 결점을 무시하는 것은 한마디로 독단적이고 기계적인 처사이다. 어떤 과목에서는 뛰어나지만 다른 과목에서는 부족한 것은 미래를 향한 불안정한 출발이 된다. 그러나 일률적인 기준으로 이런 불균형을 해결할 수는 없다. 아무리 전문화된 과목이라도 다양한 과목을 공부할 수 있는 기회를 학생들에게 부여해야 한다. 그럼으로써 저마다의 운명을 개척해나갈 수 있기 때문이다. 우리는 예술가를 양성하는 것이지 관객을 양성하는 것이 아니다.

●

예술 학교가 안고 있는 고질적인 문제는 실제 응용과 이론을 병행하는 어려움에서 비롯된다. 일반적으로 화성, 분석, 음악 문헌 등에 관한 공부와 차별화된 연주 방식 사이에 상호 교류가 거의 이루어지지 않는다. 즉, 머리와 몸통을 연결하는 목의 경정맥이 절단되어 있는 것처럼, 학생들에게는 신비적이건 세속적이건 저마다의 독특한 해석법이 있는 반면에 어려운 이론 용어는 실제로 악기를 다루는 데 쉽게 적용되지 않는다. 이 분리는 거의 절대적인 것 같다. 학생들은 정보의 창고를 연계시키려는 노력을 거의 하지 않는다.

연주자들과 음악학자들 사이의 고질적인 불화도 이와 비슷한 이유로 생기며, 어느 정도의 성공은 거둘 수 있지만 문화에 이바지하지는 않고 장식품 구실만 하는 재능 있는 피아니스트가 흘러넘칠 만큼 많다. 음악의 언어, 기호, 구조, 전례와 역사에 대한 이해에서만 비롯되는 특별한 통찰력과 지혜가 화려한 연주에 대한 허영에 현혹되어 지극히 평범하거나 그보다 더 나쁜 연주로 전락해버린다. 음악적 기교는 학문적인 문제이다. 이론과 피아노는 프랑스어와 화학만큼 그 거리가 멀다. 분석은 화석을 연구하는 것이고, 거기에 비해 공연은 일종의 타락이다. 그래서 상호 불가분의 관계에 있는 두 가지 관점이 부지불식간에 인위적으로 분리되는 위험에 처하게 되는 것이다.

○

여러 분야의 관점을 종합할 수 있는 과정을 개발하는 것은 불가능한 일이 아니며, 뗏목같이 몰려 있는 제도상의 관습을 뚫고 나가는 문제일 뿐이다. 그런 과정은 모든 음악 작품에 관한 모든 정보를 통합하려는 시도의 상징이 될 수 있을 것이다. 사실 이것은 매우 간단한 일이다. 이론, 실기, 음악사, 인문학 등을 가르치는 학과의 교수들에게 한 학기 동안 한두 작품에 대해 심포지엄 형식의 토론을 하게 하는 것이다. 그러면 작품의 상황과 의미, 역사, 사상 등 모든 면이 결합되어 종합적인 이해의 틀이 형성될 것이다. 그리고 학생들은 마침내 형식과 의미 사이의 활발한 교류뿐만 아니라 작곡 과정의 흐름과 특징을 이해하게 될 것이다.

운 좋게도 나에게 맡겨진 비범한 학생들에게는 평범한 학생들과는 다른 문제가 있다. 이를테면, 이들의 기교와 기초가 높은 수준이기에 잡다한 실제적 문제에 소비되는 시간을 최소한으로 줄임으로써 해석에 관한 문제에 집중할 수 있다. 반면에 이들은 연주가로서의 자격을 이미 갖추고 있다. 이것은 곧, 이들을 가르칠 때에는 최고 수준의 연주뿐만 아니라 음악과 연주자의 개성을 입증해주는 연주를 목표로 해야 한다는 것을 뜻한다. 우리 스튜디오에는 자랑스러운 금언이 붙어 있다. "완벽함은 목표가 아니라 출발점이어야 한다."

나는 적극적으로 가르친다. 뒷전에서 뒷짐을 지고 삶과 음악에 대한 철학을 늘어놓지 않고 수시로 간섭한다. 그런 이야기는 전화로 많이 하고, 가르칠 때에는 잘하고 못하는 것에 대해 끊임없이 탄성을 지르며 열정적으로 가르친다. 음표를 놓치는 것은 용서하지만 무심코 잘못 읽는 것은 용납하지 않는다. 프레이즈를 잘못 이해하는 것은 괜찮지만 아무렇게나 처리하는 것은 용납하지 않는다. 소리가 잘 어울리지 않는 것은 괜찮지만 밋밋한 것은 안 된다. 연주자는 열정과 스타일을 가지고 뭔가 말해야 한다. 음표 하나하나가 중요하다. 음표는 심판의 날을 기다리는 후보이다.

학생이 연주하는 동안 나는 그 곁에서 때로는 소리를 지르고 간청하고 음악의 흐름에 맞추어 춤을 춘다. 필요한 힘이 들어가도록 학생의 잘 길들여지지 않은 손가락을 잡고 교정해주기도 한다. 세부와 전체가 어우러져야 하기 때문이다. 이 둘의 운명은 톱니바퀴처럼 맞물려 있다.

●

15년 동안 나를 가르친 선생님, 에드워드 스토이어만은 나에게 음악이 무엇인지 가르쳐주셨다. 물론 그분은 피아노를 치는 법도 가르쳐주셨지만, 피아노는 음악을 만드는 도구였을 뿐이다. 피아노에는 나름대로의 규범과 지식, 소리와 떨림과 힘으로 이루어진 희귀한 최음제, 명암과 실체, 여러 가지 목소리를 분간하는 특별한 재주를 가지고 있다고 가르쳐주셨다. 피아노는 신비롭고 불가사의하며 환상적인 장난감이자 발명품이며, 마귀들을 죽이고 천사들을 살리는 신비로운 힘이고, 우주선이며, 전능하고 매혹적이며 무한한 절대적 상징이었다.

그런 것이 피아노였다. 하지만 피아노는 음악을 만들기 위한 것이었고, 나는 더 좋은 음악을 만들기 위해 피아노를 열심히 배웠다. 내가 지금까지 사는 동안 훌륭한 피아니스트가 많이 있었다. 어떤 이들은 피아노를 연주하기 위해 음악을 이용했지만, 음악을 만들기 위해 피아노를 이용한 이는 몇 명밖에 되지 않았다.

선생님은 나를 그렇게 훈련시켰고, 화성과 대위법과 작곡법뿐만 아니라 체스도 가르쳐주셨고, 어떻게 책임감과 분별력을 갖춘 사람이 되는가를 가르쳐주셨다. 나는 열한 살 때 선생님에게서 처음 배우기 시작했는데 그분께서 철없는 개구쟁이의 머릿속에 심어주려 한 것은 피아노뿐만이 아니었다. 선생님이 가르치려 한 것은 음악이었다.

o

선생님은 예의와 타인의 권리를 존중하는 법도 가르쳐주었다. 언젠가 좀 늦은 시간에 레슨을 받을 때였다. 땅거미가 지고 있었으므로 나는 무심코 피아노 램프를 켰다. 선생님은 굳은 얼굴로 램프를 꺼버렸다. 나는 창피해서 얼굴이 빨개졌지만 선생님이 램프를 꺼버린 것은 인색해서가 아니라 예의를 가르쳐주려는 것임을 금방 깨달을 수 있었다. 남의 것을 만질 때에는 먼저 물어보아야 하는 것이다. 또 언젠가는 선생님이 가르친 지 오래된 한 학생을 소개시켜주었다. 우아하고 세련된 분이었는데 우리는 택시를 타고 함께 영화를 보러 갔다. 사춘기 아이들이 흔히 그러듯 나는 퉁명스럽게 인사했다. 선생님은 "그게 아냐. 항상 **'앙샹테!'** 하고 인사해야지" 하시면서 나의 잘못된 인사법을 즉시 바로잡아주셨다. 언제나 그렇듯이 선생님은 나 스스로 자신의 무지함에 대해 부끄럽게 생각하지 않게 하셨다. 선생님의 반짝이는 매혹적인 눈은 예의와 품위 있는 말씨의 즐거움을 깨닫게 해주었다. 삶과 음악은 유쾌한 놀라움과 즐거운 우회迂廻로 가득 차 있었다. 음악가로서의 역할과 특권에는 그늘과 가식이 없는 삶이 내포되어 있었다.

나는 선생님에게서 최선을 다해 열심히, 예의와 인내심과 용기를, 겉모습의 무의미함을 배웠다. 인위적이고 비인간적인 환경에서 자라면서 나는 사람의 마음이 돈보다 훨씬 더 중요하다는 것을 알게 된 것에 감사했다.

◑

선생님은 유명인에게 관심이 없었다. 관심은커녕 유명인을

- '처음 뵙겠습니다'라는 뜻의 프랑스어.

믿지 않았다. 그의 삶은 음악에 대한 헌신을 바탕으로 하고 있었다. 진리를 일깨워주는 예언적 메시지가 담긴 새로운 음악과 지혜와 용기를 주는 옛 음악이 그의 헌신의 대상이었다. 그러나 방종과 성공에의 집착이 담긴 음악은 철저히 배척했다. 그렇다고 가볍고, 매력적이며, 듣기 좋은 음악을 혐오한 것은 아니다. 선생님은 프란츠 레하르Franz Lehár의 오페레타(경가극)를 다 외우고 있었으며 뮤지컬을 작곡한 제롬 컨Jerome Kern의 음악을 몇 소절 흥얼거릴 수도 있었다. 선생님은 아름다운 멜로디 자체의 가치는 인정했다. 언젠가는, 라흐마니노프 음악의 문제점은 그 멜로디를 머릿속에서 절대로 지울 수가 없는 것이라며 탄식하듯 말한 적도 있다.

그러나 가장 고매하고 이상주의적인 음악가로 손꼽히는 부조니와 쇤베르크의 제자로서, 선생님은 음악 중개인이나 가식과 허식을 부리는 사람들을 참지 못했다. 그 자신은 누구 못지않은 명성을 누렸지만(30년대에 미국으로 건너와 미국보다는 유럽에서 더 명성이 높았다), 그에게 명성은 어디까지나 부수적인 것이요 유행과의 타협이었다.

그는 당대의 유명인들에 대해 관심이 없었으므로, 그의 제자들은 그의 커피 탁자에 아르투르 루빈스타인이 연주한 베토벤의 〈아파시오나타Appassionata〉 음반이 놓여 있는 것을 보고 깜짝 놀랐다. 아직 뜯지 않은 것이었는데, 6주 뒤에도 여전히 그대로 탁자에 놓여 있었다. 누가 물었다. "왜 들어보

지 않으셨어요?" 그러자 선생님은 장난스러움과 빈정거림이
섞인 그 특유의 말투로 이렇게 대꾸했다. "마음에 들까 봐."

O

도대체 이유가 뭘까? 군주제에 대한 무의식적인 갈망 때문
일까? 계급 조직의 서열 혹은 영토를 차지한 지배적 신이나
남성에 대한, 또는 확고하게 정착된 계급 제도에서 비롯되
는 평온에 대한 무의식적인 갈망 때문일까? 이 중 어느 것이
이유이건 우리는 선택해야 하는 문제가 없을 때 가장 행복
하다. 우리는 누가 제1인자인지, 누가 오늘의 여왕인지, 누
가 여당이고 누가 야당인지, 누가 위에 있고 누가 밑에 있는
지, 누가 1위이고 누가 꼴찌인지 결정하려 한다. 연주가 중
누가 가장 큰 만족과 희열과 정통성을 보여주는지 결정하려
한다.

　　어느 투포환 선수가 포환을 가장 멀리 던졌는지는 던
진 거리를 측정함으로써 쉽게 결정할 수 있다. 테니스 선수
의 순위를 결정하는 문제는 컴퓨터가 있다 해도 좀 애매하
다. 경기 조건, 출전 선수 명단, 추첨운 등의 변동이 심하기
때문이다. 예술에 있어서 특정 수준의 능력을 뛰어넘는 예술
가들을 상대로 우열을 평가하는 것은 무모하고 유치한 짓이
다. 그러나 순위에 대한 이런 욕구에 저항하는 사람들은 안
타깝게도 예술가들뿐이다.

그래서 언젠가 한 학생이 선생님께 브람스의 〈피아노 협주곡 D단조〉를 클리포드 커즌Clifford Curzon이 연주한 것이 좋은지 루돌프 제르킨Rudolf Serkin이 연주한 것이 좋은지 물었을 때 선생님은 무뚝뚝하게 이렇게 대꾸했다. "그걸 내가 어떻게 알아, 내 음악을 이해하는 것도 어려운데."

o

UCLA에서 실시한 조사에 따르면 애완동물을 키우는 사람들이 병원에 가는 횟수가 애완동물을 키우지 않는 사람들보다 16퍼센트 적다고 한다. 이 조사는 그다지 큰 의미를 내포하고 있지는 않지만 생각해볼 가치가 있다.

인간이 아닌 존재와의 친숙한 관계는 학생들에게 삶에 대해 보다 객관적이고 긍정적인 시각을 갖게 해준다. 또한 어릴 때 애완동물이나 야생동물을 키우면 생명을 돌보려는 본능, 책임감에 대한 본능이 더 잘 발달한다. 유연하고 우아하게 움직이는 동물과의 접촉은 예비 예술가들에게 여러 가지 자연스러운 자세와 에너지를 개발하는 능력을 키워주며 패턴과 창조에 대한 재능을 일깨워주는 여러 가지 조화로운 동작을 자연스럽게 배우게 된다(슈테판 볼페Stefan Wolpe는 자신의 음악을 때로는 소용돌이를 일으키고 때로는 내리꽂듯 일직선으로 헤엄치는 수족관의 물고기에 비유한 바 있다).

건반을 다루는 법을 가르칠 때 동물들의 자연스러운 민첩함이 좋은 본보기와 자극이 된다. 무시무시한 뱀조차도 부드러운 레가토를 표현하는 데 필요한 '음에서 음으로 기어가는 듯한' 연주의 본보기가 될 수 있다. 건반을 따라 미끄러지듯 움직일 때 손가락과 손과 팔과 상체가 하나의 선을 이룬다. 그리고 이 선의 바늘구멍 사이로 온몸의 무게가 빠져나간다.

o

이상적인 가르침에 대해 생각할 때 사실 나는 멀리서 찾을 필요가 없다. 아내가 해낸 일을 생각하기만 하면 되기 때문이다. 그녀의 제자들이 이루어낸 성공과 그 수많은 상이 뚜렷이 떠오른다.

대부분의 교사들은 한 가지 또는 두 가지 관점에만 집중한다. 그들은 곡의 해석, 스타일, 기술, 손의 위치, 몸의 자세, 호흡, 연주의 심리학, 구성, 셍커Heinrich Schenker의 이론, 아름다운 소리, 이미지, 훈련, 때에 맞춘 옷차림, 또는 이런 여러 가지 요소의 다양한 결합을 가르친다. 하지만 아내는 이 모든 것에다 또 다른 것을 가르친다. 그것은 바로 긍지의 바탕이며 연주 윤리의 바탕인 책임감이다. 학생들은 스스로 부끄럽지 않은 연주를 할 책임이 있다. 이리저리 눈치를 보며 이 책임을 회피한다고 해서 주홍 글씨의 낙인이 찍히지는 않지만 양심이 괴로워진다. 하지만 곧 양심보다는 정신이 괴로운 것이 낫다는 것을 알게 된다.

그녀는 느릿느릿 걷는 양 떼 주위를 도는 양치기와 같다. 길을 잃은 음이나 잘못 연주되었거나 아무 느낌도 없는 음이 있으면, 그녀는 그것을 금방 발견하고 힘을 북돋우어 무리 안으로 돌려보낸다. 양 떼를 묶은 사슬은 가장 약한 고리만큼 튼튼하며 그녀는 이 사슬로 이 멋진 무리를 잘 지도한다. 하지만 피부로 느낄 수 있는 관심과 사랑으로 다스리기 때문에 그녀의 제자들은 잘 자랄 수밖에 없다.

ㅇ

언젠가 한 학생이 스토이어만 선생님에게 프레이징˙을 잘 모르겠다며 조언을 구했다. 선생님은 정중하게 대답했다. "왜 **프레이징 전문가**에 가보지?"

이 일화의 교훈은 매우 간단하다. 피아노 연주에서는 모든 것이 서로 연관되어 있기 때문에 그 어떤 것도 이 상관관계에서 강제로 빼낼 수 없다. 프레이징은 이런 조직의 한 증상이나 가지로서 분리될 수도 있지만, 이것을 고치는 과정에는 서로 맞물려 있는 여러 가지 요소가 결부되어 있다. 악보에 단 하나의 선율이 그려져 있다고 해도 화성적 얽힘,

---

- **음악의 흐름을 유기적인 의미를 갖는 자연스러운 악구(프레이즈)로 구분하는 일.**

박자 관계, 극적 표현법 등이 모두 얽혀 강하게 작용하고 있다. 음표가 적건 많건 모든 음악적 및 상상적 변수들이 작용하고 있다. 훌륭한 연주의 특색은 작품의 전체적 색깔을 만들어내는 모든 요소의 유기적 상호 의존 관계에 대한 감각이다.

유능하고 지혜로운 선생의 특징은 이 모든 요소와 이들의 궁극적 조화를 일깨워주는 풍부한 기지이다. 나의 아내의 가르침의 특징이 바로 이 풍부한 기지이다. 그리고 그녀의 기지는 피로나 무관심에 현혹되지 않는다. 그녀는 아주 먼 거리를 나는 매다. 한 발로는 가려운 곳을 긁어주고 다른 발로는 맛있는 먹이를 준다. 그녀의 눈은 곧 귀다. 단 하나의 작은 소리나 의미도 절대로 놓치지 않는다.

o

독주 피아노 레퍼토리는 인정받고 사랑받을 주제와 이정표가 많이 있는 자립적인 세계를 만들어낼 수 있다. 문제는 이 세계의 지형을 완전히 파악하는 데 있다. 웅장한 지도에 들어갈 모든 형태와 색깔과 크기의 언덕과 능선을 알아야 한다.

이것은 어렵지만 가능한 일이다. 먼저 모든 음악적 사건에 이름을 부여한다. 이 이름들은 양면성을 가지고 있다. 기보법에 의해 제한되는 한편, 특색과 표현의 영역에서는 한계가 없다. 그런 다음에는 이 사건들을 합쳐 하나의 일관된 흐름을 만들어내는 까다로운 작업을 해야 한다. 이것이 연주다. 살아 숨쉬는, 때로는 평온하고 때로는 들끓는, 한순간 불쑥 떠오르는, 도저히 흉내 낼 수 없는, 온갖 조화로운 생각들과 조화롭지 않은 생각들을 끊임없이 즉흥적으로 반복하는 것과 같다. 마치 두 산꼭대기 사이에 걸린 밧줄을 타고 걸으며, 바람결을 헤치고 나아가면서 하늘과 땅을 노래하는 것과 같다.

대등한 관계. 선생은 여기에서 시작하여 여기에서 끝내야 한다. 학생 옆에 서 있을 때 나는 생각과 감정의 소용돌이를 뚫고 나아가도록 인도하는, 꼭두각시 부리는 사람이 된 듯한 느낌이 든다. 하지만 학생들이 언젠가는 나의 이런 역할을 잘 받아들여 스스로의 운명을 정복하는 법을 배우게 되리라는 생각으로 위안을 얻는다.

o

내게는 학생이 그리 많지 않지만 그들의 특성이 참으로 다양하다. 정력파, 귀족파, 선구자, 시인, 아폴로 같은 학생, 뉴턴 같은 학생, 카멜레온 같은 학생, 감상파, 살쾡이 같은 학생, 얼룩 마노* 같은 학생. 실은 이렇게 각각 한 명씩, 모두 합해서 열 명이다. 누가 누군지는 이들의 판단에 맡긴다. 이들에게

---

* 보는 각도에 따라 다양한 빛깔이 나는 보석의 일종.

는 공통된 재능이 하나 있다. 행동한다는 것이다. 자극을 주면 연주가 나온다.

연주가 때로는 미숙하거나 아무 감정도 없거나 거칠지만, 이들은 움직이며 말을 잘 듣는다. 그리고 이들은 영혼이 있다. 물론 내가 할 일은 이들의 영혼을 북돋우는 것이다. 이제 레슨이 시작된다. 끝까지 연주해, 카멜레온, 네 단점과 장점은 나중에 생각해보기로 하고. 좋아. 노래를 더 많이 불러야지. 가사도 더 많이 넣고. 더 우아하게, 덜 밋밋하게. 이 시를 읽어봐. 저 그림을 봐. 쇼팽이 말했듯이 너의 모든 기쁨과 공감을 뽑아내서 몇 분 동안의 해방과 계시와 정열을 만들어내는 거야. 한 번 더. 처음부터 다시 해보자.

나는 이번에는 언제든지 덤벼들 태세로 가까이에서 서성거린다. 모든 음은 향기와 결을 만들어내야 한다. 나는 힘과, 나의 선생님의 비전과, 우리 일에 대한 믿음을 불러 모은다. 들어봐! 네 귀는 이 사나운 시베리안 허스키들을 이끌어야 하고, 네 손가락은 날아갈 듯 숨 가쁘게 키를 조정해야 하고, 경쾌하게 움직여야 해. 여기를 봐, 저기를 봐. 전속으로, 쉿, 스포르찬도* ! 균형, 돌체** ….

- **특히 그 음을 세게 연주하라는 말.**
- **부드럽게 또는 우아하고 아름답게 연주하라는 말.**

o

피아노 교사에는 두 가지 유형이 있다. 자신이 가장 잘 아는 곡을 주는 교사와 그러지 않는 교사. 이를테면, 리스트는 자기의 '**스페셜 메뉴**'가 되는 곡을 가르칠 때 듣기를 거부하곤 했다. 그가 너무나 잘 알고 있는 곡을 망치는 것을 차마 듣고 있을 수 없었던 것이다(신성 모독을 당하는 것과 같은 심정이었다).

그러나 대개 선생들은 학생들의 성장 단계에 유용하다고 여겨질 경우 자신이 좋아하는 작곡가와 곡을 추천하는 경향이 있다. 평범한 소리와 연주된 소리를 식별시키기 위해 바흐를 공부하게 하는 교사도 있고, 터치와 컨트롤의 기초를 다지기 위해 쇼팽부터 시작하게 하는 교사도 있다. 내 경우에 모범적인 길잡이이자 정신을 일깨워주는 음악가는 하이든이다.

하이든은 생각하는 법을 가르쳐준다. 마음으로 생각하는 법과 머리로 생각하는 법, 둘 다를 가르쳐준다. 하이든은 신념을 가르쳐준다. 하이든은 회의론을 가르쳐준다. 하이든은 결심과 체념을, 구성과 전략을, 변덕과 부드러움을 가르쳐준다. 무엇보다도 하이든은 모든 것의 뿌리요 전제요 조건인 **작곡법**을 가르쳐준다. 음들이 어떻게 결합되고 분리되고 재결합되고 변형되는지 가르쳐준다. 모든 것이 드러난다. 삶은 비극적인 동시에 즐겁다. 모든 것이 끊임없이 오간다.

우리는 때로는 폭풍의 중심에, 때로는 폭풍의 주변에 있다.

음들은 살아 있다. 피투성이가 된 우리의 코 바로 앞에서 창조와 파괴를 반복한다.

◯

하이든은 또 다른 측면에서 교육적 본보기를 보여준다. 대중 매체가 범람하는 오늘날 곰곰이 생각해보아야 할 이 교훈은 값싼 명성의 유혹과, 명성이 재능을 압도하는 현상을 경고하고 있다. 그가 남긴 글에 따르면 그는 에스테르하지 부악장에서 왕자의 악사로 일하며 비교적 고립된 생활을 할 수 있는 행운을 가졌다. 음악가로서 원숙해지는 중요한 시기에 그는 유행과 상업의 중심지인 빈에서 멀리 떨어져, 그만의 사상과 개성과 비전을 발전시킬 수 있었음을 감사했다.

예술가가 살아남기 위해서는 개성이 보호되어야 할 뿐만 아니라 꽃피어야 한다. 이 의미를 생생하게 전하기 위해서 예술적 개성의 핵심인 자아를 사실적으로 묘사한 제라드 맨리 홉킨스Gerard Manley Hopkins의 기록을 일부 옮겨본다.

세상의 그 어떤 것도 이 형언할 수 없는 용솟음, 독특함, 바로 나 자신의 존재에 견줄 수 없다. 이것을 설명할 수 있거나 이것과 비슷한 것은 아무것도 없다. 다른 사람들도 똑같이 느낀다…. 대자연을 탐색하면서 나는 단 한 잔에 **자아**를 맛본다. 나 자신의 존재를 맛본다. 아무리 고도로 개발되고 정련되고 농축된 것이라도 이것에 견줄 수 있는 징후를 보여주지 못하며 똑같은 맛을 맛보게 하지 못한다. 비슷한 맛도 내지 못한다…. 나의 자아에 대한 나의 인식은 매우 강렬하며 오로지 나의 자아에서 비롯된다. 그 밖의 것들은 나의 자아를 이해하는 데 아무 도움도 되지 않는다. 그리고 나의 조국이나 가족처럼 나의 주체성을 확인하게 해주는 것들도, 나의 옷 따위 내가 소유하고 있으며 나의 것이라고 부르는 것들도 **자아**와 **나**와 **나의 것**에 대한 보다 확고한 의식을 전제로 한 것이며 바로 이 의식에서 비롯된다.

바로 이런 독립성과 자의식이라는 중심이 있어야 한다. 유행과 손쉬운 접근과 위협의 바람에 흔들리지 않는 이 중심이 없으면, 찌꺼기와 정수를 구분하고, 연구와 흠모의 원천으로서 어떤 대상 또는 상대를 더 잘 이해하는 데 필요한 심오하고 냉철한 판단을 내릴 수 없다.

●

세계 곳곳의 대도시에는 창조력과 심미안을 길러주는 문화와 문화재, 음악회장, 극장, 박물관, 도서관 등이 널려 있다.

그러나 도시가 창조를 억제하는 경우도 있다. 내면적 비전과 외면적 모델을 추구하기 위해 햇빛과 공간과 고독이 필요한 젊고 늙은 인재들의 상상력을 억압하는 경우도 있다. 특히 그 도시가 문화 산업과 그 종속물인 성공과 시장, 경쟁의 중심지일 경우에는 부의 매력에 의해 판단이 쉽게 흔들린다. 그 도시에 교통과 소음, 쓰레기와 낙오자와 태만이 범람한다면, 부와 빈곤의 추악한 전시와 왜곡이 범람한다면, 노숙자가 범람한다면, 획일적인 건물이 꽉 들어찬 햇빛 없는 거리가 범람한다면, 예술가에게 영감을 주고 예술의 청사진이 되는 형형색색의 아름다운 대지를 마구 비틀고 물어뜯는 콘크리트판과 착암기가 범람한다면, 그런 곳은 자아를 위해가 살 곳이 못 되며, 그런 곳에서는 성장하고 발전할 수가 없다. 삶의 기쁨과 슬픔에 대한 독립적인 시각을 정립할 수가 없다.

그런 곳은 자아들을 전혀 독창적이지 않은 '새로운 것'에 대한 추구에 열중케 하면서 자기 흡수 작용에 의해 작은 지방으로 오므라들기 때문이다. 거래와 매출의 본거지에서는 오직 생존력만 남고, 그들의 자아로서의 삶은 급격히 감소한다. 그러므로 세상의 모든 부모들이여, 자식을 그런 곳으로 보내기 전에 곰곰이 생각해보시라. 소중한 내 자식이 쓸모없고 시시각각 달라지는 기준을 따르는 무명의 청중이 될 수도 있다는 것을 알아야 한다. 웅장하고 아름다운 성당들과 풍경이 있는, 연인들이 속삭이고 따뜻한 눈길을 보내는 공원들이 있는, 전망이 좋은 그런 곳으로 자식을 보내시길.

상관관계

음악가에는 두 부류가 있다. 창조론자와 진화론자. 창조론자
는 음악의 성격이 작곡가와 시대의 특징에 의해 정해진다고
생각한다. 이런 사람은 플라톤학파이다. 아리스토텔레스학
파(그리고 선종禪宗 추종자)는 이런 신학적 틀이 없다. 예술
작품은 비록 그 유전적 특징과 절대로 지워지지 않는 지문에
의해 구속되지만 그 운명을 다듬고 고치는 데 있어서는 무한
한 자유를 누리며, 따라서 그 해석의 범위가 무한하다.

o

셰익스피어는 장미를 찔레꽃보다 높이 평가한다. 아름다운 것은 둘 다 마찬가지지만 장미는 아름다울 뿐만 아니라 특별한 향기를 가지고 있기 때문이다. 예술 작품이 기본적인 기교와 감각의 차원을 뛰어넘어 불멸의 작품이 되는 것은, 다시 말해서 작품의 유형적 및 무형적 표현에 얼마나 많은 의미가 담겨 있느냐는 모호함의 정도에 달려 있다.

o

설명할 수 있거나 이해할 수 있는 예술 작품은 훌륭한 작품이 아니다. 위대한 곡의 '만족스러운' 연주를 들을 때, 사람들은 보통 창조의 미궁迷宮을 무너뜨리는 지배적 윤리의 공통된 편견에 찬동한다. 그래서 심오하고 중대한 작품에 으레 수반되는 논란에서 거의 항상 전문가와 일반인이 공통적으로 받아들인 '인정된 생각'이 승리한다.

o

오늘날의 연주에서 통일성과 다양성이라는 양극단 사이의 불가피한 긴장은 통일성 쪽으로 심하게 기울어져 있다. 여기에는 여러 가지 이유가 있다. 극적인 연주에 대한 일반적인 의심, 원곡에 대한 병적인 순종, 그리고 흔히 연주자보다 제작자의 의도에 따라 만들어지는 음반의 범람 등을 들 수 있다. 그러나 주된 원흉은 문화적 환경의 곳곳에서 우리의 감각을 무차별 공격하여 어쩔 수 없이 단순한 하나의 해결책을 받아들이게 만드는 온갖 자극의 범람이다.

o

그리하여 베토벤은 숭고하고 순수하며 장엄한 독일 이상주의의 황태자가 된다. 그러나 괴짜이자 과격파이며 모험가인 베토벤은 마약처럼 파괴적이며 중독성이 너무 강하기 때문에, 우리가 도피주의라는 치료법에서 얻을 수 있는 경건한 위안을 받기에는 너무 위험하다. 우리는 대개 우리를 단순하게 만들고 정화시켜주는 슬로건을 선호한다.

o

종교적 색깔이 가장 강하며, 우리에게는 신과 같은 작곡가 바흐는 흥미롭게도 합리적인 것을 좋아하는 우리에게 가장 다양하고 자유로운 해석의 대상이 되어왔다. 한편 환상 세계의 대표로 불리는 쇼팽은 '전통적'인 정확성을 바탕으로 연주해야 한다(즉, 정적인 단선율적 표현을 사용해야 한다). 그러지 않으면 전문가들이 아우성을 칠 것이다. 우리는 섬뜩한 것에 대한 편견 때문에 어떤 주제를 섬뜩한 것으로 잘못 이해하고 회피한다. 그런 것을 깨끗이 없애버리고 유령들을 내쫓아버린다.

o

바흐의 다선율적 음악은 대조와 조화를 이루는 독립 선율들
로 이루어져 있다. 쇼팽의 다선율적 음악은 다양한 음조, 혼
성混聲 지속 시간, 색깔, 음역 등이 끊임없이 소리의 구성 요소
들을 분산시키고 재결합하면서 대화를 나누는 것이라고 할
수 있다. 쇼팽의 악보의 특징은 페달이 첨가된 스타카토 저
음표(진리로 승화된 모순)이다.

o

예술 작품은 필연적으로 시대와 표현 방식의 한계를 뛰어넘
는다. 쇼팽은 바흐와 모차르트의 제자이며 스크랴빈의 선구
자이다. 쇼팽의 음악을 연주할 때 과거 및 미래와의 이런 연
결 고리를 무시하면 안 된다. 그러지 않으면 지극히 단조롭
고 평범한 연주가 되기 때문이다.

o

예술 작품의 함축적 의미는 그 주위의 반그림자로만 이루어
져 있는 것이 아니다. 다양한 가능성이 없는 현실은 공허한
그림자일 뿐이다. 각각의 상관관계 속에 나란히 놓여 있는
두 개의 음은 미적 및 영적 교류 또는 갈등의 원천이 된다. 이
런 갈등을 해결하는 데 필요한 우아함은 인식과 선택의 모진
시련 속에서 철저히 단련되어야 한다. 단순히 그 사명을 장

식할 뿐만 아니라 완수하는 주변 상관관계가 없으면 핵심도 있을 수 없다.

o

잊혀져버린 미덕들 중에서 가장 안타까운 것은 풍자의 상실이다. 선과 가치 기준의 급격한 퇴화의 희생양인 오늘날의 가엾은 젊은이들은 눈앞에 닥친 일이나 탈출에 몰두할 수밖에 없다. 상상력은 가상현실과 가상 쓰레기에 의해 유괴되어 버렸다. 쓰레기가 되어버린 상상력은 시체 썩는 악취를 풍긴다. 고전 음악의 언어, 형이상학적인 여행, 미묘한 아이러니, 그리고 패턴과 색깔과 이미지의 끊임없는 교류는 판에 박힌 공식과 동질성을 갈구하는 머릿속을 고갈시킨다. 용기와 광활한 범위와 공간의 역동적인 세계를 보여주는 라흐마니노프와 코르토와 슈나벨의 연주가 떠오른다.

o

어린이가 초등학교 7학년쯤 되면 기형적으로 변해버린 현실의 온갖 속박에 의해 아이의 상상력은 이미 황폐해져 있다. 세상은 변화무쌍하고 정처 없이 떠도는 세계에 대한 위장된 반발로 생겨난 록 뮤직, 가공된 정보, 요란한 이미지, 주입된 사상, 입에 발린 금언 따위로 뒤섞여 있기 때문이다. 그리하여 풀잎이나 바람 따위의 지극히 단순한 것에 깃든 생명의 경이를 불러일으키기 위해 소리의 축약된 만트라*를 제공하는 미니멀리스트들은 간접적으로 신화의 완화 작용을 복원하려 한다. 자아와 객체 사이의 치유 회로인 신화가 없으면 세상에는 흑과 백, 예스와 노 따위의 양극단밖에 없기 때문이다.

○

원죄란 참으로 잔인한 개념이다. 하지만 우리 인류가 미래를 내다보지 못한다는 점에서, 운명의 진리를 깨닫지 못하고 원초적 상처를 은폐함으로써 우리 자신과 다른 사람들에게 해를 입혔음을 인정하지 못한다는 점에서 안타깝게도 이것은 사실이다. 우리는 대지의 여신을 마구 유린한 우리의 가장 크고 명백한 죄를 지워버리려 한다. 우리의 꿈과 풍요, 다양성과 균형의 터전이, 우리의 상상력의 수련장이, 분별력과 상상력과 색감과 품위의 산실이, 존재와 그 구원자인 중용의 순환이 해괴한 질투와 복수의 드라마로 대체되고 있다.

○

오늘날의 예술이 의미를 부정하거나 왜곡하려는 것, 또는 고대 신화와 문화로 의미를 덮어씌우려는 것은 충분히 이해할 수 있는 일이다. 신념이나 영웅주의, 박애심을 긍정하기 위

- 불교·힌두교의 기도, 진언, 주문.

한 이런 도피와 책략은 20세기를 사는 데 치러야 할 대가라고 하겠다. 한편 이 너머에는 초인적인 의지로 역사와 투쟁하는 소수의 영역이 있다. 그러나 아무리 숭고하다고 해도 이 노력은 뒤틀린 뿌리의 잔해를 토대로 과수원을 가꾸려는 것과 같은 사상누각에 지나지 않는다. 왜냐하면 먼저 인간의 정신부터 해독되어야 하며, 인류가 스스로의 두려움과 오만을 인정하고 내면과 외면의 상처를 치료하는 것이 선행되어야 하기 때문이다. 그러기 전에는 최선의 예술이란 더럽혀지지 않은 대자연에 대한 공상에 지나지 않거나, 세심한 귀와 양심이 그린 더럽혀진 대자연과 인간성의 초상화가 될 것이다.

o

딱딱하게 굳어지기 두 시간 전까지의 신선한 도넛은 오락이라는 제과 산업의 완벽한 상징이다. 그 절묘하게 일관된 모양, 지방 함량, 그리고 예정된 노폐화 과정은 대중문화라는 일회용 쓰레기를 상징할 뿐만 아니라, 얄팍한 위안의 대가로 우리의 돈과 자존심을 꿀꺽 삼켜버리는 쇼핑센터 문화의 하루살이 같은 상품들을 상징한다. 남녀노소를 불문하고 사람들이 흔히 더 이상 생각하지도 말하지도 못하는 현상은 이제 놀라운 일도 아니다. 이른바 경제라는 것은 우리의 가장 믿음직한 친구인 언어를 조작하고 파괴하지 않고서는 제대로 돌아가지 않기 때문이다. 그리고 경제의 창고이자 회로인 언어가 없으면 생각이 있을 수 없다.

o

물론 과학, 음악, 법, 재정 등에 능한 총명한 젊은이들이 있다. 나는 이런 젊은이들을 가르쳤는데 이들은 매우 똑똑하다. 하지만 항상 총명한 것은 아니다. 이들은 특정 작업을 미니 컴퓨터처럼 재빠르게 처리하지만 시야가 매우 좁다. 그들에게는 정념, 풍자, 재치, 인내심, 경외심 등 교양 있는 (그리고 음악적인) 정신의 필수 요소들이 결여되어 있다. 이들에게 있는 것은 냉소주의, 미온적 사고방식, 맹목적인 우상숭배, 야망 등이다. 이들은 바로 우리 자신이다. 다른 점이 있다면 고통 없이 절망에 빠지고 향수 없이 연약해지는 새로운 개량종이라는 것뿐이다. 우리는 이들이 반발심을 품기 시작할 때까지 걱정과 무관심으로 이들을 훈련시켰다. 하지만 누구를 비난해야 할까? 정치가들일까 우리 자신일까?

o

공개 레슨 시간에 학생들은 동료의 연주를 비평하게 되어 있는데 다들 우물쭈물하고 수줍어한다. 곡을 알지 못해서일까, 동료의 감정을 상하게 하고 싶지 않은 것일까, 아니면 자신의 생각을 표현할 줄 모르기 때문일까? 대부분의 경우 마지막 이유 때문이다. 풍부한 음악 언어는 현대 어법으로 표현할 수가 없다. 심오한 소설이나 시가 있긴 하지만 젊은이들은 이런 것을 접할 기회가 거의 없다. 지적 의사소통의 탈을 쓴 속어, 선동적 슬로건, 선전 용어, 가식적 표현 따위의 무분별한 남용이 문화를 불구로 만들어버렸다. 남아 있는 것이라고는 항상 크게 부풀려지는 스캔들과 불행에 대한 뒷공론을 비롯하여 파편처럼 조각난 말, 풍자와 모방, 그리고 마비 상태뿐이다.

o

젊은이들이 쓰는 언어의 종류는 뉴스 언어, 광고 언어, 정치 언어, 대중문화 언어, 그리고 학문 언어로 제한되어 있는 것 같다. 뉴스 언어는 상관관계와 균형과 변화 등의 잘 다듬어진 사고의 요소가 결여되어 있다. 광고 언어는 우스꽝스러운 과장과 거짓말을 바탕으로 하고 있다. 언어의 타락의 전형이다. 정치 언어는 위험 수준에 이른 광고 언어라고 할 수 있다. 대중문화 언어는 반항적이고 허무주의적인 순수미를 지니고 있긴 하지만 스스로 분열되어 반사되는 무게에 짓눌려 죽는다. 학문 언어는 외부의 색다른 견해를 철저히 배척하는 내부적 기준에 따라 주제를 정의하기 때문에 은유적이고 비유적인 표현력을 저해한다. 이런 여러 가지 경향으로 인한 언어 훼손의 결과는 무슨 말인지 알아들을 수 없는 투덜거림과 그림과 낙서가 난무하는 사막이다. 또는 기껏해야 거짓말이 그럴듯하게 들리도록 하기 위한 '명료함'을 가장한 거짓 간결함이다.

ㅇ

변수는 인류에게 내려진 저주다. 우리는 보통 두 가지 범주만 인정한다. 우리와 그들, 신자와 비신자, 믿음과 불신. 그리고 둘을 인정하기는 하지만 하나만 믿는다. 다른 하나는 쓰레기와 악과 이단의 쓰레기통이다. 정체를 알 수 없는 사악한 존재, 또는 부정한 자궁 안에서 뒤죽박죽 들끓고 있는 혼란이다.

　　　이상주의와 포용의 전형이라는 젊은이들은 그 정체를 알 수 없는 온갖 변수를 다 통틀어 다목적 용어로 표현한다. '기괴하다'는 말의 어원도 모른 채, 상상이나 복잡한 생각에서 비롯된 모든 것을 기괴하다고 말한다. 색다른 것, 이상한 것, 오래된 것, 또는 공상적인 것은 무조건 기괴한 것이다. 그러나 회화적 또는 전자공학적으로 처리된 것은 순수하고 자연스러운 것으로 여긴다. 로큰롤은 기괴한 것이 아니다. 단조롭고 뻔하고 썩었고 따분한 것일 뿐이다.

ㅇ

프로이트의 제자로서 프로이트의 전기를 쓴 어니스트 존스는《햄릿》의 다양한 해석에 관한 책을 썼는데 이 책에서 다음과 같은 지혜로운 이야기를 하고 있다. "세상은 두 부류의 사람들로 나뉜다. 세상을 두 부류로 나누는 사람들과 그러지 않는 사람들. 체험을 양극화하려는 인간의 이 본질적인 성향 뒤에는 두려움과 자기혐오와 분노가 잠재하고 있으며, 이것은 문헌에도 잘 나타나 있다(엘리아스 카네티Elias Canetti의 뛰어난 통찰력 덕분에). 이것이 음악 분야에서 나타나면 참혹한 결과가 초래된다. 정확한 방법, 정확한 연주를 요구하는 소심한 습성이 모든 가르침과 모든 비평을 뒤집어엎는다. 마치 가장 저급한 기준인 개인적 취향이 보편적인 기준인 것처럼, 단순히 사람들이 좋아하기 때문에 어떤 것을 인정하거나 사람들이 싫어하기 때문에 거부하는, 그럴싸한 세속적 관행은 참으로 개탄스러운 일이다."

o

조지 버나드 쇼는 슈트라우스의 〈엘렉트라Elektra〉를 비판한 비평가 어니스트 뉴먼을 비난하는 논설에서 따끔한 일침을 가하고 있다. "하지만 그는 영국 비평계를 무디고 오만하게 만드는 그 속임수를 직접 체험하고 돌아봄으로써 지금쯤은 정신을 차렸을 것이다. 여기서 속임수란 기술적으로뿐만 아니라 윤리적으로 그를 즐겁게 하지 않는 모든 것은 틀린 것이라고 단정하는 것을 말한다." 항상 그렇듯이 쇼는 완곡한 표현을 쓰지도 않고 함부로 말하지도 않는다. 음악계에 팽배하고 있는 이런 비평은 무딘 것이다. 선택된 (또는 선택되지 않은) 기준이 한마디로 오만 방자한 것이기 때문이다. 오직 음악의 여신만이 정할 수 있지만 음악의 여신도 정하지 않는 예술의 법칙보다 개인적 취향이 더 권위 있는 것이라고 생각 하는 것은 오만 그 자체이다.

예전에는 재치 있는 논리와 궤변으로 본능적인 편견 을 합리화하려는 시도가 지금보다 더 발달되어 있었다. 하지 만 이런 기술은 이제 더 이상 필요한 것 같지 않다. 예술 또는 예술가가 주관적인 명령에 의해 받아들여지거나 버려지기 때문이다.

●

조각난 소리가 난무하고 선동적 표현이 판치며 약물로서의 폭력과, 탈출의 도구로서의 약물이 만연하는 시절에 연주 무 대에서 살아남는 것은 혼합된 색이나, 시와 환상의 일탈에 의해 엷어지지 않은 선명한 색깔을 의미한다(흑과 백이 가장 높이 평가된다). 흔히 신성한 것과 세속적인 것이 병행되는 마돈나의 밤에는 공연이 넋을 뺄 듯 매혹적이고, 통속적이지 않으면 청중은 지루함을 느낀다. 물론 흔히 '광신자'라고 불 리는 열성적인 청중도 있다(예술가에게 '광신자'라는 딱지 가 붙으면 인기를 얻지 못한다). 이 게임은 곧 명성이다. 반 면 예술은 영원히 고난의 미로로서 머물러 있다.

◑

오락과 유희는 삶의 고뇌에 시달리는 우리를 언제나 위로하고 격려해왔다. 정신적, 미적, 경제적 빈곤에 시달리는 우리는 고상하고 저속한 갖가지 재미와 게임의 일탈과 매력으로 우리의 오감을 충족시킨다. 물론 장 피아제가 친절히 기록한 것과 같이 어린아이들이 하는 놀이에서 얻어지는 자연스러운 즐거움과 교훈을 부정할 수 있는 사람은 아무도 없다. 그러나 권력을 쥐고 있는 사람들이 대중을 통제할 목적으로 빵과 오락을 제공하는 것인지도 모른다고 생각한 역사가와 사회학자가 많다. 즉, 대중에게 빵과 오락을 제공함으로써 그에 만족한 대중이 공동체와 자아의 활동에 참여하는 것을 포기하게 한다는 것이다(이 나라의 실제 투표자와 투표권자의 비율을 생각해보라).

내가 보기에는 록 뮤직 현상도 이 이론과 연관이 있는 것 같다. 오늘날의 경제적 및 정신적 불안은(막연한 불안이건 정신적 공백 상태이건) 치료를 요하는 여러 가지 일탈을 불러일으킨다. 특히 젊은이들은 상처받기 쉽다. 전문 직업인으로건 직장인으로건 이를 피할 수 있는 가능성은 점점 줄어들고, 이른바 정보 시대의 구상과 기회는 아직까지는 사실이라기보다는 선전에 지나지 않는다. 소리 지르고, 부르짖고, 미친 듯 날뛰고 싶은 이 몹쓸 불안에 저주를 퍼붓고 싶은 본능적 욕구는 십분 이해할 수 있다. 분노로 날뛰는 듯한 탄트라* 같은 록 뮤직의 일반적인 특징은 록 뮤직을 탄생시킨 혼란스럽고 암담한 환경에 대한 논리적인 반응인 것 같다.

그러나 이런 음악적 보복이 정당화될 수 있다는 것은 역사의 큰 틀이나 개발의 역사에서 볼 때, 작은 사건에 지나지 않는다. 이 게임의 진짜 악당들은 이 분개를 상품화하여 황금 음반으로 만든 사람들이기 때문이다.

O

피아노에 대한 열정적 헌신을 정당화하는 이유가 몇 가지 있다. 1) 피아노는 위대한 작품들을 접하게 한다. 2) 피아노는 무한한 신비와 매력을 품고 있다. 3) 피아노는 자기반성과 자기표현을 북돋운다. 4) 피아노는 이른바 '전성기'라는 허구를 벗겨버린다. 피아니스트는 나이가 들수록 더 원숙해지기 때문이다.

깨달음에 대한 이 영원한 탐구는 경쟁에 의해 가로막힌다. 평생 동안 위대한 음악과 고매한 사상의 향연을 즐겨야 할 젊은이들이 서른 살이 될 즈음에도 콩쿠르에서 큰 상을 받지 못하면 '거절'이라는 철의 장막에 부딪힌다. 그나마 상이라는 것도 명성과 쥐꼬리만한 기회도 보장해주지 못한다.

* 힌두교 샤크티파의 경전. 이론적 교리, 요가법, 신상 및 신전의 건조, 종교 의식 등 4부로 이루어져 있다. 일반적으로 관능적인 의식을 동반한 기도문 암송을 뜻한다.

콩쿠르로 인한 이런 현상은 여러 가지 해로운 결과를 초래한다. 가장 심각한 것은 익숙한 작품을 오랫동안 익히고 다듬어 연주하려고 레퍼토리를 제한하는 것이다. 독특하게 곡을 선택해 영혼의 여러 영역을 탐구하고 확인하려는 욕구를 포기하고 진부한 레퍼토리만 연주하게 되고, 현재 유행에 맞추려고 완벽한 컨트롤을 가장함으로써 원숙함을 흉내 내는, 조숙한 융통성을 부리게 된다.

o

피아노 콩쿠르를 위주로 교육받은 우리는 특징 없는 음악의 위험에 처했다. 저명한 선생들에게 선택되어, 고분고분 선생들의 가르침을 따라 프레이즈와 해석 방식을 가다듬은 수많은 수상자들은 지나치게 통제된 표현의 무미건조함을 보여주었다. 장엄하고, 꾸밈없고, 환상적이면서도, 절제된 연주는 이제 들어보기 어렵다. 따뜻하고 착실한 연주에 격렬한 옥타브 도약과 화려한 기술이 더해진 연주가 표준이 되어버렸다. 하지만 이제 이런 현상도 변하기 시작할지 모른다. 왜냐하면 '음악적'인 연주만큼 따분한 것은 없기 때문이다(물론 비음악적인 연주는 예외지만).

o

각종 콩쿠르와 조직자들, 비평가들은 수상자들 대부분이 한

결같이 평범하다며 푸념을 늘어놓는다. 이들의 푸념은 자기 기만적인 것이다. 이런 결과를 초래한 것은 바로 그들 자신이기 때문이다.

그렇게 뻔한 결과가 나오는 데에는 세 가지 이유가 있다. 1) 사람들이 참신하고 감각을 지닌 인재를 갈망함에도 불구하고 권력자들이 유행에 맞는 미적 기준을 대표하고 옹호한다. 특히 오케스트라와 잘 맞는 연주자를 원한다. 2) 선발 기준이 시인과 인습 타파주의자를 철저히 배척하도록 정해져 있다. 이들은 음악의 템포와 외관을 어지럽히기 때문이다(템포와 외관은 심사관들이 가장 중요하게 생각하는 신성불가침의 영역이다). 3) 심사관들이 각 나라의 수도를 돌아다니고 여론을 조성하면서 반영구적 종속들을 구성하고 있다. 이들은 서로를 잘 알고, 음악의 미래에 영향을 끼치는 책임을 즐기며, 스타일에 관한 이론과 일화를 서로 나눈다. 그라우초 막스Groucho Marx의 말을 빌리자면 그런 회원을 원하는 클럽은 자동으로 부적합 판정을 받는다. 기본적인 수준을 넘어서서부터는 음악가를 심사하는 것은 미스 아메리카를 심사하는 것과 같기 때문이다. 다시 말해서 결국 멋진 화장을 하고 환심을 사면 이기게 된다.

o

벨라 버르토크Béla Bartók는 "경쟁은 말馬을 위한 것"이라고 잘라 말한 바 있다. 다이빙 선수나 피겨 스케이팅 선수를 심사하 듯 예술가의 순위를 정하는 것만큼 야만적인 일은 없을 것이 다. 그런 스포츠에서 쓰이는 평가 기준도 시험적이거나 부적 합할 경우가 많다. 음악은 가장 생동적이고 자연스러운 예술 이다. 월트 휘트먼 , 윌리엄 제임스, 케네스 버크 등의 문호들 은 음악에서는 'No'가 있을 수 없음을 인정했다. 그런 음악에 있어서 순전히 독단적으로 재능을 순위로 분류하는 것은 병 리학적 증상이라고 부를 만큼 해괴한 일이다. 내가 보기에는 세상을 승자와 패자로, 유명인과 무명인으로 나누려는 욕구 가 너무 강해서 아주 미묘하고 덧없는 주제에도 앙심을 품고 미친 사람같이 달려드는 것 같다. 만일 음악이 힘과 성공의 게 임이라면 순수(소득 없는 사랑)는 치명타를 맞을 것이다.

●

얼마 전에 출판된 피아노 콩쿠르에 관한 책에서 어느 큰 콩 쿠르에서 결선에 오른 한 후보에 대한 내 의견이 허락 없이 인용되었다. 그럼으로써 나는 음악계의 지배자들이 만족할 만한 은밀한 심사를 내린 셈이 되었다. 이름난 원로 예술가 에 대해 이러쿵저러쿵 말하는 것은 괜찮을 수도 있지만, 한 창 피어나는 예술가의 등에다 권위의 딱지를 붙이는 것은 아 무리 좋게 보아도 성급한 짓이며, 최악의 경우에는 그림자처 럼 평생 따라다닐 저주가 된다.

도대체 무슨 기준과 이론이 있겠는가? 설령 있다고 해도, 젊은 연주자는 마땅히 여러 가지 성장과 변화의 단계를 거쳐야 하지 않겠는가? 그럼에도 심사 자체가 불합리하거나 단순한 경우가 많다. 고대의 재판에서는 희생자보다 재판관을 더 많이 심사했다. 예술처럼, 젊은이처럼 변화무쌍하고 복잡한 주제를 다룰 때에도 이래야 하지 않을까?

⊙

의견은 흔해빠진 것이며, 누구나 의견을 가질 권리가 있다. 일반적인 지식은 모든 것이 종합된 것, 즉 피겨 스케이트 선수와 다이빙 선수와 체조 선수를 평가하는 방법같이, 공식의 한가운데 어딘가에 진리가 있다는 믿음을 바탕으로 하고 있다.

그렇다. 총점을 평균함으로써 음악 콩쿠르를 심사하는 관행을 볼 때(대부분의 오디션과 심사도 마찬가지다), 음악 연주는 일종의 체육 기술이라고 할 수 있다. 사과와 오렌지를 뒤섞는 이런 우스꽝스러운 행태는 대부분의 음악적 평가의 빈곤화를 드러낸다.

뛰어난 음악적 재능을 공정하고 정확하게 평가하려면 교양과 객관성과 겸양이 있어야 한다. 다소 뒤떨어지는 재능을 평가할 때에는 더 예민해야 한다. 총점은 무의미하다. 중요한 것은 격려하는 태도와 예민함과 축복이다. 가혹한 비평은 터무니없이 성공한 사람들을 위해 남겨놓아야 한다(하지만 성공도 일종의 파멸이며, 따라서 동정을 필요로 한다).

O

모든 콩쿠르의 주최 측은 완벽하고 독특한 개성이 있는 연주자를 선택해달라고 똑같이 요구한다. 그러나 정작 그런 후보가 나타나면 언제 그랬냐는 듯이 묵살해버린다.

〈사이언스 뉴스〉지(1990년 5월 12일자)에 실린 연구 조사에 한 그룹의 대학생들이 신체적 아름다움의 기준을 평가한 기준이 제시되었다. 한 사람의 아주 매력적인 얼굴을 찍은 사진과 16명 이상의 얼굴을 합성한 사진 중에서 고르라고 했을 때, 응답자 대부분이 합성 사진을 더 이상적인 아름다움의 전형으로 꼽았다.

이것은 결국 흠 없는 아름다움은 진부한 것임을 뜻한다. 음악 콩쿠르에서 '비정상적'인 성향을 나타내는 참가자—불안정하고 탐구적이고 격렬하고 파격적이고 지적이고 (무엇보다도) 절망적이고 묵상적이고 대담한, 음악의 모든 특성을 다 보여주는—는 거의 어김없이 탈락된다. 이런 참가자를 떨어뜨릴 때 죄책감을 느끼는 사람도 더러 있지만 대부분 전혀 재고하지 않고 거침없이 떨어뜨린다.

O

세계적으로 손꼽히는 오케스트라의 경영을 맡은 바 있으며 음악적으로 상당히 세련된 사람과 이야기를 나눈 적이 있다. 그녀는 몇 년 전 그녀가 참석한 주요 피아노 콩쿠르에서 일 등상이 선정된 기준에 대해 설명했다. 그 수상자에게 대상을 안겨준 것은 무엇보다도 사람의 마음을 사로잡는 미소와 태도였던 것 같다! 그의 승리의 재능을 입증해주는 이보다 더 사실적이고 확실한 증거가 어디 있겠는가(영광은 이렇게 사라져버린다).

o

콩쿠르라는 것이 본래 공룡이나 기분 전환용 오락일까? 그렇다. 하지만 몇몇 콩쿠르는 보다 인간적이고 전통이 있음을 인정하지 않을 수 없다. 레벤트리트 상은 더 이상 공개하여 수상자를 뽑지 않고, 비공개 조사 및 추천을 통해 수상자를 선정한다. 이와 비슷한, 아주 큰 상을 수여하는 길모어 상도 녹음테이프와 실황 연주회를 토대로 수상자를 선정한다. 시간과 비용이 많이 들긴 하지만, 참가자들로 하여금 무대에서 정면 대결을 벌이게 할 필요가 없다. 또한 예술가 협회Affiliate Artists와 공동으로 제록스 회사가 후원하는 이 콩쿠르는 여러 명의 수상자(흔히 네댓 명)에게 순위가 없는 동등한 상을 준다. 가장 평범한 연주자 한 명만 선정되는 위험을 피하려는 이 방법은 얼마나 멋있고 상식적인가.

어쨌거나 모든 콩쿠르는 심사위원들의 수준과 그들을

선정하는 주최 측의 인질과 같다. 섬세하고 민감한 예술가들 중에 자신의 예술 원칙과 모순되는 역할을 맡으려는 사람은 거의 없을 것이다.

o

피아노 콩쿠르(다른 여러 가지 경쟁도 마찬가지다)에 따르는 수많은 악영향 가운데 가장 심각한 것은 주어진 레퍼토리로 연주해야 하는 것이다. 다행히도 이 관행은 점차 개선되고 있지만 아직도 많은 콩쿠르의 1차에서는 피겨 스케이팅 대회처럼 학교의 필수과목과 비슷한 의무 레퍼토리를 연주하도록 요구하고 있다. 즉, 주어진 에튀드*에다 바흐나 베토벤을 기념하듯 곁들이고, 또는 기타 그에 준하는 곡을 연주해야 한다. 그로 말미암아 테크닉은 색깔의 팔레트나 표현의 척도가 아니라 얼마나 빨리, 잘 치느냐에 따라 평가되고, 음악성은 과거의 노련한 대가들에 대한 형식적이고 의무적인 경의를 표하는 것에 한정된다. 이를테면 바흐의 해석을 억압하는 풍토가 너무 만연해서 바흐의 음악의 진정한 의미를 추구하는 참가자는 탈락되거나 전문가 또는 괴짜라는 딱지가 붙는다. 그러나 시대의 색깔 없는 요구를 충족시키는 사람은 색깔 없는 무리 안에 들 수 있다.

- 연주 기교를 위해 훈련용으로 작곡된 곡.

O

콩쿠르에서 1차에 의무곡을 연주하게 하는 규칙보다 더 잘못된 것은 결선에서 협주곡을 연주하게 함으로써 챔피언을 결정하는 관행이다. 웬만큼 경험이 있는 음악가라면 대부분의 협주곡보다 대작 독주곡이 연주자의 독창적인 재능을 더 잘 나타낸다고 주장할 것이다(또는 그래야 한다). 그 이유는 너무나 명백하다. 독주곡에서는 오직 단 한 사람만이 음악과 드라마의 전체 짜임에 책임을 지기 때문이다.

물론 협주곡 연주도 나름대로의 어려움이 있으므로 마땅히 레퍼토리에 포함되어야 한다. 그러나 협주곡을 마지막에 연주하게 하여 심사에서의 그 비중이 높아지면 협주곡은 음악적 지성과 상상력보다 극적 연기력이 돋보일 수밖에 없는 '관중을 위한 구경거리' 같은 것이 된다. 한 가지 기억해야 할 것은 콩쿠르에서 상을 받는 협주곡은 보통 모차르트나 베토벤이나 브람스의 작품이 **아니라는** 것이다(쇤베르크나 버르토크나 카터는 더더욱 아니다).

이에 대한 절충안은 간단하다. 퀸 엘리자베스 콩쿠르처럼 마지막 결선에서 내용이 풍부한 독주곡과 협주곡을 둘 다 연주하게 하는 것이다.

O

세상에는 '현실'이라는 명목하에 물질적 가치를 숭배하는 고상한 사람이 아주 많다. 현실은 매우 유혹적이고 변덕스럽기 때문에 그 덧없는 강요에 굴복하면서도 고상한 사람이 된 듯한 느낌이 들기 쉽다. 협주곡—특히 굉장히 매혹적인 후기 낭만파의 여러 작품들—이 우리의 (상상의) 삶을 이루고 있는 멜로드라마의 상징처럼 되는 것은 바로 이 때문이다. 그 반면에 일반적으로 슈만의 대작은 일반 청중에게는 부적합한, 노이로제에 가까운 흥미로운 내성 훈련으로 여겨진다. 이런 슈만의 작품이 탁월한 음악성과 비전을 요할지도 모른다는 주장은 콩쿠르의 신비로운 매력과 그것을 좌우하는 흥행에 의해 뒤엎인다.

　　우리는 젊은이들에게 완전히 세속적인 장사 풍토에 좌우되는 이런 가치관을 가르치고 있다. 그리고 그들 대부분은 순순히 굴복하여 이 게임을 즐긴다. 현실의 원칙은 이렇게 막강하다.

◐

진지한 음악에 대한 사회의 무관심과 그로 인한 젊은 음악가들의 연주 기회의 감소는 부정할 수 없는 어두운 현실의 단면이다. 점점 축소되는 시장때문에 인정받고자 하는 욕구가 점점 더 커진다. 점점 희미해지는 희망의 올가미에 묶인 젊은이들은 생존을 이유로 자신의 이상을 회피하고, 음악의 길보다는 직업적인 길에 더 큰 관심을 나타낸다.

그래서 재능 있는 학생들이 음악을 섬기기보다는 이용하는 현상이 나타나는 것이다.

○

한편에는 날로 팽배하는 상업주의가 있다(슈만의 피아노 협주곡은 이제 더 이상 먹혀들지 않는다고 나에게 조언한 엘리트 매니저가 그 상징이다). 또 한편에는 마약처럼 젊은이들로 하여금 고통을 달래고 기성 체제를 비웃을 수 있게 해주는 록 뮤직이라는 괴물이 있다. 이 두 괴물 모두 복종과 자성 상실을 요구한다. 둘 다 요란스런 돈과 소란과 희열로 젊은이들을 유혹한다. 둘 다 성취를 성공과, 성공을 명성과, 명성을 궁극의 선과 동일시한다.

콩쿠르는 이런 가치관의 혼란을 부추긴다. 눈앞의 성공을 달콤한 노래로 유혹하지만 이것은 사기며 거짓이다. 콩쿠르는 승자와 패자 모두의 꿈을 짓밟는다. 끊임없는 성장과 예술에 대한 평생 동안의 충절이라는 순수한 계율을 더럽힌다.

모든 선생들이 일치단결하여 "더 이상은 못해" 하고 말하면 얼마나 좋을까? 권투 경기 중에 이런 말을 했다가는 겁쟁이라는 낙인이 찍히겠지만 음악계에서는 고매한 저항이 될 것이다.

O

"다 내 탓"이라고 시인하면 모든 것이 일소된다. 그리고 다행히도 이 말은 누구나 언제든지 할 수 있는 말이다. 내 제자들은 콩쿠르에 나갈 준비를 하고, 참가해서 종종 좋은 성적을 거둔다. 이런 서커스에 대한 나의 혐오는 사실 위선으로 얼룩져 있다. 내가 그들을 기꺼이 보내기 때문이다.

그러나 애석하게도 장안의 유일한 게임인 이 게임의 부정적인 면에 대한 나의 의심을 제대로 전달하지 않은 적은 없다. 이 신기루를, 쳐다보기만 해도 각자의 개성을 돌로 만들어버리는 메두사를, 내가 얼마나 회의적으로 생각하는지 제자들은 잘 안다.

피아니스트의 진정한 개성은 대부분의 콩쿠르의 나이 제한을 훨씬 넘은 나이에 비로소 나타나기 때문이다. 이 제한선 전에는 무한하고 신비로운 음악의 세계를 탐사하려는 투쟁과 그 세계를 보여줄 수 있는 모습 사이의 줄다리기가 있을 뿐이다. 그러는 동안 학생은 이 게임을 하고 싶은 충동을 느낄 수도 있지만, 그럴 때마다 선생은 그 동기와 계획이 얼마나 공허한 것인지 일깨워주어야 한다.

O

콩쿠르에는 이렇게 여러 가지 해독이 따르지만 그것을 상쇄할 만한 좋은 측면도 있다. 대부분의 참가자들이 콩쿠르 기간 동안 그들에게 따뜻한 잠자리와 음식과 애정을 제공하는 좋은 가정에서 지낼 수 있다는 것이다. 이들은 후하고 사려 깊은 봉사를 아끼지 않는다. 방해받지 않고 조용히 연습할 수 있는 장소를 제공하고, 재능 있는 손님의 존재와 가능성을 진심으로 격려한다. 경연 대회 자원봉사자들과 보조원들도 마찬가지다. 평생 동안의 헌신을 단 몇 분 동안의 조건반사적 연주로 응축시켜야 하는 고뇌에 시달리는 참가자들에게 따뜻한 차와 동정을 제공한다.

콩쿠르에서 치명적인 상처를 입을 수도 있다는 것을 이 천사들도 잘 알지만 새로운 별이 탄생하는 꿈을 꾼다. 비록 종종 이 샛별은 어디론가 사라져버리거나 주디 갈런드처럼 비극을 맞지만.

o

지성과 감정의 고질적인 분열만큼 우울한 것은 없다. 이것은 문화 전반에 걸쳐 나타나는 현상이며, 안타깝게도 음악 사업이 그 전형적인 본보기다. 서로 떼어놓을 수 없는 이 쌍둥이가 도대체 어쩌다가 평범한(그리고 중대한) 생각에서 둘로 쪼개졌을까? 이 분열은 매우 기계적이다. 뇌가 좌뇌와 우뇌로 나뉘어 있는 순전히 생물학적인 구분이 그 이유가 아닐까 하는 생각이 들 정도이다. 지성과 감정의 대결에서는 보통 지성이 패자가 된다.

쇤베르크나 세션스 같은 작곡가와 슈나벨이나 브렌델 같은 피아니스트는 냉정하고 계산적임을 뜻하는 '지적'이라는 이유로 비판을 받았다. 사람들의 일반적인 생각은 감정이 없는 냉정한 사고 체계에 의해 감정과 희열이 자동적으로 배제된다는 것이다.

이런 편견은 무의식적이고 근거 없는 오해에서 비롯된 것일 수도 있다. '지성'을 '상상'으로 바꾸면 그 대상은 혐오스럽기보다는 두려운 것이 된다. 문화 및 교육 제도는 상상력을 훈련시키는 데 소홀했다. 온갖 저급한 작품이 바로 그 증거이다. 당연한 일이지만 이 열등한 훈련의 희생자이자 공급자들은(각종 예술 학교에 많이 있다) 상상력이 뛰어난 사람들뿐만 아니라 보다 분석적인 지성을 갖춘 사람들을 의심과 적개심에 찬 눈으로 바라본다. 상상력은 전통적 사고를 앞지르는 수단이 되지만 더 공격받기 쉬운 표적이 된다.

❍

아래 인용하는 조지 버나드 쇼의 글은 지성과 감정의 파괴적 분열에 대한 치료제이자 슬기로운 처방이 될 수 있을 것이다.

사람을 생각하게 만드는 것은 감정이다. 생각이 감정을 느끼게 하는 것이 아니다. 대학을 비롯한 우리의 모든 교육기관이 끊임없이 학교를 거쳐가는 학생들에게서 진정한 변화를 이루어내지 못하는 것은 생각을 통해 느끼도록 학생들을 지도하려는 잘못된 방법 때문이다. 예를 들어 음악도는 베토벤의 생일, 콘트라바순의 음역, D장조에서의 올림표의 수 등에 관한 정보를 축적함으로써 〈교향곡 9번〉의 시적 느낌을 점진적으로 이해하게 된다. 이것은 그림이나 그리스 시를 이해시키는 방법과 똑같다. 그 결과 평범한 세속적 소년이 평범한 세속적 성인이 된다. 이들의 취향은 옥스퍼드나 케임브리지에 진학하지 않고 사무변호사 사무실의 수습 사무원이 된 젊은이들과 전혀 다를 바 없다. 기술 교육과는 다른 의미에서의 모든 교육은 정서 교육이 되어야 한다. 그리고 그런 교육의 골자는 실제 체험으로 감각을 자극하는 것이 되어야 한다. 그러지 않으면 상상력의 의미는 제대로 해석될 수 없다…. 그러나 교육기관에서 감각을 자극하는 방법은 오직 예술 작품을 연출하게 하는 것밖에 없다. 그리고 이 연출을 완벽한 수준으로 끌어올리는 것이 대학의 본분이다.

나는 이 성명서에 감정과 지성은 서로 가르칠 수 있다는 말을 덧붙이고 싶다. 감정과 지성은 서로 교류하기 때문에 어느 하나가 더 앞서거나 뒤지지 않는다.

o

감정과 지성의 교차점에는 상상력이 있다. 감정은 꿈, 희미하거나 상상적인 풍경, 들뜬 상태나 불안 등 여러 가지 명백한 실체 또는 원인에서 비롯된 갖가지 불분명한 체험과 일반화된 느낌에 감정적 부하를 부여한다. 한편, 지성은 그 분석을 토대로 원인과 결과를 추론하고, 범주와 순서와 강도를 정한다. 상상력은 각각의 이미지에 대한 관찰과 체험을 결정화하여, 그것들에 독특한 이름과 감정적 색깔, 그리고 그것들을 이해하고 묘사하고 독창적으로 만드는 표현 방식을 부여한다.

오늘날의 문화에서 상상력의 세계는 무참하게 짓밟히고 변질되고 악용되어 왔다. 자연적(또는 초자연적) 이미지들이 의미를 파괴하고 정신과 환경을 말살하는 상업적 광고의 밀물에 완전히 흡수되어버렸다. 본질적으로는 매력적이고 조화로우며 위안을 주는 이미지들이(이런 것을 바로 '아름다움'이라고 한다), 절취되고 왜곡된 채 모조되어 온갖 그럴듯하게 꾸며진 상품을 파는 데 도용되었다.

o

상상력이 풍부한 삶은 호기심과 그에 수반되는 즐거움에서 비롯되는 냉정하면서도 열정적인 순수함으로 체험을 심사함으로써 그 원기와 정통성을 유지한다. 그러나 로봇 같은 메시지들과 그것들을 바라보는 로봇들을 만들기 위해 체험 (내면적 및 외면적)이 멋대로 고쳐지고 포장된다면 호기심은 무참하게 짓밟히고 창의성은 멀리 달아나버린다. 흔히 뚜렷한 주관이 없고, 무관심하고, 불안하고, 격정적인 오늘날의 젊은이들의 특성은 관심을 독점하고, 주의를 흐트러뜨리며, 정신의 신경 자극계를 붕괴시키는 여러 가지 오락에 의해 형성된다.

젊은이들을 둘러싸고 있는 혼탁한 상황에 대해서 그들을 비난하는 것은 가당치 않다. 그들이 불평과 불만이라는 피난처에 숨어버리는 것은 나그네쥐의 행진* 같은 것이 아니다. 그보다는 문화적 환경에 대한, 그 잔인성과 온갖 인위적 재앙과 저속함에 대한, 그리고 특히 생겨나자마자 점점 무의미해지거나 진부해지는 거짓 센세이션과 거짓 사실의 만연에 대한 반응이다. 안정이나 길잡이나 방향이 없이는 미로에서 빠져나올 수가 없다. 우리 젊은이들은 정신과 정신의 구조물들을 없애지 않고서는 버틸 수 없는 황량한 동굴에서 살고 있다.

- 노르웨이, 그린란드, 북극 등지의 툰드라 지대에 서식하는 이 쥐는 4년마다 수백만 마리가 낭떠러지에서 바다로 뛰어내려 집단 자살을 한다. 개체 수가 많아질 때마다 종족 보존을 위해 자살하는 것으로 알려져 있다.

o

젊은이들이 그들을 감독하는 어른들의 허위와 위선을 피해 지하에 모여드는 것은 십분 이해할 수 있는 일이다. 어른들은 즉흥적으로 거짓 답변을 제시하지만, 그마저도 그들 자신의 혼란과 무관심에 의해 잘못 전달된다. 훈련은 구할 수 있는 일자리의 범위와 성격을 끊임없이 변화시키는 경제 상황에서 살아남으려는 필사적인 욕구가 있어야 가능한 것이다. 경제의 성공은 소비자의 소비 정도에 달려 있다. 개성을 일깨우기보다는 마취시키기 위해 만들어진 불필요한 사치품의 소비에 달려 있을 경우가 많다.

연장자들은 솔선수범과는 거리가 멀다. 독서, 공부, 호기심, 장엄하고 미묘한 우주의 탐사 등과 같은 모범을 어쩌다가 가끔 보여줄 뿐이다. 그 대다수에게 결코 악의가 있는 것은 아니다. 하지만 그들 역시 고매한 가치관과 합리적인 한계를 설정하는 데 큰 걸림돌이 되는 불안정과 난잡한 감각주의의 희생양이 된다. 동기와 스타일이 똑같은 광고와 오락(뉴스도 마찬가지다)으로 가득 찬 괴물 같은 이미지의 세계는 순수한 생각과 관조와 비판적 분석의 주성분을 원천적으로 없애버린다.

o

모든 예술 작품과 모든 종류의 오락에는 정신적 및 정치적 주제가 있다. 의식적으로 의도한 것이건 아니건 이런 주제가 있다는 것은 필연적인 일이다. 저급한 것에 있어서 이런 주제는 그것이 온화한 것이건 교활한 것이건, 절대적인 것과 상투적인 것에 대한 인간의 근본적인 나약함에 호소한다. 나치와 소비에트 예술이 바로 그런 것이다. 다양한 등장인물에 각각 선과 악의 꼬리표를 붙이는 소설과 영화도 그런 것이다. 사랑의 고뇌보다는 기적에 대해 노래하는 팝송도 그런 것이다. 폭력과 공포와 만화의 매력도 그런 것이다.

예술 작품의 가치를 평가할 수 있는 간단한 기준이 있다. 그 작품이 이런 노골적인 호소를 얼마나 피하며 상호 반영을 얼마나 도모하는지로 평가하는 것이다. 이런 기준에 따라 다음과 같은 비교를 해볼 수 있다.

바그너의 오페라를 들을 때 사람들은 흔히 그 풍부한 작곡 기술과 창의성에 놀란다. 그러나 베토벤의 교향곡은 그보다 한층 더 높은 수준의 예술적 고결함과 창의성과 과감성을 갖췄다고 평가되는 경향이 있다. 그 이유는 바그너는 듣는 사람에게 순종을 요구하고 베토벤은 인식력을 요구하기 때문이다(너무 단순하게 말하는 것일지 모르나).

●

클래식 음악 연주회에 가는 젊은이들이 크게 줄고 있다. 젊은이들의 인식력의 쇠퇴와 이 현상 사이에 어떤 연관이 있지 않을까? 내가 보기에는 두 경우 모두 여러 가지 생각과 주제에 대한 자연스럽고 모험적인 호기심이 없기 때문인 것 같다. 지성이 상실되어 있다. 특히 상상력은 더 그렇다. 사고력은 삶의 다양한 분야에서 채집된 다양한 재료의 파종과 충돌에 달려 있기 때문이다. 그런 점에서 젊은이들의 언어 구사력이 빈약한 것은 외국어 공부가 일반적으로 너무 소홀히 다루어지는 것이 부분적 이유다. 익숙하지 않은 언어의 문법, 어휘, 발음, 표현 등은 모국어의 복잡한 부분을 더 잘 이해하게 하는 놀라운 근원이 될 수 있다. 그러나 사회 전반에 걸쳐 언어가 점점 퇴화하고 있는 지금, 그 희생자는 이 문제를 일으킨 장본인들이 아니라 젊은이들이라는 것을 잊지 말아야 한다.

O

얼마 전 윌리엄 F. 버클리가 주최한 '사선射線'이라는 제목의 좌담회가 열렸다. 독일 통일을 주제로 한 이 좌담회에서 몇몇 참가자가 흥미로운 언어적 편견을 나타냈다. 좌담회의 현실 정치적 성격에 비해 너무 이상주의적인, 너무 환상적인 표현을 '낭만적'인 생각으로 간주한 것이다. 헨리 키신저는 여기에 한술 더 떴다. 그는 그런 '낭만적'인 생각을 '시적 발상'이라는 말로 일축했다. 키신저 씨는 '분별 있는' 사고를 선호했다.

경고. '분별 있는' 정책을 추구하다가 얼마나 많은 사람이 목숨을 잃었고 얼마나 많은 재산이 파괴되었는가. 분별 있다는 것이 도대체 뭘 말하는 건가? 장차의 결과를 생각하지 않고 무조건 한 걸음씩 밀고 나가는 것을 말하는 건가(베트남), 아니면 다양한 필요와 사람들의 정당하지만 반대되는 요구에 대해 균형 잡힌 대응을 하는 것을 말하는 건가?

또 하나 덧붙여 지적하고 싶은 것은 시의 개념과 내용이 반드시 변덕과 과장과 희망적 사고를 나타내는 것은 아니라는 것이다. 시는 통찰력, 집중, 발견, 주제의 일관성, 상상력, 지혜 등 우리 젊은이들에게 심어주어야 할 모든 건전하고 '분별 있는' 가치를 표현한다.

o

미국이 가진 자와 못 가진 자로, 배운 자와 못 배운 자로 나뉘는 현상은 나날이 두드러지고 있다. 이런 상태에서는 한정된 소수의 젊은이들만이 광범위하고 다양하며 값비싼 교육을 누릴 수 있게 될 것이 뻔하다. 하지만 우리의 미래의 지도자들은 보다 종합적인 훈련과 교육 과정에서 비롯되는 다양한 아이디어에 접근할 수 있으리라고 믿는다.

그러나 지금은 그렇지 못하다. 40년대 말 내가 대학에 다닐 때에는 교양과목이라는 것이 있었을 뿐만 아니라 이 과목이 바람직한 것으로 여겨졌다. 반면에 오늘날의 교육기관은 젊은이들을 생계에 대비시키는 것이 그 첫째 목표이다.

학원에서도 직업 전선에서도 전문화를 가장 중시한다. 심지어 내가 일하는 이 예술 학교에서도 '진로 관리 기술'이라는 제목의 1년 **의무 과정**을 창설하여 순전히 경제적인 요소에 대한 경의를 표했다. 물론 이것은 전통적 교육 이상의 붕괴와 훈련된 음악가들에게 사회가 제공하는 열악한 환경을 고려한 결정이다.

O

요즘 검열에 대해 말이 많다. 랩 그룹, 코미디언, 조각, 몇몇 사진, 국기 방화자 등 다양한 표현 방식에 검열 제도가 적용되고 있다. 미국의 전통과 가치관을 신봉하는 사람이라면 검열은 불안하고 혼란스러운 사회의 나약한 반응이라는 것을 본능적으로 알 것이다. 하지만 그렇다고 해서 불쾌하고 혐오스러운 일을 보고도 그저 엉덩이 깔고 앉아 입 다물고 가만히 있어야 하는 것은 아니다.

몇몇 예술 작품이 혐오감을 주는 것은 사실이지만 그 정도는 그 의도를 이해할 수 없을 만큼 미미하다. 예술성이 상당한 수준이라면 두드러지게 도발적이고 논쟁적인 작품은 사상 사전에 올려져야 한다(공개 시장은 물론이고).

O

서로 다르면서도 상호보완적인 두 가지 힘이 우리에게서 상상력이 풍부한 삶을 빼앗아버렸다. 현대 문화의 그랑기뇰*과 시장 조사가 그것이다. 연예 사업은 공상과 환희의 세계, 창조력, 풍부한 색깔과 신화와 리비도 등 모든 것을 깨끗이 쓸어가 버렸다. 이 소중한 것들을 사람들을 마비시킬 목적으로 고안된 희열과 공포의 잡탕으로 변형시켜버렸다. 이런 상황과 광고의 수많은 무표정한 얼굴 사이에 아주 놀라운 공생 관계가 형성되었다. 소비자는 영원한 젊음과 망각과 아찔아찔한 스릴을 약속하는 두 괴물 사이에 갇혀 있다. 죽음과 부활과 욕망에 관한 온갖 조잡한 신화가 온갖 조잡한 색깔로 요란하게 포장되어 있다.

적절한 조언을 받지 못한 우유부단한 사람은 그런 그럴듯한 유혹의 제물이 된다. 유년기를 동경하는 젊은이들과 청년기를 동경하는 성인들은 그 유명한 P. T. 바넘**의 완벽한 봉이다.

o

이 두 가지 문화의 이면에서 과학은 예술을 비롯한 다른 분야들을 위축시키는 매혹적인 이미지들을 만들어냈다. 우리

- • 19세기 말 프랑스 파리에서 유행한 살인이나 폭동 따위를 다룬 전율적인 연극
- •• 미국의 유명한 서커스 흥행사. 희귀 동물, 기형 인간 등을 전시하는 박물관을 운영하기도 했으며, 정치적 수완이 뛰어나 주州의원을 지내기도 했다. 사람들의 흥미를 불러일으키는 여러 가지 광고 용어를 만들어낸 광고의 귀재.

의 위대한 과학은 이미 우주선을 비롯해서 자연과 인간의 의미심장한 순환 과정을 파헤치는 온갖 놀라운 방정식을 만들어낸 바 있다. 우아하기 그지없는 디자인(이를테면 브누아 만델브로의 이론을 나타내는 프랙탈 그래픽* 같은)에서 웅장하고 광대한 우주 철학의 개념에 이르기까지, 미로처럼 장식적이고 몬드리안처럼 추상적인 위대한 상징주의가 탄생한 것이다.

안타깝게도 우리의 일반적인 문화는 과학의 온갖 이론과 용어를 잘 수용하지 않는다. 미국의 경우 2000년도를 기준으로 수천 명의 과학자가 부족하다는 추정 통계가 그 증거이다. 칵테일 파티나 일반 가정의 저녁 식탁에서 슈퍼스트링**이나 쿼크***에 대해 이야기하는 것은 결코 쉬운 일이 아니다.

과학과 과학의 전능한 양자인 기술이 세상을 지배하게 되면서 나타난 부작용이 두 가지 더 있다. 첫째, 사색적 공상의 터전으로서의 자연이 상상적으로뿐만 아니라 실제적으로도 황폐해졌다. 둘째, 다른 분야들도 온갖 사이비 과

- 기하학적 무늬나 도형이 일정한 패턴에 따라 무한하게 반복되는 컴퓨터 그래픽 효과.
- •• 우주를 구성하고 있는 근본 입자들이 진동하는 작은 고리와 끈으로 이루어져 있다는 이론.
- ••• 물질을 구성하고 있는 가장 기본적인 단위의 가설적 입자.

학적인 방법으로 과학을 모방하고 있다(이해는 하지만 비겁하다).

O

음악에 관한 고질적으로 애매모호한 표현과 대조적인 멘델스존의 설득력 있는 말을 부연하자면 음악은 여러 가지 뉘앙스의 의미를 표현하는 데 훨씬 더 정확한 매개체이다. 음악가로서의 자격이 있는 사람은 이것을 믿어야 한다. 현실을 파헤치고 주체와 객체 사이의 그 미묘한 상호작용을 묘사할 수 있는 것은 오직 음악뿐이라는 것을 믿어야 한다. 슈베르트 음악의 한 악절을 통해 표현되는 나뭇잎의 색깔은 날마다, 연주자마다 달라질 수 있지만 이것은 현실에서도 달라진다. 즉, 시시각각 변하는 빛의 밝기, 화학적 성질 그리고 관찰자의 기분에 따라 달라지는 것이다.

어떤 이들에게는 나뭇잎이 나무껍질이나 이끼의 특징과 섞일 수도 있고, 어떤 이들에게는 구름이나 대합조개와 섞일 수도 있다. 하지만 그 근본적인 특성은 변하지 않는다. 이것은 주체도 아니요 객체도 아닌, 관찰과 완전히 집중된 의식의 산물이다. 또한 이 특성은 순전히 변덕스러운 기분에 의해 생겨나거나 조작되는 것도 아니다. 이 특성을 만들어내는 것은 독특한 특성이 있지만 중립적인 것으로 추정되는 객체에 정체성과 가치를 부여하는 정신적 작용이다.

오늘날의 공연 예술과 비평에 있어서 상상력의 결핍은 사람과 자연이 만든 작품에 대한 관심의 부족 때문이다. 일회용 상품이 우리의 일용 양식이 되는 오늘날, 자신의 세대가 세상이 어떻게 돌아가는지 아는 마지막 세대라는 릴케의 말이 한층 더 통렬하게 느껴진다.

o

비판적 평가에는 두 가지가 있다. 틀리기 쉬운 평가와 틀린 평가. 직업적으로 이 역할을 맡는 사람들은 역사뿐만 아니라 창조의 주역들에 의해 무시되는 위험한 상황에 자진해서 빠지는 것이라고 할 수 있다. 이들이 짊어질 무서운 십자가는 "비판보다 쉬운 것은 없다"는 자명한 이치다.

평가를 하는 사람은 평가할 작품이나 예술가보다 더 많이 알고 더 고결해야 한다. 예술 작품의 구도와 운명을 인식하는 데 필요한 정신의 감응력이 편견, 세습적 사고, 피상적 체계, 주관적 기준, 전통적 사상 등에 의해 오염되면 안 된다. 예술가가 추구하는 것이 뭘까? 예술가의 기백과 분별력과 고결한 정신을 격려하려면 어떻게 해야 할까?

우리는 다 비평가이다. 그리고 우리가 퍼뜨린 약속의 해독을 생각할 때, 자유로운 영혼보다 구속된 영혼이 더 많을 것이다. 물론 무질서한 습관과 독단적인 기준은 용납할 수 없다. 하지만 그들을 되살리는 비결은 비난에 있는 것이 아니라 그들의 예술의 정수精髓를 보다 고매한 목적을 위해 활용하게 하는 데 있다.

O

고급 수준에 오른 음악도들은 거의 다 도회지에서 살고 있다. 전형적인 도회지 환경에서 이들의 물리적 및 형이상학적 동료가 되는 것은 소음, 먼지, 교통, 햇빛 없는 거리를 지배하는 거대한 마천루, 거지, 넝마주이, 노숙자, 버려진 사회의 온갖 추악한 면모, 위선, 부정 등이다. 안락하고 우아하고 멋진 것은 학생의 경제력으로는 감당할 수 없는 것이며, 대개는 고급스러운 취향의 한계(공원처럼 꾸민 건물과 쇼핑센터)를 벗어난 것이다. 핫도그 노점상, 치즈와 초밥 등을 파는 식품점, 청바지와 선글라스 등을 파는 양품점, 보도의 변두리를 따라 내달리는 다람쥐, 옛날 영화를 상영하는 지저분한 극장 등에서 위안을 얻는다. 박물관과 공원과 도서관에서 위안을 얻는다. 게임의 비법을 알아내려고 애쓰면서, 힘을 잃고 비틀거리는 빛바랜 이상을 떠받쳐줄 지원군이 나타나기를 기다리면서 서로에게서 위안을 얻는다. 그리고 음악에서 위안을 얻는다(음악은 성공에 이르는 상상의 길에 지나지 않으며, 그나마 대부분의 경우 실패에 이르는 길임에도 불구하고).

저마다의 회복력에 따라 좀 더 나을 수도 있고 나쁠 수도 있는 이런 환경에서 음악적 품위와 표현의 이상향이 생겨나야 한다. 감각의 상실이 감각을 자극한다고 믿지 않으면 살아남을 수 없는 환경이다.

o

미디어의 어떤 풍조는 인간성의 가장 서글픈 측면을 보여주고 충족시킨다. 내 삶의 마약이자 약점이 된 스포츠 중독은 나를 그런 풍조에 대한 전문가로 만들었다. 나는 지금 삼진을 당했거나 결승골이 들어가게 했거나 일대일 경기에서 진 '패자'의 얼굴에 카메라 초점을 맞추는, 갈수록 심해지는 못된 버릇에 관해 말하고 있는 것이다. 발에 불이 붙은 원숭이처럼 껑충껑충 뛰거나, 신에게 감사하는 것인지 도전하는 것인지 하늘에 대고 주먹질을 하면서 화려한 스포츠맨십을 보여주는 승자는 오히려 형식적으로 다뤄진다. 카메라는 굳은 얼굴로 찡어지는 아픔을 나타내는 패자의 쓸쓸한 표정을 더 좋아한다. 불행을 즐기며 우리가 모욕을 하면서도 자신과 같은 사람들을 구경하는 우리의 취미는 모든 균형의 기준을 무너뜨렸다. 텔레비전 감독은 우리를 즐겁게 하는 것으로 그치지 않는다. 실패와 불행에 대한 우리의 병적 호기심을 적나라하게 보여준다. 낙오자가 된 패자는 우리 자신의 구원을 위한 방출구이자 치료법이 된다.

교훈: 혼과 예술과 전망을 상실한 사람들은 혼자서는 할 수 없는 비난과 변호를 위해 서로 의지한다.

○

신문, 잡지, 텔레비전 등 모든 미디어가 불과 몇 년 전만 해도
생각조차 할 수 없었던 통과의례를 벌이고 있다. 모든 분야
에서 '베스트 10'을 정하는 것만으로는 부족한지, 이제는 앞
다투어 '워스트 10'을 만들어내고 있다. 비난받는 사람들에
게서 '추정되는' 결점과 불행을 가지고 시시덕거리다니, 이
얼마나 저속하고 오만 방자한 못난 짓인가! 미디어는 사람
들이 원하는 것을 제공한다는 속 보이는 핑계를 대며 언론의
본분을 망각한 유치한 짓을 자행하고 있다. 비겁하기 짝이
없는 배신행위가 아닐 수 없다.

　　이제 이들은 스포츠 면에다 '금주의 워스트'를 올리고
있다. 점점 더 전문화되고 있는 것이다. 가장 최근의 잔혹 행
위는 시즌이 끝날 때마다 담당 기자가 마치 성적표를 작성하
는 교사처럼 각 선수에 대한 평점을 매기는 것이다.

　　물론 프로 선수들이 엄청난 봉급을 받으며, 비난을 좀
받아도 이른바 유명세를 치르는 것임을 우리는 잘 안다. 하
지만 그들의 명예가 손상되는 문제는 접어두더라도 복잡한
고도의 기술이 관련된 문제에 있어서 어떻게 아마추어 관찰
자가 절대적인 평가를 할 수 있겠는가. 제발 좀 겸손하고 공
정하기를. 최소한의 상식을 갖추기를.

○

밀란 쿤데라는 〈뉴욕 북 리뷰The New York Review of Books〉에 기고한 서평에서, 로렌스 스턴의 《트리스트럼 샌디The Life and Opinions of Tristram Shandy, Gentleman》의 매력은 전통적인 형식적 원칙을 무시한 데 있다고 말한 바 있다. 이 소설의 1쪽은 일종의 서문이고 2쪽부터 100쪽까지는 기본 줄거리와는 거리가 먼 이야기로 이루어져 있다. 일반적인 관점에서 보면 이런 여담은 일정한 형식의 개념과 구조를 완전히 뒤엎는 것이다. 쿤데라가 매력적이라고 한 것은 바로 이런 여담이다.

모든 예술 작품은 작품의 중심이 되는 신념에 부합하는 주제와 의미를 가지고 있다. 분석가와 연주자와 선생이 할 일은 여러 가지 요소의 상대적 중요성을 평가하는 것이다. 이때 위험한 것은 작품의 전경 또는 요점을 너무 강요한 나머지 중경과 배경이 상대적으로 덜 중요하게 보일 수 있다는 것이다. '큰 그림'에 너무 집중하면 결국 아무 그림도 없게 되거나 그림의 껍질만 남게 되기 때문이다. 전경을 이루는 요소들이 더 두드러질 수는 있지만 반드시 더 중요한 것은 아니다. 전경과 배경을 이루는 요소들을 서로 바꾸어놓으면서 그 사이에 정교한 통로를 구축하는 것이 우리가 보고 듣는 방식의 기본적인 체계이다. 이런 유연한 상관관계에 대한 감수성을 계발해야 한다. 단편적이고 편협한 이론에 의해 감수성이 마비되면 안 된다.

O

현재 많은 교육기관이 실시하고 있는, 학생이 교사를 평가하는 해괴한 관행에는 대부분의 학생들의 분노를 자아내게 하는 공통된 질문이 하나 있다. 교사가 교재를 얼마나 잘 정리하느냐는 것이다. 관련 정보를 이해하기 쉽게 양식화된 순서에 따라 분류하지 못한다고 판단되는 교사는 곧바로 비판과 배척의 대상이 된다. 학생들은 항상 요점을 이해하기 쉽고 간략하게 정리해주기를 바란다. 그래야 해당 주제에 관한 평가에서 그 주제를 잘 알고 있다고 자신 있게 말할 수 있기 때문이다.

전체적인 주제를 이루고 있는 중심 주제들을 찾아내려는 것은 당연하다. 그러나 그 주제들의 뼈대가 되는 상관관계에서 그것들을 억지로 추출하려는 것은 어리석고 얄팍하며 매우 실리적인 짓이다. 모든 사물은 다른 사물과의 상관관계 안에서만 그 의미를 갖는다. 모든 암시적 표현의 핵심을 축약하거나 분류하거나 아예 말살하는 것은 중심 주제들을 비틀어 짜서 진부한 개념으로 만들어버리는 것이다.

장 주네의 연극에서처럼, 우상과 우상숭배자, 주된 상징물과 보조 장식물은 서로가 없으면 살아남을 수 없다.

O

피터 스티븐스는 그의 저서 《자연의 패턴Patterns in Nature》에서 '구불구불함' 자체는 자연계에서 끊임없이 반복되는 기본적인 양식의 하나라고 말하고 있다. 그러나 인간 사회에 있어서 구불구불하다는 것은 정처 없이 떠도는 상태나 무책임을 뜻하는 비판적인 말이다. 이런 목적 없는 태도는 직선적이고 부가적이며 경제지향적인 사회심리학의 모든 본능과 규범에 어긋나는 것이다. 즉, 성장하지 않는 것은 죽은 것이다.

그러나 구불구불함은 역동적인 변수들의 상태와 상관관계에 대한 자연의 해결책 중 하나이다. 바람과 돌, 땅과 초목 등 생태계 전체가 결부되어 있으면 강은 주위 환경에서 이 모든 요소의 목적을 수용하기 위해 구불구불 흐르게 된다.

예술 작품도 그런 것이다. 슈베르트만 구불구불한 것이 아니다. 최고의 건축가 바흐의 음악은 장황하고 두서없는 주장과 묵상으로 가득 차 있다. 그 목적과 의미를 종잡을 수 없는 악절들로 화려하게 장식함으로써 이름 없는 사람들을 찬미한다. 수많은 개념이 제시되고 거꾸로 서고 조각조각 분해되다가 마침내 크고 작은 모든 것이 연결되면서 궁극적인 메시지가 나타난다. 마지막 하나의 음이 자리를 잡을 때까지 연결되지 않는 사슬이 마침내 완성되는 것이다.

예술 작품에는 빈민굴이 없다. 아무리 하찮은 벌레나 풀도 성대한 연회 테이블에서 한 자리를 차지한다.

o

아널드 쇤베르크의 음악은 그 복잡한 구조가 일관성도 없고 아무 즐거움도 주지 못하기 때문에 흔히 신경쇠약증에 걸린 지식인의 작품이라고 묘사된다(그리고 조롱된다). 12음기법의 발견과 사용은 과대망상증, 잠재적 공산주의, 심장의 위축을 일으키는 뇌의 팽창 등 여러 가지 치명적인 질병의 징후로 간주된다(쇤베르크의 경우에 조성의 불안정한 전개는 피할 수 없었다).

비평가들과 일반인들이 쇤베르크의 음악을 좋아하지 않는 것은 너무 지적이기 때문이 아니라 너무 감정적이기 때문이다. 부조니에게 쓴 편지에서 밝혔듯이, 그는 우리의 정신적 삶에서 이루어지는 강렬하고 모순적인 대화를 나타내는 음악을 작곡하려 했다. 생각을 뒤엎는 생각, 감정, 이미지, 느낌의 만화경 속에서 빙글빙글 돌아가는 개념 등 모든 것에 감정이 내포되어 있다. 이런 다양한 요소의 결합은 전통적 훈련을 받은 경험이 풍부한 장인인 정신과 영감이 번득이는 소리의 화학자의 귀를 통해서만 가능한 일이다.

흑과 백을 좋아하는 우리의 타고난 성향은 따뜻한 물에 목욕하는 즐거움보다는 출렁거리는 바다의 위험을 떠올리는 음악을 만드는 이 섬세하고 예민한 예술가를 거부하게 마련이다.

o

베토벤의 동생 카를은 베토벤에게 보낸 편지에서 서명 옆에다 '지주(땅의 소유자)'라고 썼다. 베토벤은 그에 대한 답장에서 서명 옆에다 '뇌주(뇌의 소유자)'라고 덧붙였다.

음악과 연주에서 나타나는 지성에 대한 반¾의식적인 편견은 매우 심각하다. 대중은 위로받고 싶어 하고, 어루만져주기를 원하며, 현혹되고 싶어 한다. 대중이 특히 좋아하는 것은 상처받은 가슴의 진부한 고통이다. 비평가들도 이해하기 쉽고 분류하기 쉬운 음악을 좋아한다. 이미 정해져 있는 스타일의 기준에 따라 평가해야 하기 때문에 그들의 고지식한 분류에서 벗어나는 연주에 대해 불쾌해하고 심지어 화를 내기도 한다.

연주자가 음악을 잘 표현할 뿐만 아니라 음악의 모든 의미와 근원, 마법과 예언을 보여주면 대부분의 비평가들과 대중은 최선의 경우 어리둥절해하고 최악의 경우 그들의 주입된 생각에 어긋나는 것에 대해 분노한다. 음악을 자성과 은유의 틀 안에서 펼쳐지는 상념과 전설과 경이로운 일의 우화로서 이해할 수 있다면, 지적인 것이 비음악적인 것으로 간주되지 않을 것이다. 그리고 상상력은 단순히 예쁜 색깔만이 아닌 그 무엇을 뜻할 것이다.

●

80년대 말, 몇몇 방송사에서 사회 각 분야의 유명 인사를 초대하여 지난 10년을 돌아보고 다음 10년을 내다보는 좌담회를 열었다. 사회의 병든 측면이 회복되는 것은 결코 쉽지 않건만, 한 작가는 "내가 본 가장 뚜렷한 희망의 조짐은 젊은이들이 해변에서 기름에 뒤덮인 새들의 깃털을 정성스레 닦아주는 장면"이라고 말했다.

이 얼마나 옳은 말인가. 장차 이 지구와 우리를 포함한 모든 생명체의 관리자가 될 젊은이들의 가슴속에 애정과 관심의 빛이 빛나고 있다니, 이 얼마나 기쁜 일인가. 하지만 내 생각이 잘못되었기 때문인지 몰라도 오늘날의 젊은이들이 시끄러운 붐 박스를 크게 틀어놓고 몸과 마음을 바쳐 그런 지겨운 일을 하는 그림이 내게는 왠지 쉽게 떠오르지 않는다. 나는 잘 모르겠다.

진지한 음악은 젊은 세대를 잃고 있다. 우리가 정신을 차리지 않으면 다음 10년에는 대부분의 음악회가 개인 소유 살롱에서 열릴 것이다. 다행히도 이상에 대한 욕망은 영원하다. 그리고 녹색 혁명과 동물 권리 보호 운동은 그 전조인지도 모른다.

●

괴테는 세상에 그가 저지를 수 없는 범죄는 없다고 고백했다.

우리가 이 가정을 보편적으로 적용한다면 우리 젊은 이들의 교육은 훨씬 더 지혜롭고 합리적이 될 것이다. 무슨 대단한 비결이 있는 것이 아니다. 우리는 내면을 들여다보는 것을, 우리의 정신적 상처와 모순을 뒤덮고 있는 흉터를 보는 것을 너무 두려워할 뿐이다. 금세기와 과거의 모든 광적인 군국주의는 유치한 허세와 그에 대한 역(逆)허세에서 비롯되었다. 약하거나 강한 사람은 스스로 부적합하다고 느낀다. 그래서 희생양이 되고, 그래서 적개심을 갖게 되고, 그래서 흉악해진다. 힘의 사용은 결국 최음제일 뿐이다. 진실을 회피하려는, 즉 주의를 끌기 위한 위험한 동작의 이면에 도사리고 있는 고질적 불안으로부터 탈출하려는 것일 뿐이다. 소멸과 운명의 진리를 깨닫게 되자마자 우리는 언제나 부족한 자부심과 신의 도움을 충당하기 위해 약탈하고 죽이고 적의 피를 마셨다.

우리는 이것을 '어두운 측면'이라고 말하지만 실은 우리가 어둡게 만든 것이다. 우리가 아이들에게 삶과 죽음에 대해 가르친다면, 삶과 죽음의 순환을 장엄하고 보편적인 것으로 묘사한다면, 모든 생명체가 우리의 동반자라면, 몸과 마음을 바쳐야 하는 일을 제공한다면, 더 슬기롭고 튼튼한 아이들을, 더 훌륭한 음악가들을 갖게 될 것이다.

o

현대 문화의 '영원한 현재'를 비난하기보다는 애도해야 한다. 이것은 통신 기술의 급격한 성장으로 대표되는 역사적 과정의 결과이다. 인간은 만신창이가 된 감성의 변덕과 교란에 영합하는 자아의 음모를 탐닉하고 있다. 노래, 영화, 텔레비전, 소설과 비소설 등 모든 것이 똑같은 주제를 탐닉하고 인간 운명의 불완전함과 비애를, 그리고 그런 운명을 바로잡는 방법을 묘사한다. 엉망진창이 된 비참한 인류. 우리는 이런 모습을 보면서 희망과 재앙의 악순환을 슬퍼한다. 지나치게 파헤친 주제가 다 그렇듯이 이런 이야기는 불쾌하고 지루하다.

신과 자연의 대변인인 인간은 지금 자신이 만든 요양원에 수용되어 있다. 말기의 불안과 권태로 죽어가고 있다. 운명의 진리를, 우리 자신이 오류에 빠지기 쉬움을, 또는 신들의 변덕과 불가사의함을 받아들이지 못하고 우리는 상처를 절개하여 상상의 마귀가 들어 있는지 살펴본 다음 예쁜 색깔로 치장된 일회용 밴드를 상처에 붙인다.

우리는 우주의 아주 작은 일부일 뿐이며 그 몫을 하는 것은 우리의 사명이자 특권이라는 것을 상기할 때가 되었다. 인간은 한계가 있으며, 그러므로 본디 그 중요성도 한정되어 있다는 것을 인정할 때가 되었다.

o

시에는 소리와 리듬이 있다. 그림에는 선과 색이 있다. 조각에는 형태와 형식이 있다. 산문에는 구성이 있다. 건축에는 '얼어붙은 음악'이 있다. 무용과 영화에서는 음악이 그 핵심 맥락이다. 음악은 예술의 한 분야이지만 모든 예술에 들어 있다. 음악은 귀를 겨냥한 것이지만 모든 감각과 그 정신적 대응물에 간접적으로 호소한다. 음악은 다른 모든 예술이 갈망하는 예술이다.

음악과 예술은 겹치지만 같지는 않다. 연주가 음악적이더라도 비예술적이 될 수 있고, 예술적 충동과는 거리가 멀 수도 있다. 연주가 예술적이더라도 비음악적일 수가 있다. 어느 것이 더 중요할까? 예술일까 음악일까?

이에 대해 답을 내리기는 어렵고, 논란의 여지가 많으며, 작위적일 수도 있고, 해결하기 곤란한 분쟁이 생길 수 있다. 그럼에도 불구하고 내가 이런 문제를 제기하는 것은 음악적 실마리와 예술적 실마리를 엮어 일종의 교환할 수 있는 이중 나선을 만들 수 있는 방법을 찾기 위해서이다. 그리고 아주 기묘한 현상을 이해하기 위해서이다. 그 많은 정확하고 눈부신 기교와 섬세한 연주에 왜 예술적 가치가 결여되어 있을까? 다시 말해서, 왜 영감과 신비를 불러일으키는 상상력이 결여되어 있을까?

○

음악에서는 세심한 주의를 기울여 음을 연주할 수 있다. 구절법에 따라 음을 정연하게 배열할 수 있다. 음향과 고른음들의 법칙에 따라 균형을 만들어낼 수 있다. 형식과 전개의 패턴에 따라 음을 연결하고 관계 지을 수 있다. 모든 음표와 기호, 강약과 표현에 세심한 주의를 기울일 수 있다.

그럼으로써 우리는 음악에의 충성을 나타내는 훈장을 취득한다. 대중과 전문가들의 존경을 받고, 더 나아가 명성을 얻을 수도 있다. 우리는 우리의 기술을 수호하는 명예로운 군인이다. 그러므로 축복받은 소수에 들어 천사들을 위해 일할 수도 있다는 희망을 품을 수도 있다. 하지만 그런 우리는 예술가가 아니다.

○

피에르 오귀스트 르누아르에 따르면 진정한 예술에는 두 가지 특징이 있다. 첫째, 모방할 수 없으며, 둘째, 표현할 수 없다는 것이다. 스토이어만 선생님은 다른 표현을 했다. 교사가 가르칠 수 없는 것이 두 가지 있는데, '문화'와 '분위기'가 그것이다. 누구의 말이 정확한지는 접어두고, 뭐라고 정의할 수 없는 예술적 존재의 특성은 비평과 가르침의 원리라고 하겠다.

하지만 그렇다고 예술을 정의하는 것을 포기할 수는

없다. 비범한 작품을, 연주를 비판하거나 신성하게 만드는 이 신비로운 빛을 찬미하는 것을 누가 막을 수 있겠는가. 솔직히 시인할 수도 있다. 그렇다, 나는 예술을 뭐라고 정의할 수 없다. 하지만 예술을 보면, 예술을 들으면 알아볼 수는 있다. 뭐라고 할까… 예술은 외설의 먼 사촌쯤 된다고 할까? 매우 미묘하며, 에로스의 은혜를 입고 있다고 할까?

그래도 나는 순전히 이기적인 이유로 예술의 근원을 파헤치고 싶다. 진정한 예술가일 뿐만 아니라 진실한 음악가가 될 가능성이 있는 학생들을 가르치고 싶기 때문이다. 나는 이 미묘한 특성을 일깨워 전해주는 방법을 알고 싶다. 동료들은 나더러 조심하라고 한다. 그런 특성이 있는 학생이 있고 없는 학생이 있다는 것이다. 고질적으로 회의주의자인 나는 이 "모방할 수 없는, 표현할 수 없는" 특성을 사라지기 전에 잠깐 만져 볼 수 있을까 말까 하다는 것을 알면서도 그 흔적을 찾으려고 애쓴다. 피아니스트에게는 터치가 전부이기 때문이다.

●

포터 스튜어트Porter Stewart가 고안해낸 외설 판정 기준으로는 예술을 인식할 수 없다. 예술을 앞에 두고도 못 알아볼 수 있기 때문이다. 과거와 현재의 의미 있는 예술은 전문가들과 비평가들과 대중 앞에 놓여 흔히 무시되거나 비난만 받았다.

예술은 너무 모호하거나 급진적인, 너무 기괴하거나 산만한 인상을 줄 수 있기 때문에, 우리를 어리둥절하게 만들거나 약 오르게 하고는 훌쩍 스쳐 지나가버린다. 그 이유는 깊이 생각해볼 문제이지만 시대의 유행 기준과 예술적 도전 사이의 거리와 어떤 연관이 있는 것이 틀림없다. 확실히 좋은 것과 신비롭게 좋은 것은 다르기 때문이다. 볼테르는 "최선은 선의 적"이라고 말했다.

괴테는 이렇게 말한 바 있다. "예술가인 동시에 장인이 아닌 예술가는 훌륭한 예술가가 아니다. 하지만 안타깝게도 대부분의 예술가들은 거의 다 장인일 뿐이다." 평범한 수준을 뛰어넘는 데는 천재성이 필요하다. 기술은 필수 요건이지만 이것만으로는 부족하다. 이를테면 오늘날의 피아노 연주를 볼 때 눈부신 기교를 펼쳐 보이는 피아니스트가 지금처럼 많은 적은 없었다. 악보의 지시에 비교적 세심한 주의를 기울이는 피아니스트가 이렇게 많은 적도 없었다. 그러나 이런 바람직한 발전이 과연 예술의 폭을 더 넓혔는지는 논쟁의 여지가 있다.

o

폭력, 프라이버시와 정신 건강의 침해, 개인의 감각과 가치관에 대한 무차별한 공격 등이 만연하는 환경에서 고요함과 피난처를 구하는 것은 매우 현실적이고 절박한 갈망이 된다.

진지한 예술에 중독된 우리에게는 나비나 신이나 풀잎을 찬미하는 노래만이 우리의 쇠약해진 신경을 달래줄 수 있을 것이다. 대중은 현실의 온갖 모순을 보여주는 복잡한 예술 작품에 흥미를 잃기 때문이다.

예술가로서 우리는 영혼을 치료해주는 정신의학자인가? 우리의 생존을 유지하기 위한 위로와 탈출구와 격려를 제공하고 있는가? 아니면 진실의 보도자인가? 현실의 다양한 모습을 수집하여 불행과 행복, 폭력과 지혜의 관계를 찾아내는 복잡한 그림을 그리고 있는가? 우리는 마음을 보호하는가 조사하는가?

o

모자와 옷과 신발에 마치 곰팡이 같은 각종 상표와 광고를 가장 적게 붙인 테니스 선수를 편들게 된다(레이서와 그 자동차에 비하면 이들은 새 발의 피다). 사실 스포츠 경기장 자체가 현란한 색깔의 온갖 상품으로 도배되어 있다. 마치 동물 보호소로 실려갈 운명에 처한 버림받은 강아지들이 서로 자기를 데려가 달라고 애원하는 것처럼 전에는 신성불가침의 영역이었던 도회지 환경은 인간의 모든 활동을 침범하면서 영원한 광고판이 되어버렸다. 자유 자체가 바람직한 상품의 후견인이자 의붓자식이 될 판이다.

영화는 공공연하게 또는 은밀하게 온갖 상품을 선전

한다. 물론 응분의 보상을 노리는 것이다. 영화와 광고는 근친결혼을 하고, 뉴스와 연예는 토끼처럼 번식하고, 연주회와 골프 경기에는 스폰서의 이름이 붙는다. 광고 모델이 되는 것이 유명인의 궁극적인 목표이다.

이런 풍토에서 광고 모델을 경멸하고 사인회를 거절하는 소수의 운동선수들은 한마디로 성자의 자격이 있다. 색깔과 낭만의 세계가 물질주의에 의해 마구 유린되는 이런 풍토에서는 우리 아이들의 상상력을 재건하는 데 최대한의 노력을 기울여야 한다.

○

스포츠는 그 성격이 크게 달라졌다. 오늘날의 스포츠는 다소 환멸을 느끼게 하고 사기를 떨어뜨린다. 돈의 유입에 의해 스포츠의 가이드라인과 헤드라인이 달라졌을 뿐만 아니라, 템포와 전략과 프로필의 변화에 의해 여러 스포츠의 성격이 왜곡되었다. 이를테면, 프로 농구는 경기의 속도를 높이기 위해 지역 방어를 금지시켰다. 그로 말미암아 농구는 개인기의 과시로 전락해버렸다. 공을 가지고 있을 수 있는 시간이 24초로 제한되어 있기 때문에 개인기에 의존할 수밖에 없기 때문이다. 그 결과, 우르르 몰려다니면서 미친 듯 고함을 질러대는 히스테리 환자들이 생겨났다. 마치 광견병에 걸린 사냥개들이 상상의 토끼를 쫓는 모습을 구경하는 것 같다.

미식축구와 아이스하키 같은 스포츠는 갈수록 기술보다 완력을 중시한다. 그로 말미암아 조직적 배치와 전략이 제한되었을 뿐만 아니라, 주전 선수들이 부상당할 위험이 훨씬 더 커졌다. 테니스 같은 스포츠도 부분적으로 힘과 스피드의 영향에 굴복했다. 그래서 세르히 브루게라, 밀로슬라브 메시르, 마이클 창, 앙리 르콩트 같은 예술가들은 공격적인 상대의 맨타에 맥을 못추는 것 같다. 이제 테니스 경기는 전처럼 흥미진진하지 않다. 라켓도 더 커졌고, 선수들은 강서브와 톱스핀의 노예가 되어버렸다. 특히 여자 테니스에서 심하다.

한편 야구는 작위적인 지명타자 규칙이 있긴 하지만, 기술과 전략, 행동과 생각이 이상적으로 조화된 스포츠로 남아 있다. 야구가 건재하는 한 이 나라는 구제될 수 있다. 핫도그가 기름기가 너무 많고 설익은 것이 탈이지만.

o

나는 열 살도 되기 전부터 광적인 로스앤젤레스 다저스 팬이었기 때문에(한때 잠깐 양키스를 응원하기도 했지만), 40년대와 50년대의 최고의 팀을 지금도 생생하게 기억하고 있다. 나만의 명예의 전당에는 위대한 선수들의 이름과 공적이 전시되어 있다. 그들은 상상력과 창의력이 뛰어나고 기량이 풍부한 정말 걸출한 선수들이었다. 시즌 내내 그들은 구조와 분위기가 독특한 경기장에서 경기를 벌였다. 이를테면, 신시내티 주에 있는 크로슬리 필드의 외야는 펜스 쪽으로 약간 오르막 비탈을 이루고 있었다. 오늘날의 천편일률적인 기준으로는 상상도 할 수 없는 일이다.

뉴욕 양키스의 미키 맨틀과 비슷한, 폭발적인 힘과 정열의 외야수 피스톨 피트 라이저는 어느 누구도 흉내 낼 수 없는 대담하고 과감한 플레이를 했다. 요즘 선수들이나 피아니스트들 중에는 그런 사람을 찾아보기 힘들다. 안타깝게도 그는 홈런성 플라이볼을 잡으려다가 펜스에 부딪혀 큰 부상을 입고 선수 생활을 마감했다. 그는 팔 힘이 굉장했다. 역대 외야수들 중에 그만큼 팔 힘이 센 선수는 아직 없었다. 그런 점에서 나는 다저스의 우익수 칼 퓨리요도 좋아했다. 그가 그 엄청난 팔 힘을 과시하는 것을 보려고 경기장에 일찍 가서 외야수들의 연습을 지켜보곤 했다. 그가 공을 던지는 것을 보고 있노라면, 새가 나는 듯한 기막힌 옥타브 연주를 보는 것 같다. 놀라운 냉정과 스피드로 슈만의 환상곡의 그 도약을 연주하는 것 같다.

o

듀크 스나이더는 중견수였다. 그의 플레이에는 우아함과 절제력과 탄력이 있었다. 필라델피아 샤이브 파크에서의 그 환상적인 캐치를 나는 지금도 잊을 수 없다. 그는 외야 좌중간

펜스를 기어 올라가 강타자 푸딘 헤드 존스가 친 홈런성 타
구를 잡아냈다. 유격수는 피 위 리스가 최고였다. 한마디로
그는 전천후 선수였으며 팀 단결의 주축이었다. 수비는 말할
것도 없고 타격도 뛰어났으며 내야수로서 쳐야 할 몫보다 더
많은 홈런을 쳤다. 게다가 그는 4차원이라고 할 수 있는 야
구의 복잡 미묘함을 잘 알았다. 아주 결정적이고 예측할 수
없는 시점에서(이를테면 투 아웃에서 3루에 주자가 있는 상
황) 번트를 대고 살아 나가곤 했다. 통계와 상투적 전략으로
일관하는 오늘날의 경기에서는 이런 기술을 볼 수 있는 기회
가 거의 없다. 그는 또한 편견 없는 남부인이었다. 최초의 흑
인 선수 재키 로빈슨이 메이저 리그에 진출하게 되었을 때,
그가 발벗고 나서서 재키 로빈슨의 영입을 성사시켰다. 그가
아니었으면 흑인 선수의 영입을 둘러싸고 말이 아주 많았을
것이다. 그와 재키 로빈슨은 물론 절친한 친구가 되었다.

　　재키 로빈슨은 도둑의 신 헤르메스의 화신이었다. 그
는 대학에서 미식축구 선수로 활약했을 만큼 덩치가 컸지
만 믿기 힘들 만큼 빠르고 교활한 주루 플레이를 보여주었
다. 그런 플레이는 과거에도 그렇고 앞으로도 볼 수 없을 것
이다. 그의 천재적인 도루 솜씨만 말하는 것이 아니다. 그는
전혀 예측할 수 없는 상황에서 과감하고 즉흥적인 도루를 감
행하여 상대편과 관중의 넋을 빼놓았다. 이런 재능을 잘 살
리면 아마 쇼팽과 리스트를 훌륭하게 연주할 수 있을 것이다

(이 천재적인 시인들과 버금갈 만큼 자연스럽게). 듣는 사람들은 "바로 저거야!" 하면서 경탄할 것이다.

○

40년대에 다저스가 두려워한 라이벌은 세인트루이스 카디널스였다. 카디널스에는 뛰어난 재능을 가진 다채로운 선수들이 있었다. 나는 스탠 뮤지얼처럼 정교하고 우아하게 플레이하는 선수를 본 적이 없다. 외야수와 1루수를 번갈아 맡았던 그의 스윙은 한 치의 흔들림도 없었다. 춤에서 피아노 연주와 야구에 이르기까지 모든 연기의 신은 한 가지 공통된 특성을 요구하는데, 그것은 바로 조화이다. 뮤지얼은 조화 그 자체였다. 프레드 애스테어Fred Astaire 같은 부드러움과 자연스러움은 그의 놀라운 스태미너와 집중력의 바탕이 되었다.

이 밖에도 카디널스에는 훌륭한 선수가 많았다. 다이아몬드의 더글라스 페어뱅크스라고 할 수 있는 중견수 테리 무어. 수비 기술과 범위가 '문어'라는 별명으로 대변되는 마티 매리언. 역사상 가장 잘 어울리는 별명이 붙은 에노스 '컨트리' 슬로터*. 자기 동생 워커 쿠퍼를 상대로 공을 던진 철완 투수 모트 쿠퍼(워커는 포수 보호구를 '무지의 도구'라고 했다).

- 슬로터Slaughter라는 성 앞에 '컨트리'라는 별명을 붙이면 '나라 전체를 박살낸다'는 뜻이 된다.

투수들 중에서 최고의 예술가는 호위 폴렛이었다. 그의 정교한 기술은 피아니스트 디누 리파티의 그것에 버금가는 것이었다. 열성 팬만이 알겠지만 폴렛은 단순한 변화구가 아니라 구속이 시시각각 변하는 변화구를 던질 수 있었다. 그리고 그런 다양한 구속의 변화구를 던질 때 항상 완벽한 레가토 동작으로 던졌다. 다저스에도 그와 비슷한 기교파 왼손잡이 투수가 있었다. 엘윈 '프리처'로는 배우 월터 브레넌처럼 꾀가 많고 교활했다.

o

그 시절 내가 좋아했던 다저스 선수들 중에는 쿠키 라바게토, 딕시 워커, 구디 로젠, 베이브 펠프스, 돌프 카밀리, 피트 코스카라트 등 재미있는 이름만큼 개성이 강한 선수가 많았다. 에디 바신스키는 시즌 중에는 2루수였지만 시즌이 끝나고 겨울에는 버펄로 필하모닉에서 바이올린을 연주했다!

그중에서도 특히 내 마음을 사로잡은 선수는 휘틀로 와이엇이었다. 그는 재능도 뛰어나고 결단력이 있었을 뿐 아니라 이름도 매력적이었다. 이 모든 이름과 경기는 다저스 전속 라디오 아나운서였던 레드 바버의 목소리를 통해 생중계되었다. 좀 괴이한 고백이라고 생각할지 모르지만 사실 레

• 목사 또는 설교자를 뜻한다.

드 바버는 나의 어린 시절의 도덕적 길잡이였다. 그는 겉으로는 매우 열정적이면서도 이성적이고, 운명과 증오하는 라이벌을 받아들일 줄 알고, 교양인답게 예의가 바르고, 부드러우면서도 감동적인 말솜씨로 일상적인 이야기를 시적이고 생동감이 넘치는 이야기로 바꾸어놓는 재주가 있었다. 그의 그 목련처럼 매력적이고 품위 있는 목소리를 듣고 있노라면 야구장의 파릇파릇한 잔디와 볶은 땅콩 냄새를 맡을 수 있었다. 그는 우리로 하여금 희망과 초조와 불안을 느끼게 하거나 섣부른 판단을 하게 하는, 그런 비관적인 목소리는 절대로 내지 않았다. 그는 다채로운 시각을 가진 신사였으며, 나에게 스포츠맨십과 품위에 대해 많은 것을 가르쳐주었다.

o

오늘날의 스포츠는 음험한 행위와 속성으로 가득 차 있다. 탐욕, 성급함, 속임수, 응원단, 인조 잔디, 허풍, 에이전트, 맹목적 애국심, 과장… 이 중에서도 과장이 가장 나쁜 것이라고 하겠다. 항상 더 많은 것을 요구하고 더 적게 주기 때문이다.

　　그렇지만 스포츠는 예술과 비슷하다. 그리고 그 연기자들 중 일부는 자아도취와 히스테리에 빠진 오늘날의 스포츠를 구제하는 진정한 예술가이다. 그들의 기술과 상상력을 볼 때, 그리고 그들은 보상보다 훨씬 더 중요한 연기의 이상을 고수한다는 점에서 그들은 예술가이다. 그리고 또 몇몇은 비록 예술가는 아닐지 몰라도 스포츠맨십과 품위의 기준을 실천하는 신사 또는 숙녀이다.

예술은 도전하고 스포츠는 찬양한다. 둘 다 즐거움을 주지만 예술가는 자신의 문화를 초월함으로써 항상 새로운 기준의 의미와 행위를 발견한다. 진정한 스포츠맨은 사리사욕이 없는 플레이를 통해 승리보다 값진 품위를 인정함으로써 인간의 조건을 보여준다.

O

화합과 깨달음에 이르는 길을 찾아내려면 뭐든지 둘로 나누는 이원론적 사고를 완전히 파악하고 극복해야 한다. 하지만 사실 이 길 자체가 현혹적이다. 의식을 주체와 객체로 나누는 벅찬 일은 개선할 수 있을 뿐 거부할 수는 없기 때문이다. 예술가로서, 인간으로서 우리는 객체의 세계로부터의 이 영원한 추방에서 벗어날 수 없다. 이해하기 어려운 사물들과 존재들을 좀 더 동정적인 눈으로 살펴보고 그 다양함과 신비로움에 경탄하면서, 그저 이 우울한 상황을 견딜 수 있을 뿐이다.

《세잔에 대한 편지Letters on Cezanne》라는 책에서 릴케는 세잔이 실증한 '무한한 객관성'에 대해 이렇게 묘사하고 있다(이 책은 모든 예술 학교에서 필독서로 지정되어야 한다). "더 이상 어떤 선호나 편견이나 선입관에 사로잡히지 않고, 그 가장 작은 구성 요소도 무한한 감응력이 있는 양심에 의해 시험되었으며, 하나의 실재를 그 색채 성분으로 완전무결하게 환원시킴으로써 아무런 선행적 기억 없이 색깔의 이면에서 새로운 체험을 재개시킨 작업" 즉, 객체의 특성에만 초점을 맞춘 관찰을 통해 개성이 재탄생하는 것이다. 그리고 이런 재능이 있고 아무런 편견도 없는 사람은 현실의 충실하고 유일한 대변자가 된다. 이런 사람은 세심한 조사를 통해 알아볼 수 있다.

O

언젠가 우리 선생님은 나에게 〈브뤼에르Bruyères〉라는 제목의 드뷔시의 프렐류드를 숙제로 내주었다. 브뤼에르가 무슨 뜻이냐고 물었더니 히스 같은 것이라고 했다. 도시에서 자란 나로서는 히스가 어떤 꽃인지 전혀 몰랐다. 릴케가 세잔에 대해 쓴 책에는 절친한 친구가 보낸 편지에 대한 답장이 들어 있는데, 그 부분을 여기 옮김으로써 나의 무지를 만회해볼까 한다.

> 자네가 보낸 편지에서 히스 세 송이를 발견한 그날처럼 히스의 자태에 매료되고 사로잡힌 적이 아직 없었다네. 그날 이후로 그 히스 세 송이는 나의 '이미지의 책'에 자리잡고, 그 강렬한 향기로 나의 '이미지의 책'

을 온통 물들이고 있다네. 가을의 대지의 향기, 바로 그것이지. 이 얼마나 찬연한 향기인가. 이 단 하나의 향기를 통해 대지의 무르익은 향기를 들이마실 수 있다니, 이런 기회가 언제 또 있겠나. 결코 바다 냄새 못지않은 이 향기, 바닷물 맛처럼 씁쓸하기도 하고 세상에 태어나 처음 듣는 소리처럼 달콤하기도 한 이 향기 말일세. 이 향기에는 깊이도 있고, 무덤 같은 어둠도 있다네. 그러면서도 바람처럼 부드럽지. 타르 같기도 하고, 송진 같기도 하고, 실론의 차 같기도 하다네. 탁발승처럼 엄숙하고 초라하기도 하면서, 귀한 향처럼 은근하고 그윽하다네. 그리고 그 자태는 또 어떤가. 자수처럼 화려하지. 보랏빛 비단실로 삼나무 세 그루를 짜넣은 페르시아 양탄자 같다네(태양의 보색인 것처럼 아주 촉촉한 보랏빛 말일세). 자네가 직접 이 꽃을 봐야 하네. 자네가 나한테 이걸 보낼 때에는 이렇게 아름답지 않았을 걸세. 그랬다면 자네도 이 꽃에 대한 감탄을 나타냈을 테니까. 지금 이 중 한 송이는 낡은 필기도구 상자 안의 남색 벨벳 위에 놓여 있네. 불꽃놀이가 떠오르는군. 아니, 그보다는 꼭 페르시아 양탄자 같네. 이 꽃은 전부 다 한결같이 이렇게 아름다울까? 금빛이 약간 섞여 있는 이 눈부신 이파리, 백단향처럼 따뜻한 갈색의 이 조그마한 줄기, 그리고 파릇파릇 막

돋아난 이 이파리의 갈라진 틈을 좀 보게.

이제 히스가 어떤 꽃인지 알 것 같다. 한편, 스토이어만 선생님은 장님 친구에게 우유의 특성을 묘사해주려고 한 어떤 사람에 대한 이야기를 들려주었다(1934년 아널드 쇤베르크가 NBC의 음악감독 월터 E. 쿤스에게 쓴 편지에서도 이와 비슷한 이야기를 볼 수 있다).

> "간단해. 우선 하얗다네."
> "하지만 하얗다는 게 뭔가?" 그의 장님 친구는 뭐라고 설명할 수 없는 것에 대해 물었다.
> "그리고 액체라네. 물처럼 말이지."
> "하지만 물이 뭔가?"
> "이걸 봐. 크림처럼 하얗고 부드러운 액체라니까, 소에서 나오는."
> "하지만 소는 뭐고 크림처럼 부드러운 건 또 뭔가?"
> "그건 말이지, 손으로 백조의 목을 쓰다듬는 것 같은 걸세."
> "아! 우유가 뭔지 이제 알겠네."

세잔에 대한 릴케의 연구에서 한 대목을 더 옮겨본다. 예술 작품 각 부분의 상호의존성과 각 부분의 신성함과 중요함을 천명하고 있기 때문이다.

화사한 얼굴을 표현하는 데 있어서, 근접한 모든 색깔을 이용하여 일관된 형태와 특징을 나타냈다. 관자놀이 위로 빗어 넘겨 핀을 꽂은 갈색 머리칼과 연갈색 눈도 그 주변과 대조적으로 표현되었다. 마치 각 부분이 다른 부분들을 인식하고 있는 것처럼 하나의 관계를 이루고 저마다의 역할을 하고 있다. 이 관계 안에서 조정과 거부가 일어나고 있는 것이다. 균형을 이루고 이를 유지하는 데 있어서 각각의 칠이 저마다의 역할을 하고 있다. 그림 전체가 균형을 통해 현실감을 유지하는 듯하다. 누가 이것을 빨간 안락의자라고 말한다고 하자(이것은 지금까지 그려진 최초이자 마지막 빨간 안락의자이다). 이 말이 맞다면 이 빨간색을 보충하고 분명하게 내보이는, 우리가 알고 있는 어떤 색깔들이 합쳐져서 이 의자에 잠재되어 있기 때문이다…. 모든 것이 여러 가지 색깔 사이에서 해결되었다. 각각의 색깔은 다른 색깔에 대한 반응을 통해 나타나거나, 스스로를 드러내 보이거나 상기시킬 것이다…. 바로 이 상호적이고 다중적인 영향의 앞뒷면을 통해 그림의 내면이 진동하고, 떠올랐다가 다시 내면으로 가라앉는다. 움직이지 않는 부분은 단 하나도 없다.

이와 마찬가지로 악보의 각 음표는 다른 음표들과 그 음표들을 합한 것에 속하며 서로 영향을 준다. 어느 음표가 더 중요한지를 나타내는 음표의 등급 체계는 숲의 일부가 되는 하나의 한정된 시각을 형성할 뿐이며, 숲은 하찮은 나뭇잎이나 벌레의 이바지 없이는 번창할 수 없다. 모든 세세한 소리와 그 관계를 자세히 살펴보지 않으면 전체적인 모습을 제대로 볼 수 없다. 이런 소리들을 꾸밈음이라고 하는 것은 바로 그래서일 것이다.

o

캐나다의 작곡가 R. 머리 셰이퍼는 그의 저서 《세계의 조율 The Tuning of the World》에서 고대 그리스에서 현재에 이르기까지 우리의 소리 환경의 역사를 기술하고 있다. 이 역사는 그다지 유쾌하지 않다. 지구 최초의 실내악은 바다의 목소리, 바람과 물의 여러 화신, 그리고 대지와 초목과 숲의 속삭임과 신음들이었다. 이 여러 가지 목소리는 불가해한 것이었지만 우리에게 위안을 주었다. 생명의 신성한 근원에 대한 탐구에 증거와 신념을 제공해주었기 때문이다.

　　고대와 현대의 여러 가지 원천, 즉 시인들과 역사가들의 기록을 바탕으로 셰이퍼는 우리 귀를 즐겁게 하고 감각을 어루만지고 영혼을 만족시키는 자연음들을 열거하고 있다. 가장 열정적인 예를 제시한 사람은 스트라빈스키였다. 그는

"불과 한 시간만에 시작되어 대지 전체가 쩌렁쩌렁 울리게 하는 러시아의 격렬한 봄"이 그의 조국의 가장 큰 매력이라고 말했다. 셰이퍼는 이 원시적인 노래가 수렵 및 농경 사회를 거치면서 진화한 것을 오늘날 우리의 환경, 즉 "거대도시의 기형적 부산물들이 온갖 소음의 증식을 촉진하는" '소리 제국주의'의 세계와 비교한다. 안 되는 것이 없다. 소리는 힘이다. 어디를 가나 거리 소음과 기계 소음이 귀를 먹게 한다. 우리의 귀는 점점 퇴화한다. 우리의 정신은 요란한 호객꾼들의 펀칭백이다. 셰이퍼가 제발 좀 조용히 해달라는 맺음말을 쓴 것이 지나친 것일까?

○

몇 년 전, 위대한 피아니스트 알프레드 브렌델이 비교적 교양 있는 텔레비전 쇼에 게스트로 출연했다. 대담자가 브렌델에게 청중에 대해 어떻게 생각하느냐고 물었다. 그는 직선적이고도 재미있는 대답을 했다. 부연하자면, 그는 무엇보다도 청중이 '듣기'를 원한다고 말했다. 그리고 '듣다listen'라는 말은 '조용한silent'이라는 말의 철자 순서를 바꾼 것이라고 장난스럽게 덧붙였다. 이 말에 방청객은 한참 동안 깔깔대고 웃었고, 대담자는 당황하면서도 재미있다는 표정을 지었다.

　　침묵을 주제로 한 이야기에서 셰이퍼는 놀라운 언어학적 편견을 지적하고 있다. 'silent'와 뜻이 비슷한 말 중에는 부정적인 뜻이 내포된 말이 많다. 이를테면 **말을 못하는** **mute**, **말이 안 나오는**speechless, **우울하여 말이 없는**sullen, **무뚝** **뚝한**saturnine, **암암리의**taciturn, **말을 삼가는**reticent, **말을 분** **명하게 못하는**inarticulate 등이 있고, 수상한 행동을 나타내는 말들도 있다. 소리나 말이나 소음이 없다고 해서 이해할 수 없다거나 정신착란 증상으로 간주된다면 얼마나 무서운 상황이 닥치겠는가. 그러므로 우리는 대화를 해야 한다. 인간 조건에 대해 연구하는 전문가들이 한결같이 강조하는 것이 바로 **대화**이다. 그런데 무슨 대화를 한다는 말인가? 의미가 있는 소리와 말을 잘 듣기 전에 무슨 말을 할 수 있겠는가?

침묵이 없으면 음악도 없다. 소음에 지속적으로 노출되어서 청각이 퇴화하기 때문이 아니라, 침묵은 음악적인 (그리고 시적인) 생각의 틀이자 안정된 해결책이기 때문이다. 침묵은 탄산수이며, 상쾌한 공기이며, 천사의 지시를 받기 위해 건너야 할 존경의 다리요 방식이다. "나는 음표는 몰라도 쉼표는 다른 피아니스트들보다 더 잘 연주한다"고 한 아르투르 슈나벨의 말을 상기해보라.

○

에머슨은 미와 진리, 고귀한 것과 평범한 것, 고상한 측면과 어두운 측면의 문제에 대해 신랄하게 풍자한 시를 쓴 바 있다. 그 제목은 〈음악〉이다.

어디든 내가 가고 싶은 대로 가게 해주오
하늘에서 탄생한 고요한 음악이 들리나니
모든 오래된 것들에서
모든 새로운 것들에서
모든 아름다운 것들에서, 모든 추한 것들에서
즐거운 노랫소리가 울려퍼지네

장미에만 있는 것이 아니라네
새들에게만 있는 것이 아니라네
무지개가 빛나는 곳에만 있는 것이 아니라네
어디선가 들려오는 여인의 노래에만 있는 것도 아니
라네
세상에서 가장 음험한 것에서, 가장 비천한 것에서
그곳에서 항상 뭔가 노래한다네

아스라한 별들에만 있는 것이 아니라네
막 피어나는 꽃봉오리에만 있는 것도 아니라네
울새의 달콤한 목소리에만 있는 것도 아니라네
소나기 속에서 방긋 웃는 무지개에만 있는 것도 아니
라네
세상의 찌꺼기와 쓰레기 속에서
그곳에서 항상 뭔가 노래한다네

평범함, 어둠, 풀뿌리, 도롱뇽, 돌멩이, 이끼, 모래 따위에도 나름대로의 노래가 있다. 그것은 천상의 소리가 아니며 제멋대로 사랑을 흉내 낸 것도 아니다. 방종의 라이트메탈 또는 헤비메탈도 아니다. 그보다는 오르페우스가 예언자들과 마법사들과 시인들을 만나는, 부활한 입체파의 마법에 의해 별과 땅과 바다가 한데 뒤섞이는 진지한 현대 음악의 소리 같은 것이다. 현재와 과거의 세상, 애당초 운명적으로 정해져 있던 세상에 대한 믿음에 의해 협화음과 불협화음이 어우러진 '조화로운' 소나타 같은 것이다. 사람들이 이런 음악을 들을 수 있다면, 그리고 모든 진실을 직시할 수 있다면 얼마나 좋을까. 무엇보다도 그 성장의 진실을, 꾸준하고 당당하며 세심하게 조율된 성장의 템포를 알아볼 수 있다면 얼마나 좋을까.

o

찌꺼기와 쓰레기는 자연에만 있는 것이 아니다. 이것들은 영혼의 일부를 구성하고 있는 독성 물질이기도 하다. 이것들이 내는 소리는 거칠고 난폭할 수 있지만, 흔히 절망과 소외와 공허의 침침한 단조음을 낸다. 아노미 현상과 병적 중독에 관한 최고의 연구가인 보들레르는 "따분한 고요, 나의 절망을 비추는 거대한 거울"이라고 썼다. 소외는 복수심에 불타는 격렬한 분노를 일으킨다. 이 둘의 필연적인 공생 관계에 놀라는 사람은 없을 것이다.

옥타비오 파스Octavio Paz는 시작詩作에 관한 연구《활과 리라The Bow and the Lyre》에서 에덴동산에서 탈출하여 온갖 기술에 의해 비인간화된 세계로 도주하는 현대인에 대한 해결책을 제시하고 있다. 물론 해결책은 시다. 실제 시이자 은유로서의 시가 인간과 환경, 인간과 존재 사이의 점점 커지는 틈을 메운다. 이 작업은 두 단계로 이루어져 있다. 첫째, 우리가 자연의 리듬과 조화를 이룰 때까지, 즉 자연의 리듬을 듣고 표현하며 생소한 힘에 대한 우리의 본능적인 두려움을 극복할 수 있을 때까지 자연을 관조해야 한다. 그런 다음에는 존재 이전의 무의 상태, 즉 무의미함과 불안과 권태 따위 등의 현재 우리를 괴롭히고 있는 산물들의 근원인 불확실한 상태에서 회복해야 한다.

그러므로 니체가 말한 "비할 데 없는 삶의 활력"을 연구하는 것, 인식과 이해의 글과 가공품을 만드는 것, 무의 상태를 존재의 절대적 전제 조건으로 용감하게 인정하는 것, 그리고 그런 빈약한 근원과 시초를 품을 수 있는 존재를 형성하는 것, 이런 것이 바로 파스가 말한 사실과 그에 대한 적절한 대응이다.

o

이런 것이 음악적 연기와 피아노 연주와 무슨 관계가 있을까?

자연계의 무심함과 불가해함에 대해, 파스는 일본의

시인 부손Yosa Buson이 쓴 재미있고도 통찰력 있는 하이쿠를
제시하고 있다.

> 흰 국화 앞에서
> 가위가
> 한순간 망설이네

이에 대한 파스의 해설은 다음과 같다.

이 순간은 존재의 일치를 보여준다. 모든 것이 멈추어
있는 동시에 움직이고 있다. 죽음은 별개의 것이 아니다. 죽
음은 말로 표현할 수 없는 삶이다. 무無의 진실에 대한 깨달음
은 우리를 존재의 창조로 이끈다. 인간은 무의 상태로 돌아
가 스스로를 창조한다.

시를 쓰는 것은 우리의 근본적 상태를 깨닫는 것이다.
그리고 이 깨달음은 항상 창조, 즉 자아의 창조로 승화된다.
이 깨달음은 뭔가 외면적인, 과거에 존재했던 어떤 생소한
것을 보여주는 것이 아니다. 이 깨달음에는 숨겨져 있던 것
을 드러내는 행위, 즉 우리 존재의 창조가 내포되어 있다.

음악을 연주할 때 우리는 자연적인 형상들과 그 형상
들의 생김새와 배열을 묘사하고 반영한다. 이 형상들은 작곡
가의 상상력에 의해 드러나지만 우리 자신의 상상력을 통해
걸러져야 한다. 다른 방법은 없다. 그리고 이 형상들을 받아

들일 때에는 작곡가가 그랬듯이 "주저해야" 하고 의혹을 품어야 한다. 존재의 형성에 선행해서 수많은 의혹을 품지 않으면, 경이에 대한 놀라움이 없으면 진정한 창조가 이루어질 수 없기 때문이다.

음악을 연주할 때 이 조용하고 불안하고 변덕스럽고 형언할 수 없는 경이가 모든 음의 음조와 음색에 스며든다. 경이가 없으면 정해진 공식에 대한 확신을 아무리 가장해도 존재의 공허를 메우거나 숨길 수 없다. 두려움과 불안에서 비롯되는 이 호기심의 의혹은 결코 나쁜 것이 아니다. 이것은 시적인 구조물에 두려움이 깃드는 것을 두려워하지 않는 용기의 징후이다. 확신과 신념의 필수 요건인 관조적 지혜의 징후이다.

악보

악보는 지도와 같다. 이정표, 도로, 교차로, 우회로 등이 음악적 형식의 청사진이 되고, 감각에 새겨진 음들의 토론장이 된다. 파란 음*, 회색 음, 단단하거나 말랑말랑한 음, 빛나거나 매끄러운 음, 오목하거나 볼록한 음, 파릇파릇하거나 향기로운 음. 이리하여 음악적 상상력이 음들의 지도에 풍경의 특징들을 투영한다. 그러나 피아니스트의 눈에는 모든 음표가 흑과 백으로, 탄소와 산소로 이루어져 있을 뿐이므로 전체 풍경을 묘사하는 것이 매우 어렵다. 물론 그 보상은 매우 값지다.

- 여기서는 상징적으로 쓰였지만 'blue note'는 반음 내린 제3(7)음을 뜻한다.

●

악보는 고정되어 있으며, 악보의 지시는 절대로 거역할 수
없는 법이다. 따라서 해석이 제한된다. 음표들을 조화시키
는 것도 까다로운 권위의 사제, 악보의 지시에 따라야 한다.
그 경계선에서 벗어나면 이단자 또는 천재의 낙인이 찍힌다.
그러나 오로지 악보만 들여다보는 것은 삶을 속이는 것이다.
삶의 본질이자 음악의 매력인 연속성과 우연성의 매혹적인
배합을 속이는 것이다.

●

원전 악보는 신성한 원전 법전이다. 무슨 법전? 기호로 된
수수께끼로 말하는 예언자의 법전, 한때 유행했지만 점점 쇠
퇴하는 양식의 법전, 유성처럼 눈부시게 휙 스쳐 지나가는
영감의 법전이다. 또는 잊혀진 신의 법전일 수도 있다. 공룡
이나 그보다 우호적이고 털이 많은 동물의 배설물의 패턴 같
은, 기이한 동물이나 멸종된 동물의 법전일 수도 있다. 어쩌
면 이 법전은 코알라 룸푸르* 같은 기발한 발상의 바탕이 되
었는지도 모른다. 어쨌거나 이 법전은 우리의 관심을 지배
한다.

- **'룸푸르'**라는 코알라가 주인공으로 등장하는 컴퓨터 게임 또는 그 애니메이션 캐릭터. 말레이시아의 수도 쿠알라룸프르Kuala Lumpur를 빗댄 이름이다.

●

레몬 과수원을 좋아하는가? 아니면, 핑크색 꽃으로 얌전하게 치장한 아몬드나무를 좋아하는가? 아니면, 가지가 가무잡잡하고 나긋나긋한 올리브나무? 사이프러스? 유칼립투스? 자작나무? 벵골보리수? 바오밥나무? 과묵한 브라이어? 음악은 오직 음악일 뿐이라는 자기만족적이고 모호한 이론이 나돌고 있다. 음악은 삶과 여러 가지 생활 방식이 배제된 하나의 선택적 생활 방식을 구성하는 독립된 상징체계라는 것이다. 브루스 채트윈이《송라인The Songlines》에서 묘사한 오스트레일리아 원주민에게 이 말을 해보라. 드뷔시의 브뤼에르를 연주한 피아니스트에게 이 말을 해보라.

●

음악 연주가 협잡꾼과 백작 부인과 회계사의 영역이 되는 경향이 있다. 해석자가 쓸 수 있는 표현 방식은 일반적으로 두 가지가 있다. 과거의 신화를 재건하기 위한 부드러운 서정주의와, 비르투오지 디 봄바가 보여주는 전광석화 같은 맹타가 그것이다. 흑과 백을 구별할 줄 아는 청중은 매료된다. 코냑과 콜라를 구별할 줄 아는 전문가도 만족한다. 단, 조건이 하나 있다. 모든 연주에는 신형 렉서스 자동차처럼 정교한 장식이 있어야 한다는 것이다.

●

연주자는 새이거나 말이거나 머핀이다. 감상적인 공상가는 새이고 포술砲術 전문가는 말이라면, 누가 머핀일까? 안타깝게도 머핀은 경쟁이 치열한 이 업계에서는 잘 살아남지 못한다. 그보다는 고딕 양식에 능한 석공들이 더 잘 나간다. 진정한 장인인 이들은 수도사의 순수성 같은 것으로 헌신적으로 잿빛 돌을 깎는다. 이들을 통해 우리는 음악의 기원을 떠올릴 수 있다. 파랑새와 야생마를 노래하는 음유시인이 없다고 해서 이들을 비난할 수는 없다. 밀가루는 빵이 아니지만, 빵이 하나도 없는 것보다는 반이라도 있는 것이 낫다.

●

파란 음이 있다면 녹색 음이나 엷은 자주색 음도 있을 수 있지 않을까? 물론 음은 음영이나 색깔이 없는, 그래서 시선을 끌지 않는 그냥 평범한 음일 수도 있다. 과자 만드는 모양의 틀에 나뉜 반죽처럼 먹을 수도 없고 아무 효용도 없다. 외연적 또는 함축적 의미가 없는 음은 이런 반죽과 같다. 뮤즈와 그 추종자들의 후각을 자극하지 못한다. 그럼 어떻게 해야 할까? 음들이 서로 끌어당기거나 밀치면서 짝을 짓고 쇠약해지고 절망해야 한다. 셀 수 없이 많은 색깔과 향기가 만들어질 때까지 음들이 똑같은 향기나 색다른 향기로 서로를 장식해야 한다. 그러나 가엾게도 아무 특색도 없는 중성 음은 영원히 단조음으로 머물러 있다.

o

곡은 곡 그 자체이다. 자신의 유전자이며 자신의 계획이다. 자신의 수단이요, 네트워크요, 인쇄물이요, 청사진이요, 지문이다. 곡은 아무것도 상징하지 않는다. 거목처럼, 와츠 타워*처럼 그저 우뚝 버티고 서 있을 뿐이다. 곡이 버티고 서 있으려면 음의 높낮이나 리듬, 색깔이나 강약을 통해 표현되는 동기들이 조화를 이루어야 하며, 그러면서도 대조를 이루어 긴장과 신비와 그에 따르는 결과를 조성해야 한다. 작품은 여러 가지 구성 요소의 결합에 의해 특징이 나타나는 하나의 조직이다. 이를테면, 지네가 다리 한 개를 움직일 때 나머지 아흔아홉 개의 다리에서 아무리 미묘하게나마 동조 반응이 일어나는 것과 같다. 작품의 형식적 가치를 결정하는 것은 그 부분들의 상호의존성과 유연함과 복잡성이다.

o

곡은 하나의 조직이며 모형이고 자족할 수 있도록 신중하게 만들어진 음들의 유기체이다. 또한 작품은 곧 자신의 그림자

- 미국 로스앤젤레스 근교에 있는 타워. 민중예술가 사이먼 로디아가 1921년부터 1955년까지 무려 33년에 걸쳐 철근, 콘크리트, 조가비, 깨진 접시와 유리병 등을 재료로 혼자 만들었으며 높이가 약 30미터에 이른다.

요, 빛이요, 아우라요, 의미다. 곡은 음악이 말하는 그것이다. 뭘? 음악이 뭘 말하고 뭘 뜻하는가? 어떤 의혹이나 꿈이나 욕망의 씨를 뿌리는가? 이런 암시를, 이런 고백을 회피하는 것은 불가능하다. 불레즈의 음악이건 바흐의 음악이건, 음들의 기하학적 구조는 음악의 조상들의 유산을 절대로 저버릴 수 없다. 다시 말해서 음악의 으뜸 주제와 모든 상징에 영원히 새겨져 있는 음악적 언어 자체의 전통에서 벗어날 수 없다. 이렇게 된 것은 신의 뜻이 아니다. 음악은 신과 연결된 다리를 찾기 위한 것이었고, 이 매혹적인 메시지를 탄식하면서 찬양하기 위한 것이었다.

o

그렇다면 이 메시지의 해석은 어떤 기준에 따라 이루어질까? 특정한 작품을 어떻게 표현해야 할까? 그 의미와 분위기의 특징을 어떻게 발견할 수 있을까? 음울한지 호전적인지 어떻게 알 수 있을까? 파란색이라면 어떤 파란색인가? 보폭은 어떤가? 말馬은 어떤 말인가? 땅과 해와 달을 어떻게 조망하고 있는가? 이에 대한 해답은 연구를 통해 알 수 있는 것인가, 아니면 전혀 예상할 수 없는 것인가? 순간적으로 휙 지나가버리며 수수께끼처럼 알쏭달쏭하지만, 결정적인 역할을 하는 암시를 해석하는 데 어떤 과정이나 공식이 있는가?

　　당장의 대답은 '노'다. 의미란 가까이 다가갈수록 점

점 더 난해해지는 영원한 허구이다. 하지만 오랫동안 생각하여 대답한다면 '예스'다. 이것은 물론 근거가 있는 예스지만, 섬세함과 상상력을 갖추지 않으면 유령 같은 의미를 영원히 붙잡을 수 없다.

o

의미는 살해된다. '진보'의 허울이 쇠퇴하면서, 인간은 죽어가는 신화의 영향을 받지 않고 기본적인 감정에 맞닥뜨리게 되었다. 그리하여 탐욕과 배금주의와 불안과 증오와 두려움이 영혼을 지배하게 되었다. 오직 경쟁만이 위안과 목표 의식과 절박감을 주었다. 전쟁을 통해서, 또는 상품이나 환각제나 사치품 따위의 갖가지 소비 중독을 통해서 위안을 얻었다. 말은 도구가 되고 사물은 장난감이 됨에 따라 예술은 고결함과 경이로움을 잃어버렸다. 그래서 오늘날의 음악은 대부분 상대적으로 목적이 없는 것처럼 보인다. 오늘날의 음악은 위엄을 되찾아야 하고, 조작과 거짓말을 거부해야 하고, 또 그럴 수밖에 없어야 한다.

o

피아노 연주와 음악과 음악 사업에 관계된 일은 여러 가지가 있으며, 그에 종사하는 사람들도 일선 근로자에서 조수, 심판관, 전문가, 교수, 그리고 견문 있는 소비자에 이르기까지 다양하다. 이들은 저마다 자신의 견해의 신성함을 역설한다. 음악적 언어는 입증될 수 있는 사실이나 이론을 부정할 만큼 모호하기 때문에, 절대적 지혜로 가장한 온갖(추론적이거나 신랄하거나 피상적인) 편견을 불러일으키게 마련이다. 인간의 재능 중에 가장 두드러진 합리화를 펼쳐 보일 수 있는 곳은 수없이 많다. 신문, 전문 학술지, 회의실, 오디션, 스튜디오, 경연 대회, 연주회장 등. 모두들 전문가이다. 하지만 이상하게도 한결같이 똑같은 견해를 가지고 있다.

o

그들의 말에 따르면 낭만은 끝났다. 냉소주의와 탄식과 사이비 분석과 정신분석이 판친다. 기쁨의 탄성과 찬사는 감상적인 그림엽서와 말 없는 자연을 그린 족자에 대한 경이로 전락해버렸다. 음악은 물질주의의 궤변의 영향을 가장 덜 받지만 자신의 존재 권리를 방어해야 한다. 음악은 꿈과 직관과 이상의 연속일 뿐이다. 그러나 합리적이고 고상한 언어라는 중심이 없으면, 음악은 입회자를 위한 규범이자 다수를 위한 상품으로 전락한다. 그리고 젊은 음악가를 위한 명성과 성공의 기회로, 음악계의 영주들과 미식가들을 즐겁게 하는 연습으로 전락한다. 일관된 생각의 틀의 부재로, 위대한 업적과 꿈에 관한 신화의 부재로 말미암아 진정한 자의식과 자기평가와 자부심이 은밀하게 유기된다.

o

언젠가 한 학생이 나에게 볼멘소리로 말했다. 한 미술 평론가가 샤갈을 탄탄한 구성력이 없는 시인에 지나지 않는다고 격하했다는 것이다. 그 평론가의 이론에 따르면 환상은 건축학적 체계 없이 스스로를 지탱할 수 없으므로 시적 감수성만으로는 불충분하다는 것이다. 이런 주장은 형식의 본질에 관한 편견에서 비롯된다. 즉, 뚜렷한 경계와 대조와 논리가 없는 자유로운 형식보다, 여러 영역 및 차원으로 균형 있게 기하학적으로 나뉜 전통적 형식이 더 합당하다고 생각하는 것이다.

드뷔시는 베토벤의 전개부에 대해 "여기서부터 수학이 시작된다"라고 말했다고 전해진다. 그러나 자연은 무한한 지혜를 가지고 있을 뿐만 아니라 매우 다양한 형식도 가지고 있으며, 이 중에는 종잡을 수 없이 구불구불 이어지는 형식도 있고 프랙탈 그래픽처럼 끝없이 이어지는 형식도 있다. 산수는 자연의 매력의 하나일 뿐이다.

o

'음악성'이라는 개념은 음악적 애국자의 으뜸 은신처이다. 보통 이 말은 일정한 형식이 없는, 그냥 흥얼거리는 노래나, 그 성질이 온화하고 유순한 음악을 묘사하는 데 쓰인다. 이런 기준은 수긍이 가기는 하지만 보다 효과적으로 음악적인 것을 표현하는데 장애물이 되는 경우가 많다. 진정한 정념은 공감

이상의 것을 요구하기 때문이다. 즉, 강조, 긴장, 전위轉位, 혼란 또는 그 반대인 정지된 고요함 등이 있어야 하는 것이다.

o

우리가 흔히 '음악적'이라고 말하는 것은 유효한 의미를 지닌 구성 요소 중에 하나, 즉 그 역인 '비음악적' 특성만 가지고 있는 것이다. 물론 이것은 좀 심한 비난이기는 하지만, 비음악적이라고 단정해도 마땅한 흐트러진 영혼들이 여기저기 있는 것이 사실이다. 보통 이들은 두 부류가 있다. 정치가 또는 음악 전문가. 이들은 똑같이 냉소주의와 자기만족으로 일관하며, 상투적인 것에 대한 꺾일 줄 모르는 탐욕을 가지고 있다. 다행히도 예외가 있는데, 전 루이지애나 주지사가 그 대표적인 본보기라고 하겠다.

o

음악적인 연주는 당연히 자연스럽고, 옥수수 머핀처럼 푸짐하고 팝콘처럼 발랄해야 하지만 실은 가장과 허식으로 가득차 있다. 화장품 크림과 성형외과 의사와 카메라 각도에 의해 만들어지고 다듬어진, 플라스틱 단추처럼 매끄러운 무명신인 배우의 얼굴과 같다. 이런 연주의 목적은 사람들을 즐겁게 하는 것이고, 도전하거나 불쾌하게 하면 안 된다. 연주는 '아름다움의 특성'에 대한 사람들의 공감대를 나타내지만, '특성의 아름다움'과는 거리가 멀다. 베티 데이비스의 꾸밈없는 얼굴과 대조되는 패션모델의 얼굴과 같다고 하겠다.

o

물결처럼 오선지를 굽이굽이 오르내리며 상투적인 우아한 표현을 답습하는 연주는 한마디로 뜨뜻미지근하고 자기만족적인 연주의 전형이다. 한편, 착각하기 쉽지만 이런 표현 방식에 반역하는 방식이 있다. 이것은 겉보기에는 비슷한 것 같지만 실은 전혀 다르며 매우 독특하다. 위대한 연주자들은 표현 방식과 정신세계가 독특하다. 순전히 공상적이고 신비적인 것에 대해 사색할 때가 많은 이들의 연주 스타일은 한마디로 파격적이고 일탈적이다. 의식의 흐름과 시적 비약이 그야말로 예측을 불허한다. 이들은 이런 독특한 방식으로 탐구 여행을 계속한다. 기존의 공식 같은 것은 이들의 길잡이가 되지 못한다.

o

음악은 형식을 파괴하는 질문과 형식을 지키는 대답의 연속이다. 대답은 그리 절박한 것이 아니다. 영광과 완벽과 만족을 향한 의지를 강화하는 경향이 있기 때문이다. 대답은 위대한 작곡가들도 인정하는 원칙이자 교훈이다. 그러나 삶의 고통을 의미와 회복의 추구와 연결시키는 질문은 깨달음과 통찰의 매개체가 된다. 그리고 이 깨달음과 통찰 앞에서 종지부는 한낱 형식적 예의로 보일 뿐이다.

o

베토벤의 〈피아노 소나타 1번〉의 서두는 작곡가의 절박하고 강력한 의지와 궁극적인 도덕학을 선언하고 있다. 악절이 영역을 선포하면서 시작되지만, 이것이 점점 압축되다가 나중에는 결국 하나의 좌우명으로 축소된다. 그리고 이 시점에 이르러 스스로 열정의 무게를 못 이기고 붕괴된다. 모든 종류의 전제주의적 · 제국주의적 명령은 발산과 새로운 성장의 생물학적 힘에 의해 제한되는 법이다.

o

어떤 작품들의 주제는 전설로 남을 만큼 너무나 유명하고, 익숙해서 작품이 인간 노고의 산물이라는 것이 잘 믿어지지 않는다. 온갖 목적을 위해 이용되면서 그 본질을 잃어버리고 대중가요처럼 변질되어버린 〈화이트 크리스마스〉나 〈환희의 합창〉 같은 곡을 말하는 것이 아니다. 그보다는 약간 해석하긴 힘드나 이를테면 슈만의 〈피아노 5중주곡 제2악장〉의 으뜸 주제 같은 것을 말하는 것이다. 체념과 저항, 절망과 도전 사이에 아슬아슬하게 걸려 있는, 듣는 사람을 미치게 만들며, 마음에서 잊혀지지 않는 이 주제의 본질은 마치 돌에 새겨져 있는 것 같다. 우리가 우리의 고통을 극복하기를 바라는 어떤 잔인한 천사가 남긴 서판에 새겨져 있는 것 같다. 인간의 힘으로는 그 호소력을 감당할 수가 없다. 구원과 죽음의 일체를 부르짖고 있는 이 곡은 중력과 인과의 법칙을 거부한다.

o

스크랴빈의 〈피아노 소나타 6번〉을 연습하던 여학생이 있었는데, 어느 날 동료가 스크랴빈을 신비주의자에 지나지 않는다고 깎아내리는 말을 해서 속이 상해 있었다. 나는 그녀를 격려해주기 위해, 달라이 라마가 뉴욕을 방문했을 때 핫도그 노점상에게 "뭐든지 다 넣어서 하나 만들어 달라"고 했다는 이야기를 해주었다. 신비주의는 매우 매혹적일 수 있다. 신비주의는 결코 지적 결핍의 징후가 아니다. 물론 통찰력이 번득이는 대화를 통해 다양한 생각을 뒷받침해주는 형식을 갖춘 모차르트와 그 친구들에 비하면, 한 가지 화음에만 의존하여 동기를 만들어내는 스크랴빈의 단조로운 표현은 편협하고 제한적인 것처럼 느껴질 수도 있다. 그러나 이런 느낌은 공간을 배열하고 통제하는 우리 눈의 선입관 때문이라고 할 수 있다. 우리가 만일 귀를 쓰면 스크랴빈의 음악에서 다양한 음색이 나타날 것이다. 이 음색은 또 다른 대위 음색을 만들어내는데, 그 색깔이 눈에 보이지 않기 때문에 다른 것처럼 느껴지지 않을 뿐이다.

o

음악계를 지배하고 있는 3대 윤리 강령은 '음악성'의 미묘한 개념을 뒷받침하는 '단순함'과 '자연스러움'을 장려한다. 하지만 안타깝게도 이 셋은 활력과 상상력의 결핍에 대한 합리화일 경우가 많다. 진정한 상상력이 곡해되고 있다. 상상력은 흔히 '해괴한', '외설스러운', '인위적인', '지적인(!)', '제멋대로인', '이상야릇한' 따위의 좋지 않은 말로 치부된다. 2차원적이고 현학적이며 안일한 정신이 창조적이고 복잡한 상상에 의해 교란된다. 오늘날의 클래식 음악을 경멸하는 것은 바로 이 때문이다.

o

셰익스피어는 "단순성이라고 불리는 단순한 진리"를 애도한 바 있다. 실제로 단순한 진리가 있을 수도 있지만, 그것은 상호모순적인 진리들의 한가운데 있는 공허일 뿐이다. 이것은 누구나 틀릴 수 있다는 사실과 다른 견해들에 대한 인정을 바탕으로 한 지혜이다. 절대로 오류가 있을 수 없는 교황과 성자들의 이론과는 거리가 먼 것이다. 이것은 목적론적인 공허이다. 자장가와 민요의 경건함을 통렬한 기억 또는 상실로 인정할지는 몰라도, 인정할 수도 거부할 수도 없는 정신과 소리의 발가벗은 핵심이다. 단순한 진리는 짧은 구호나 표어를 절대로 쓰지 않는다. "적은 것이 더 많은 것이다"라는 표어를 내세웠을 때, 건축가 로버트 벤투리는 "적은 것은 따분하다"고 응수했다.

○

예술은 집중의 과정이다. 세속적인 것으로 머물러 있을 행동과 생각의 증류된 정수이자 해설이다. 악보는 많은 것, 표면적인 의미 이상의 것을 담아야 하고, 다른 음과 패턴과 의미와의 유사적 또는 대조적 관계(귀에 들리거나 들리지 않는)를 나타내야 한다. 콜리지의 정의를 빌리자면 시적 상상력의 특성은 아무 관계도 없는 두 개의 별개의 이미지를 나란히 놓고 결합시키는 능력에 있다. 음악적 상상력의 열쇠는 의혹 또는 응원, 가능성 또는 확인의 증거가 될 수 있는 일단의 음 또는 개개의 음에서 여러 가지 의미를 이끌어내는 능력에 있다.

○

시인 콘스탄틴 카바피가 그의 시에서 모든 은유를 배제하기로 한 것은 극기와 정직의 원칙을 따른 것이다. 이 방법을 이용하여 그는 예술 작품은 말로 표현된 것과 표현되지 않은 것을 비교하는 대차대조표라는 이론의 확실한 증거를 제시했다. 우리가 음을 연주할 때에도 똑같은 방법을 쓸 수 있다.

음은 피를 흘릴 수 있지만 피는 멎을 수 있다. 제안을 할 수 있지만 입막음을 당할 수 있다. 노래를 부를 수 있지만 입 다물게 될 수 있다. 철저한 인내심으로 통제하는 것이다. 그러나 직설적인 통렬한 표현으로 혼란스러운 느낌을 정화하고 결정화하는 카바피의 방법을 택한다면 여러 가지 변수 중에서 선택해야 한다. 우연이나 편의주의는 안 된다.

o

선과 음악적인 것을 옹호하는 사람들이 제시하는 사견들 중에서 가장 무해하면서도 해로울 수 있는 것은 '자연스러움'의 개념이다. 마치 자연이 무슨 플라톤과 플레이스쿨*의 합성물 같은 것인가? 살랑거리는 야자수가 늘어서 있고 그 앞에 마네킹이 가지런히 정렬되어 있는 그런 풍경이 자연인가? 그러나 만일 '자연스러움'이 자연에서 파생된 것이라면 음악 연주는 전혀 색다른 것이 될 것이다. 혼란스러운 것과 위협적인 것을 표현하게 될 것이다. 제라드 맨리 홉킨스의 시에서 표현된 것처럼 관능적이고 변덕스러운 아름다움을 표현하게 될 것이다. 이른바 자연스러운 것에서 좋은 점이 있다면 힘이 들어가지 않는다는 것이다. 우아한 조화에 의해 육체적 및 음악적 마찰이 우아한 동작으로 개선되기 때문이다.

* 미국의 유명 장난감 제조업체.

214

나쁜 점은 물 흐르듯 그저 흘러가는 대로 흘러가는 흐름이다. 여기에는 특성도 없고 내용도 없다. 그저 마구 내달리는 질주일 뿐이다.

o

음악성 이전에 음악 정신이 있다. 음악성 이후에 음악 정신이 있다. 음악성은 보통 희석된 음악 정신의 색연필과 같고, 숲과 윤곽은 알아보지만, 나무와 야생 생물과 어울림에 대해서는 모르는 것과 같다. 음악 정신은 음악적 기호들과 음악적 기호들의 의미심장한 상관관계로 이루어진 병참 부대 안에 있다. 그 구성 요소는 유한하지만 무한한 의미가 담긴 대본을 가지고 있다. 단순하거나 자연스럽거나 음악적인 방법으로는 이 암호를 해독할 수 없다. 각 구성 요소의 특징을 확인하고 어려운 선택을 할 수 있는 방법은 오직 예술적인 방법뿐이다. 그리고 이것은 급진적이고 복잡하며 책임이 따르는 작업이다.

o

새가 미끄러지듯 날고 하늘로 솟아오르는 것은 바람과의 밀접한 관계를 통해 이루어지는 동작이다. 새는 바람의 흐름을 타고 비행함으로써 바람에서 힘과 방향을 얻는다. 음악적 프레이징이 음악 학교 교과 과정의 주요 과목이라면 조류학과 바람의 역학이 그 골자가 될 것이다. 오늘날 유행하고 있는 연주의 틀에 박힌 형식적 프레이징은 세계를 대기나 기류나 난기류 따위로, 즉 흐름의 역학과 그 무한한 변수로 얕보기 때문이라고 할 수 있다.

o

모든 악절에는 시작과 중간과 끝이 있다. 물론 길들여지지 않은 것처럼 보이는 악절도 있다. 중간에 시작되어, 시작될 부분에서 끝이 나기도 한다. 다시 말해서 구속되지 않은 힘으로 시작되거나, 평온하지 않고 뭔가를 끊임없이 찾고 있는 것처럼 끝나기도 한다. 악절의 운명을 결정하는 변수는—그것이 선율이건, 리듬이건, 화성이건, 대위 선율이건—항상 예측한 대로 작용하지 않는다. 옆으로 빗나간 가지나 원하지 않는 담쟁이덩굴 따위가 없는 멋있는 로마식 반원형 아치 디자인에 항상 들어맞는 것은 아니다. 악절에는 성장과 발전과 파괴의 씨앗이 들어 있다. 솟아오르는 포물선을 그리려는 악절의 경향은 때로 돌발적인 사건이나 우회적인 수단에 의해 영향을 받는다.

　　좀 이상하기는 하지만 악절의 다양한 선율과 특징을 구별하는 능력을 '보이싱voicing'이라고 한다. 이 말의 의미는 심오하다. 보이싱은 아무리 미묘하더라도 다른 목소리들의 의미를 듣고, 존중하고, 실행하는 것을 말한다. 우리가 흔히 슈만을 잘못 이해하는 것은 그의 악절을 아이러니나 저항이나 곤혹스러움을 암시하는 내면의 목소리들의 안식처로서 읽지 못하기 때문이다.

o

어떤 역학적인 체계의 변수가 매우 복잡하고 가변적인 경우, 카오스 이론의 한 갈래인 '수리물리학'이라는 비교적 새로운 학문이 그 관찰과 연구를 도맡아왔다. 나름대로 재치도 있고 역설적인 이 이름 자체가 변화무쌍한 변수에 대한 인간의 편견을 드러낸다. 어떤 현상들이 일반적 모델로 환원될 수 없다면 그것들은 본질적으로 통제가 불가능한 혼돈이기 때문이다.

친애하는 과학자들이여, 음악적 구절과 구성의 세계에 온 것을 환영하는 바이다.

o

카오스 이론의 두 가지 핵심 요소는 프랑스의 수학자 앙리 푸엥카레가 말한 '초기 시작 조건'과 매사추세츠공과대학의 과학자 에드워드 로렌츠가 제시한 '나비 효과'이다. 음악적 구절과 형식을 이해하는 데 있어서 이 두 가지 요소는 모두 필수적이고 암시적이다.

예술 작품을 제대로 해석하려면 작품 전체에 걸쳐 반

복적이고 변형된 형태로 증식하는 근본적 요소들을 이해해야 한다. 겉으로 드러난 것이건 드러나지 않는 것이건, 기본적인 세포와 다양한 합성체 사이의 상관관계는 전략적으로 매우 중요한 것이다. 충분히 짐작할 수 있는 일이지만 이런 상관관계는 항상 음악의 표면에 존재하는 것은 아니다.

나비 효과(호놀룰루 상공에서의 나비의 날갯짓이 결국에는 피츠버그 상공의 날씨를 변화시킬 수도 있다는 개념에서 붙여진 이름)는 음악에서도 성립된다. 잠자고 있던 희미한 음이 빛이나 그림자를 드리울 수 있고, 그로 말미암아 악절의 예측된 효과가 변경되거나 역전될 수도 있는 것이다. 음악적 충동은 끊임없이 진화하고 변화하므로, 변화나 역전을 일으킬 수 있는 그런 음표와 기호는 전체적인 과정에 있어서 매우 중요한 요소이다.

o

그림은 본질적으로 사물과 환경 사이의 대화로 이루어져 있다. 이 대화는 격렬하며, 각각의 구성 요소의 특성과 분리를 구축하는 데 필요한 해법이자 상관관계 구실을 한다. 따라서 〈모나리자〉에서 주변 풍경이 빠지면 우스꽝스러운 만화가 될 테고, 모네의 그림의 볏단은 서로 채우고 채워지는 햇빛과 대기의 저장소가 될 것이다. 악절을 이루는 음들은 음과 음 사이의 타이밍과 이 타이밍을 반영하는 강약의 변화에서 확인할 수 있다. 이때 자연이 길잡이가 된다. 즉, 타이밍은 대기의 움직임에, 악절의 수없이 많은 음조에 대한 도표를 제시하는 햇빛과 바람의 공동 작용에 서로 어울려야 한다. 레온 플라이셔의 '반중력'에 대한 이미지와 이론처럼 악절은 자유로이 둥둥 떠다녀야 한다. 지속 시간을 규칙적 및 불규칙적으로 변화시키는 타이밍은 악절의 구성에서 매우 중요한 역할을 한다. 전설 속의 서풍 같은 미풍에서 폭풍에 이르기까지 그 성격이 다양한 바람은 가장 현명한 교사이지만, 잠잠한 듯 보이는 것이 바람의 가장 심오한 교훈임을 잊지 말아야 한다.

O

공기 역학과 공중 부양의 법칙에 따라 악절을 구성하는 솜씨가 가장 뛰어난 연주자는 클래식 오보에 주자 하인츠 홀리거와 재즈 색소폰 주자 스탄 게츠이다. 묘하게도 홀리거의 감기는 듯한 선율은 더 재즈적이고 열정적으로 들리며, 게츠의 부드러운 포물선 같은 선율은 더 고전적이고 차분하게 들린다. 하지만 둘 다 소리가 살아 숨쉬는 순간, 호흡과 진동수의 갑작스런 감소, 구상을 넘어서 영원히 반복되는 끝수*의 임의적

- 계산, 특히 나눗셈에서 소수점 이하가 한없이 계속되므로 어떤 자리에서 계산을 중지하기로 할 경우, 어떤 자리 이하의 불필요한 부분.

표현에 동일하게 반응한다. 햇빛 속으로 휘감기며 올라가는 연기의 아라베스크처럼 악절이 하늘로 솟아오르면서 비영원성에 대한 영원한 애가를 부른다.

●

언젠가 스토이어만 선생님은 음악에 대한 보편적 갈망을 해석하는 이론은 "귀는 두려움의 기관"이라는 니체의 말에 바탕을 둔 것이라고 말했다. 즉, 청각의 선천적 특성인 불안을 진정시키고, 실제 또는 상상의 모든 마귀를 위로하며 안심시키기 위해 음악이 필요해졌다는 것이다. 선사시대에 인간은 낮에는 육안으로 적을 확인할 수 있었지만 밤에는 청각만으로 적이 내는 온갖 덜거덕거리는 소리, 고함소리, 툴툴대는 소리, 미끄러지는 소리를 분간할 수 있었을 것이다. 너무 지나친 비약일까? 실제로 인류학자들은 원시시대 아프리카 사바나의 야간 생활을 그렇게 묘사했다.

    그리하여 마법에 걸린 음악은 악몽에 대한 해독제로, 백일몽의 반주로, 신념을 지탱해주는 영약으로 진화한다.

●

도널드 토비의 음악 평론은 여러 가지 대조적인 관점을 결합한 폭넓은 범위가 그 특징이다. 오늘날의 음악 연구 및 비평에서는 이런 다양성을 찾아보기 힘들다. 토비는 특정 작품을 다양한 관점에 따라 분석할 뿐만 아니라 작품의 특별한 심리학적, 표현법적 및 극적 요소들에 대한 놀라운 통찰을 스스럼없이 펼쳐 보이며, 그의 이런 접근 방식은 음악에 대한 기술적 및 시적 토론을 지극히 합당하게 만든다.

오늘날의 학자들과 비평가들은 대체로 그런 포괄적인 통찰을 제공하는 것을 꺼린다. 내재적인 표지와 연상에 있어서만 의미가 있는 자기 지시적인 예술 철학은 대부분의 영향력 있는 학자들과 권위자들을 사로잡았다. 한편, 전기적인 분석은 예술가의 정신세계를 분석하거나 붕괴시키려는 경향을 띠게 되었다. 이런 관점에서 볼 때, 음악은 정신이상이나 프로이트가 말하는 콤플렉스의 산물로 간주된다. 작곡가의 조울증과 실연의 상처를 추적함으로써 작품의 내력을 분석하는 것이다.

음악을 세상에 대한 모험적이고 시적인 관찰로 보는 시각이 양극단적인 두 가지 비판적 태도의 공격에 의해 크게 위축된다. 무미건조한 분석과 심리적 조롱이 바로 그것이다.

○

몇몇 비평가는 모험과 자발성에 관해, 지배적인 기준이 장려하는 것보다 좀 더 수용적인 해석법을 환영하는 것 같다. 특히 '열광' 자체를 가장 중요한 책임으로 여기는 에즈라 파운드의 비평 이론을 받아들이는 일부 해설가들은 더욱 그렇다.

안타깝게도 마감 시간과 비좁은 공간, 현학적인 분석과 시장성의 원리, 지휘자의 제한된 연습 시간과 음반 제작사의 인색하고 완고한 태도 등 음악계에 영향을 끼치는 여러 가지 조건은 흔히 비상식적이라는 딱지가 붙는 독특한 해석에 대해 친절하지 못한 음악적 선택 기준이므로 비평가들에게 여유를 주지 않는다.

그 이유는 그런 독특한 해석을 이해하기 위한 이론이 없기 때문이다. 연주와 표현 방식의 한계가 이미 정해져 있기 때문에 환상 그 자체는 비판적인 반응을 불러일으킨다. 이때 흔히 쓰이는 비판적 용어는 '감상적', '인위적' 또는 그 비슷한 말들이다. 물론 내가 지금 말하는 사람들은 순전히 주관적인 취향에 따라 무차별하게 비평을 하는, 소규모 신문사들에 의해 고용된 인정 많은 아마추어 평론가들이 아니다.

o

영속적이고, 자율적이며, 확고부동하고, 완고한 원칙이 하나 있다. 시대를 불문하고 준수되어야 할 이 원칙은 바로 악보의 법칙이다. 악보는 우리가 영원히 충성과 신의를 바쳐야 할 우리의 우두머리다.

그러나 이 우두머리는 완고하지 않다. 그는 항상 활력이 넘치며 끊임없이 생각을 나눈다. 그를 믿고 따르면 엄숙하면서도 즐거운(하지만 축약된 슬로건에 대해서는 적대적인) 심포지엄에 참여할 수 있다. 그는 특정 스타일(진정한 의미의 스타일은 아닌)을 나타내는 일반적인 연주를 원하지 않는다. 그는 독특하면서도 조화롭고 구체적이면서도 이상적인 소리와 변화를 만들어내는 매우 특별한 사람이 되고 싶어 한다.

우리 선생님은 그의 스승 쇤베르크가 작곡한 〈구레의 노래Gurrelieder〉 초연회에서 쇤베르크와 나란히 앉아 있었다. 음악이 한창 클라이맥스에 이르렀을 때, 쇤베르크가 선생님을 홱 돌아보며 다급하게 물었다. "첼로의 피치카토*를 들을 수 있어?"

악보를 그 사실에 바탕을 두고 영혼을 겸비해서 따라가면 가장 흥미롭고 참신한 해석에 이를 수 있다.

O

이른바 스타일의 길과 악보의 길이 항상 일치하지는 않는다. 스타일은 근접한 것일 뿐이다. 앙숙처럼 정신적 동반자가 될 수 없는 작곡가와 악보를 조정하고 길들이는 과거지향적 올가미다. 습관에 의해 굳어지는 그런 모호한 지침은 열등하거나 인습적인 음악에 적용될 때 가장 효과적이다. 스타일은 인습일 뿐이다. 흥미진진하고 기억될 만한 음악은 모험으로

• 현악기의 현을 손끝으로 튕겨서 연주하는 방법.

가는 길을 걸어가면서 스타일에 암시를 보내고 못 본 체 지나간다.

악보는 적극적이고 공격적이며 예언적이다. 유리 뒤에 가만히 있지 않고, 첫사랑의 꽃처럼 짓밟혔어도 회상의 정념에 빠지지 않는다. 악보는 뒤를 돌아보고 앞을 내다보는 한편 지금 바로 이 거리에서 춤을 춘다. 악보는 무뚝뚝하고, 사색적이고, 공격적이며, 신비하고, 미묘하고, 다정다감하고, 고집이 세다. 악보는 고대 언어와 아직 만들어지지 않은 언어를 포함하여 천 가지 말을 할 줄 안다. 고고학자와 선지자와 산초 판자* 가 힘을 합쳐야 겨우 그 말을 이해할 수 있을까 말까다.

우리는 연주자로서, 비평가로서, 교사로서, 학생으로서, 그리고 학자로서 스타일의 안전한 정박항을 이 함선의 대담한 작전으로 착각하면 안 된다.

o

모든 예술 작품과 작품의 실연 뒤에는 고정된 정보의 원천이 되는 필연적이고 확고부동한 이상적 청사진이 있다. 음악에서는 화성적 기능이나 형식적 관계—특히 리듬의 균일과 전환—등의 요소가 이 지도의 자연적 구성 요소가 되며, 이 지

● **돈키호테의 하인이자 친구.**

도의 법칙은 악보의 모든 영역에서 작용한다.

하지만 이 원칙조차 삶과 삶의 여러 가지 개성적 표현 방식의 영향을 받는다. 아주 확실한 증거물, 리듬의 지속 시간의 신성함도 좋든 나쁘든 표현의 욕구 또는 공상에는 취약하다. 모차르트의 16분음표는 그저 빠른 멜로디일 뿐이라는 슈나벨의 말은 리듬을 무시해도 좋다는 뜻이 아니다. 그보다는 중력이 빛을 굴절시키듯, 형태와 프레이징의 중요성이 리듬의 본질적 독재를 약간 변화시킬 수도 있다는 뜻이다.

표현의 진리를 추구하는 데 있어서 그 정도가 저마다 다소 다를 뿐 모든 음악적 분류는 가변적이다. 듣는 입장이 되었을 때 우리는 묵묵히 표준 모델을 받아들이지 말고, 귀를 열어주는 새로운 표현에 놀라워하고, 자극되고, 즐거워해야 한다.

O

보들레르는 "모든 아름다운 것에는 뭔가 이상한 것이 있다"고 말했다. 이것이 '생소한' 것을 말하는지 '기괴한' 것을 말하는지는 중요하지 않다. 이 두 가지 정의 모두 연주의 성격을 나타내기 때문이다. 천편일률적인 스타일, 안정적인 기술, 또는 나태한 거짓 전통 따위로 악보를 제한하는 것은 좋지 않다.

알프레드 코르토의 피아노 반주에 샤를 판제라가 노

래한 슈만의 〈시인의 사랑Dichterliebe〉을 들어보면 전체와 뚜렷하게 구별되는 세부를 **추방**하고 세부를 전체와 결합시키며, 끊임없는 강약의 변화를 정확히 포착하는 통찰력을 엿볼 수 있다. 이 연주와 노래는 마법에 홀린 듯 영원처럼 느껴지는 통찰의 순간을 만화경처럼 펼쳐지는 상상의 세계에 빠진 채 운명과 은총과 환희의 문구멍으로 내다보게 한다. 음악을 지탱하는 고통과 장엄함의 합성물에 마음을 어지럽히는 위험들과 마음을 위로해주는 약속들이 산재되어 있다. 이 경우 전체는 부분들의 합보다 많기도 하고 적기도 하다. 조심스럽고 부드러운 포옹 속에 구체적인 시간과 나뉘지 않는 초월된 시간이 공존하고 있다.

o

세부와 전체, 사건과 결과 사이의 모순적이고, 미묘하고, 논쟁적인 관계는 위대한 예술 작품에 영감과 지혜를 불어넣는다. 훌륭한 연주는 이 논쟁을 모든 각도에서 검토해야 한다. 음악을 그냥 내버려둬야 한다는, 음악이 스스로 말해야 한다는, 조개삿갓이나 해초 따위의 거친 유기체가 아직 달라붙지 않은 새 요트처럼 말쑥하고 미끈한 음악이 나와야 한다는 생각만큼 안일한 생각은 없다. 이런 제한된 시각에서 보면 조류는 오직 한 방향으로만, 앞쪽으로만 똑바로 흐른다. 그에 따라 우리의 척추가 마비되어 감각은 둔해지고, 여행에서 모든 고통은 사라진다.

별의 모습은 볼 수 있지만 별의 화학적 구조와 불규칙한 흐름, 별과 인접한 천체는 볼 수 없는 이런 외눈 망원경으로는 음악의 생물학을 성립시킬 수 없다. 그러나 비트와 데이터, 소프트웨어와 그래픽의 범람 속에 사는 현대인은 자꾸 끼여드는 삶의 온갖 간섭을 체계화하고, 단순화하고, 제거하려고 애쓴다. 그에 따라 음악은 요양원이 된다. 추측과 질서와 은퇴의 요새가 된다.

o

작품을 탐험할 때에는 두 가지 원칙을 따라야 한다. 첫째, 작품의 영혼과 비전을 찾아야 하고, 둘째, 이 긴 모험의 정거장과 현장을 확인해야 한다. 당장의 관점과 장기적인 관점에서 작품을 체험해야 한다. 본격적인 여행이 시작되기 전까지는 전체적인 영혼의 정의가 적당히 모호해야 한다. 미래의 새로운 발견을 위한 여지를 남겨두는 것이다. 우선 각 정거장에 주의를 기울여야 한다. 각 정거장은 행동과 이미지의 시발점이므로, 저마다의 특징과 중요성과 운명을 철저히 조사해야 한다.

이건 무슨 뜻일까? 저건 무슨 말일까? 정체를 확인해라. 의미와 얼굴과 출몰지와 기반을 파악해라. 역할과 꿈과 운명을 파악해라. 전체적 구성에서 차지하는 역할을 확인해

라. 어떤 역할인가? 유순한가, 탈순종적인가, 기형적인가, 탈선적인가, 교훈적인가, 완전한가, 빈약한가, 독설적인가, 단조로운가, 아니면 미지근한가? 아니다. 아무리 조용히 있다고 해도 미지근한 것은 아니다. 고요에도 맥박이 있다.

O

이제 인내심을 요하는 중요한 작업이 시작된다. 음과 화음, 동기와 악절은 독특한 이름과 색깔과 분위기를 가지고 있으며, 이런 것들이 어우러져 정교한 이미지를 드러낸다. 움이나 채굴장에서 방벽을 쌓거나 지키고 있는 음악가는 모든 음표에 울라룸Ulalume*, 데이지, 뿌리덮개 등의 이름이 있다는 것을 마음으로 알고 있다.

　　물론 누군가의 데시가 다른 누군가의 루시라는 것은 자명한 이치다. 그러므로 어떤 음조도 반박의 여지가 없는 이름이 붙은 채 영원히 전승될 수 없다. 그래서 초콜릿이 있고 바닐라가 있는 것이다. 우리는 우리 귀에 들리는 대로 이름을 붙일 권리가 있다. 따라서 음악가 또는 감각이 있는 존재로서 우리는 이름을 붙이지 않거나, 음을 조물주의 왕좌를 떠받치고 있는 기둥의 예쁜 장식쯤으로 얕볼 권리가 없다.

　　이름이 없는 것은 오직 조물주뿐이다. 조물주의 천사

●　미국의 시인이자 소설가 에드거 앨런 포의 시 제목.

들과 모래알도 저마다 독특한 이름이 있다.

o

아이는 수맥을 찾는 점지팡이를 가지고 이리저리 걸어 다니면서 머리를 긁적이다가 마침내 샘이 숨어 있는 마법의 자리를 찾아내고, 그곳을 물려받을 합당한 권리에 따라 그 장소에 이름을 붙이고 묘사한다. 이 이름은 조건적일 수 있지만, 이름을 붙이는 행위 자체는 무조건적이다. 다음 날이 되면 이 이름은 이미 낡은 것이 될 수 있다. 그러나 이 이름은 인사와 인정의 표시로서 그 장소의 흔적과 일별과 기억을 떠올리게 한다.

　　장면이 바뀐다. 이를테면 이런 상상을 할 수 있을까? 쇤베르크나 라흐마니노프가 자신이 발견한 기분 좋은 장소에 기발한 이름을 붙이면서 작곡을 한다…. 그럴 리는 없을 것이다(하지만 누가 알겠는가). 만일 그렇지 않다면 그것은 다른 언어들과 행성들에서 수많은 종류의 도전의 목소리가 터져 나오면서 그들의 음들이 불굴의 의지에 의해 너무 심하게 훼손되고 반영됨에 따라 그런 작업이 반사적이 되었기 때문이다. 그리고 사물의 의미는 너무 강렬하기 때문에, 이름을 붙일 수는 있지만 언급할 수 없는 것을 감춰두고서 그것의 처참한 잔해를 애도하려면 부드러운 음악이 필요하다.

●

사물에 이름을 붙이는 작업은 상상력 연구실에서 이루어진다. 이 작업은 두 단계로 이루어져 있다.

아이(우리 자신)는 반경 2만 킬로미터 안에 있는 새와 나무 등의 모든 동식물의 이름을 알아야 한다. 그런 다음에는 여기다 천체, 문학 작품, 그림, 조각, 건축, 음악, 그리고 기타 백만여 가지 이름과 심지어 유명한 말들의 이름도 추가해보자. 부세팔루스Bucephalus*. 이것도 이름이다. 음악의 바로 그 유쾌한 부분을 위해 가미되고 저장해놓아야 할 이름이다. 휠어웨이Whirlaway도 마찬가지다. 정말 멋지다. 가슴이 두근거린다. 우리의 꿈과 동화가 살아 숨쉬게 한다. 시비스킷Seabiscuit! 우주의 역사에서 이 영웅적인 명마의 이름처럼 우아한 이름이 또 어디 있겠는가. 그 이름만 들어도 기운이 솟고 가슴이 후련해진다.

등장인물의 명단을 만드는 것이 첫 번째로 할 일이다.

●

이름을 포식하는 것은 식욕을 돋우는 전채前菜라고 할 수 있다. 수여식에 쓰이는 나무 받침 위에 트라이플 스펀지**가 놓

---

* 알렉산더 대왕의 애마.
** 케이크나 트뤼프 초콜릿으로 만든 후식.

인다. 그다음에는 각각의 형식과 화학적 성질과 색깔과 특색을 비교하고 비슷한 것끼리 짝을 짓는 미묘한 작업이 시작된다. 이것은 변화와 은유의 게임이다. 어린아이인 우리는 이 게임을 열심히 연습해야 한다. 모든 것은 어떤 방식으로든지 서로에 속한다. 생물이건 무생물이건 존재의 사슬에 연결된다. 어떤 것들은 천국에서, 어떤 것들은 지옥에서, 어떤 것들은 연옥에서 짝 지어진다. 짝을 짓는 작업에서는 연습과 천재성이 효과를 나타낸다.

르네상스 시대의 한 화가는 재향군인 병원에 갈 때마다 결핵 환자 병동 벽에서 침 뱉은 자국을 발견했는데, 그 자국의 패턴에서 위대한 그림의 가능성을 볼 수 있었다고 한다.

훈련된 눈에는 모든 것이 의미로 가득 차 있다.

o

스토이어만 선생님이 나에게 들려준 이야기에 따르면 알반 베르크는 그의 스승 쇤베르크에게 리스트의 〈피아노 콘체르토 2번〉에서 서정적인 주제가 요란한 행진으로 바뀌는 것이 격에 맞지 않는다고 불만을 토로했다고 한다. 즉, 이에 대해 쇤베르크는 약간 비웃는 투로 대꾸했다고 한다. "그럼 안 되나?" 어떤 연상과 은유가 적절한지 부적절한지는 크게 취향과 성격과 훈련의 문제이다. 하지만 몇몇 배열은 법칙에 위배되지는 않는다 하더라도 무인도로 추방되어야 한다.

롤레이즈가 제산제를 선전하기 위해 〈교향곡 5번〉을 이용하면 사람들은 심한 복통을 느끼게 된다(그리고 이 약을 사게 된다). 금융기관이 사람들에게 부畵의 꿈을 팔기 위해 가장 순수하고 사심이 없는 작품인 베토벤의 〈합창 환상곡〉을 이용한다면, 그 금융기관은 되돌릴 수 없는 어리석은 짓을 하는 것이다. 록 뮤직 연주가 십자가에 박힌 예수상이나 펩시콜라 로고를 반주한다면 라보리스*와 뇌수술에만 효과가 있을 것이다.

o

음악이 만일 다른 예술들이 열망하는 예술이라면, 그 언어가 독립적이고 언어적 또는 논리적 혼란을 일으키지 않는다면, 마음속 깊은 곳에 있는 감정의 시네마를 펼쳐 보인다면, 물리적 및 지적 환경은 과연 음악 연구에 어떤 영향을 끼칠까?

하지만 음악의 비언어적 언어가 음악을 순전히 상징적인 것으로 만든다면, 음악은 뭘 상징하는 걸까? 음악이 독립적인 것이라면 무엇으로부터 독립적인 걸까? 음악이 이름 없는 모호한 감정에 대한 것이라면, 무엇에 의해 작품과 작품의 정신적 특색이 구별될까?

음악은 뭔가에 대한 것이다. 그 원천은 발견할 수 있

• **구강 양치액 상표**.

는 것이고, 그 의미는 인식할 수 있는 것이다. 음악은 언어의 양단에 위치함으로써 비롯되는 놀라운 힘을 가지고 있다. 음악은 끊임없이 변하는 이미지의 근원적 온실이자, 순화된 생각의 성전이다. 그러나 이 양극성은 음악적 이미지의 특질을 더 모호하게 만들면서 주제를 불분명하게 만들 뿐, 덜 사실적으로 만들지는 않는다. 음악이 탐하고 찬미하는 유형적인 풍경의 영향을 덜 받는 것도 아니다.

o

루바토는 밋밋하게 보이는 아이스크림에 이국적인 색깔을 더해주기 위해 바닐라 아이스크림 위에 얹어주는 체리가 아니다. 아무 느낌도 없는 휑한 이마에 개성적인 애교머리를 이식할 수는 없다. 루바토는 음악적인 삶(두드러진 것이건 미묘한 것이건)의 한 방식이자 **범주**이다. 루바토는 언제나 있다. 알베르티 베이스*처럼 기계적인 패턴에 들어앉아 가장 기본적인 리듬에 용기와 부드러움과 우아함을 부여한다.

　　　인간이라면 어느 누구도 절대적으로 균일한 음을 일정 시간 동안 지속적으로 만들어낼 수 없다. 그리고 그래서도 안 된다. 음악가는 마땅히 메트로놈 같은 불변성과 표현의 자유의 양극에서 철저한 훈련을 받아야 한다. 고르다는 것은 바

* 이탈리아 작곡가 알베르티가 만든 펼침화음 형식.

람직하고 필요한 특성이지만, 표현의 자유와 대조되어 개성을 돋보이게 하는 정도에 그쳐야 한다. 절대적으로 고르다는 것은 허상일 뿐이다. **일관성**이라는 것은 실은 미묘한 조정에서 비롯되는 것이다. 세부적인 음들이 수학적으로 균일하다면, 그 효과는 일관성이 아니라 지루함이 될 것이다.

o

왼손은 시간을 정확히 지키고 오른손은 루바토가 되어야 한다는 모차르트의 충고는 영원불변의 진리다. 모든 음악적 발상에는 직선적 시간과 공간적 시간의 숙명적 상충이 내포되어 있다. 시간은 우리의 사적인 역사의 기본적 틀로서 줄곧 앞으로 나아갈 뿐만 아니라, 우리의 정신적 필요와 본성에 의해 초시간성과 적시성의 다양한 이미지로 전환된다. 휙 스쳐 지나가는 순간이 갑자기 팽창하고, 무한한 상상이 펼쳐지고, 음과 악절이 환상과 탈출, 회상과 징조의 배출구가 된다. 연대기적 시간과 심리학적 시간, 두 차원에서 음악의 여행이 진행된다. 이 두 차원 모두 필수적인 것이므로 풍부하게 표현되어야 한다. 심리학적인 차원에서 모차르트가 말한 오른손에서는 경솔하거나 신중한 루바토의 활동이 지배적으로 나타난다. 그러나 직선적 시간의 매개체인 왼손도 완벽한 균일성에 근접하도록 자신의 주장을 펴야 한다.

　　지속성의 개념을 완전히 이해하는 것이 중요하지만,

그 혹독한 임무를 수행하려면 타이밍과 터치에 약간 변화가 요구된다.

o

존 로크가 사물의 본성을 1차적 특성과 2차적 특성으로 나누었을 때, 예술은 부지중에 무시되었다고 할 수 있다. 감각에 의해 체험되는 사물의 형태와 색깔과 촉감 등 주로 예술의 영역에 속하는 측면이 2차적인 것으로 간주되고, 사물의 물리학적 및 화학적 특성이 1차적인 것으로 간주되었기 때문이다.

그러나 감각에 작용하는 혼란과 불확실성과 불균형이 과학적 사색에도 똑같이 연관이 있는 것으로 나타났다. 자연에 대한 우리의 느낌을 지각할 때 그 과정에서 거부감을 주는 직선과 직각은 비유클리드 과학, 생명과학에서도 무의미하다. 공간 자체는 본질적으로 구부러져 있다.

이상적인 원형으로서의 균일성은 우리의 상상의 산물이다. 그러나 그 메시지를 명확하고 설득력 있게 만들려면 어느 한쪽으로 미세하게 기운 채 반복적으로 나타나는 요소들의 특별한 공식이 요구된다. 순수한 균일성은 어떤 단조로움이나 공격성을 나타내는 정신 상태일 뿐이기 때문이다. 한편, 설득력 있는 일관성은 항상 미세한 불균형이나 편견을 드러낸다.

○

음악은 시간 — 균일한 순간들과 수명의 기록으로서의 시간 — 에 대한 반역이다. 음악은 초월을 추구한다. 장미꽃 채집과 영원과의 랑데부를 추구한다. 음악은 세속의 순간을 무한한 기쁨과 깨달음의 안식처로 뒤바꾸고, 그 흐름의 순간들을 엮어 구부러지고 복잡한 시간의 궤도를 만든다. 음악은 죽음의 두려움을 없애준다. 엄격하고 영원불변한 정체성에 대한 갈망을 없애준다. 음악은 9시부터 5시까지의 일과를, 돈에 대한 갈망을, 어리석은 욕망의 잠식과 한계를 거부한다. 음악은 일곱 겹으로 이루어져 있고 겹마다 또 일곱 겹으로 이루어진, 먹을수록 점점 커지는 케이크이다.

　　역설적으로 음악에는 모험의 범위를 측정하고 비행의 포물선을 추적하는 데 기준이 되는 균일한 단위 운율이 있는 것 같다. 역설적으로 이런 단위 운율에는 기계적으로가 아니라 성실하게 스스로 증식하는 내재적 삶이 존재한다.

○

직선적 시간의 리듬적 가치를 실현하는 방법(그리고 '현실'을 옹호하는 줄기찬 주장)은 많은 논란과 영감을 불러일으키는 문제이다. 여러 가지 면에서 일반적으로 단순하게 쓰인 모차르트나 슈베르트 음악의 가장 단순한 반주부도 여러 차원을 다룰 수 있는 특별한 감수성을 요한다. 첫째, 지속적인 화성적 환경을 조성해야 한다. 둘째, 아무리 기초적이고 미약하더라도 멜로디를 보조하는 동시에 대조시키는 대위 선율이 있어야 한다. 셋째, 주성부의 몽상과 절규를 통제하는 시계로서의 본분을 지켜야 한다. 그래야 비로소 반주가 멜로디의 수사적 변화와 탈선을 장려하고, 조화시키고, 대조시키고, 억제하게 된다.

반주의 이런 여러 가지 필수 요건이 통합되었을 때 각각의 역할의 다양성을 무시하는 단조로운 박자가 되어서는 안 된다. 아무리 완벽하게 배열된 팀파니도 영적 운명 의지를 나타내는 땀을 흘려야 한다. 그러므로 반주의 역할은 드라마 전체에서 차지하는 역할에 의해 조정되어야 한다.

o

절대적으로 균일한 박자는 인정해야 할 뿐만 아니라 추구해야 할 이상이지만 현실적으로는 실현 불가능한 환상일 뿐이다. 그렇다고 해도 부드러운 박자나 강렬한 박자는 극적 상호작용의 필수 요소이며, 이런 박자를 만들어내기 위해서는 전체와의 관계에서 그 성격을 정확히 이해해야 한다. 그러나 리듬의 절대적 균일성이라는 개념(또는 기대)은 운율 구조의 영구적이며 본질적인 '비극' 때문에 훼손된다. 모든 음악에는 항상 강박과 여린박이 있으며, 이 둘은 완벽한 균형을 이루지 못하기 때문이다. 자신의 뜻을 관철시키려는 센박의 고집과 그에 대한 여린박의 저항은 불안한 휴전 협정을 만들어내며, 이 협정은 안정된 계급적 체계로 정착될 수가 없다. 둘 사이에 내재된 긴장이 항상 불확실성과 반역의 가능성을 품고 있다. 여린박은 독재적인 센박을 자리에서 몰아내려고 음모를 꾸미고 위협하면서 정당한 지위를 요구한다. 이 불가피한 불안은 직선적 시간의 본질적 특성인 모호함과 불안정성에서 비롯된다. 직선적 시간은 항상 일관성을 보장하지만 불안정성과 가변성을 품고 있다.

그러므로, 중립적 현실을 나타내는 소리라고 할지라도 어떤 점에서는 루바토의 스트레스에 피해를 입는다고 할 수 있다.

o

나의 선생님은 이런 말을 했다. "음악이 속음에서 으뜸음으로 간다는 건 누구나 아는 사실이지만, 문제는 어떻게 가느냐는 것이다."

음악에는 환원주의적 이론, 즉 특징적인 음과 진행을 음악적 이론의 바탕으로 삼는 이론이 많이 있다. 이런 이론 중에는 작품을 몇 개의 주요 음조 또는 음정으로 축소시켜, 이런 암호문 같은 증거에서 작품의 전체적 구조와 의미를 도출하는 이론도 더러 있다. 이런 이론을 바탕으로 하면 소나타나 교향곡의 구조적 특징이 서너 개의 음으로 이루어진 범례적 진행으로 축약될 가능성이 있다. 작곡의 힘이 이런 단일화 원칙에 따른 일관성과 지배성의 기능으로 전락하는 것이다.

이런 접근법은 가치가 있을 수도 있고 위험할 수도 있다. 모든 예술 형식이나 자연적 형태에는 그 뼈대가 되는 건축학적 기둥과 중심점이 있다는 것은 반박의 여지가 없는 사실이다. 일관성 및 다양성의 방정식에 수반되는 구조적 및 미적 기준은 영원한 논쟁거리이며 영원히 풀리지 않는 수수께끼다. 뭐든지 단일화하고 단순화하려는 것은 인간의 본성이다. 지저분한 모텔과 과속 단속을 피해 올랜도에서 스포캔까지 비행기로 가면, 비행기 여행의 여독과 냉방 후유증이 있을 수는 있지만 편히 갈 수 있다.

하지만 창밖으로 한가로이 풀을 뜯는 소들을 구경하고 싶다면?

●

음악 스튜디오나 학술지에서 잘 쓰이는 이미 말라 죽었거나 말라 죽어가고 있는, 수많은 상투어 중에서 특히 고약한 것을 꼽는다면 '방향'의 원칙이다. 음악은 항상 방향이 있어야 하며, 특히 오로지 앞으로 가는 것이 가장 좋다는 것이다. 음악의 힘이 무슨 추진력 같은, 정력적인 에너지 같은, 필연적인 운명과의 데이트 같은 것인가?

참으로 이상한 죽음에 대한 소망이다. 왜 음악이 항상

앞으로만 나아가야 하는가? 회상이나 사색에 잠겨 때로는 옆으로, 위로, 아래로, 뒤로 가는 것이 음악 아닌가? 앞으로 똑바로 가는 것은 악대가 행진하는 것 같이 당연히 매우 중독적일 수 있다. 먹이를 향해 돌진하는 상어나 폭주하는 화물열차의 맹렬한 속도는 강렬한 흥분과 황홀감을 일으킨다. 개념과 특성의 조화에 초점을 맞춘 원칙보다 이런 속박의 원칙을 따르는 것에 나름대로의 매력이 있을 수도 있지만 하지만 저항할 수 없는 힘과 그에 대한 무조건적인 충성의 서약을 바탕으로 한 이런 음악이 과연 바람직한 것일까?

물론 음악에는 템포도 있고 추진력도 있고 충동적 요소도 있고 장기적 목표도 있다. 하지만 또 한편에는 몽상과 존경, 회상과 거부 등으로 이루어진 지속적인 독백이 있으며, 이 독백은 때로는 부드럽고 때로는 앞으로 치닫는 힘으로 격렬한 대화를 한다.

바람의 흐름과 악절의 구성을 구상할 때, 그 추진력에 순순히 복종하는 음도 있는가 하면 저항하는 음도 있게 마련이다. 화살도 바람에 떨 수 있는데 하물며 마음은 어떻겠는가.

o

《결코 무고하지 않은 국외자The Not Quite Innocent Bystander》에 에드워드 스토이어만의 글이 실려 있는데, 나의 선생님은 안톤 베베른이 자신의 음악을 연주한 것에 대해 "믿을 수 없을 만큼 자유로운 즉흥적 해석"이라고 평했다. 안타깝게도 현대 음악의 전형적인 연주는 이런 기준에 미치지 못한다. 현대 음악이 낮게 평가되는 것은 듣는 사람의 영감과 소양이 부족하기 때문일 경우가 많다.

　　음악이 진지하다고 해서, 구조가 복잡하다고 해서, 의미가 심오하고 난해하고 모호하다고 해서 반드시 지적이거나 껄끄럽거나 재미없는 것은 아니다. 그렇다고 중요한 내용물이 다 빠진 빈껍데기를 연주할 수도 없다. 쇼팽의 음악이건 베베른의 음악이건 모든 음악은 똑같은 표현력을, 똑같은 세련된 소리를 요한다. 의도한 소리가 달콤하지 않다고 해서 소리의 균형에 대한 미적인 원칙을 무시한 것은 아니다. 삶에는 달콤하지는 않지만 옹호해야 할 것이 많다. 아무리 거친 음정과 화음이라도 잘 다듬어야 하며 서투름이나 무미건조함 같은 흠이 하나도 없는, 주옥같은 그림으로 만들어야 한다.

o

악절의 특색을 표현하는 방법에는 보통 세 가지 등급이 있다. 첫 번째 등급은 일종의 부정적 수사 같은 것인데 즉, 리듬이나 강약의 굴곡 없이 기계적으로 딱딱하게 연주하는 것이다. 이런 연주는 아주 흔히 행해지고 있지만, 그렇다고 이런 무미건조한 표현이 정당화될 수는 없다. 두 번째 등급은 끊임없이 루바토—신중하게 사용되었건 무절제하게 사용되었건—의 근원으로 접근을 시도한다. 노래 자체에는 항상 운문에 개인적 또는 시사적인 이미지를 불어넣을 수 있는 이야기적 요소가 있어야 한다. 멜로디의 구조가 아무리 완벽한 균형을 이루고 있다고 해도, 절박한 음이 그것을 이리저리 옮겨야 한다. 전통적 멜로디에 인간의 정념을 불어넣어야 한다.

경건한 음악에 특히 잘 어울리는 세 번째 등급은 묘하게도 첫 번째 등급과 똑같은 특성이 하나 있다(하지만 단 한 가지뿐이다). 그것은 바로 리듬의 균일성이다. 종교적 평온에 영감을 받아 쓰인 악절을 표현할 때에는 깊이 있는 셈플리체*를 써야 한다. 선율이 신비로운 느낌을 주는 악절(리스트와 라벨의 물의 유희처럼)을 표현할 때에는, 신성한 자연과 그 형태들의 '기하학적인 구조'처럼 균일한 조음이 필수적이다.

이 세 가지 등급은 '비자연적', '자연적', 그리고 '초자연적'이라고 표현할 수 있다.

o

베토벤은 삶에서 사랑 다음으로 가장 좋은 것은 놀라움이라고 말했다. 하지만 안타깝게도 베토벤 곡의 연주에서 놀라움을 들을 수 있는 기회는 너무나 적다. 하긴 이 점에 있어서

* 간결하게 또는 평범하게 연주하라는 말.

는 다른 작곡가들의 곡도 마찬가지지만 곧이곧대로의 안전하고 정확한 연주를 표준으로 여기는 현재의 윤리는 모험과 놀라움을 배척하기 때문에, 대화와 탈선과 중지와 예상 밖의 전개를 즐기는 베토벤의 기략이 대부분 무시된다. 파우스트처럼 우리는 반듯한 살림살이를 관장하는 악마에게 우리의 영혼을 팔아버렸다.

그와 반대로, 누가 나타나서 브람스의 〈3개의 간주곡 작품 제117번〉을 40여 분으로 늘려 작은 센세이션을 일으킨다. 사람들은 그런 경건한 태도에 감동하여 그 음반을 사고 신선한 연주라며 칭송한다.

요즘 보면, 깜짝 모험(또는 출구가 없다고 놀리는 장난)으로 이끄는 자유분방한 표현으로 가득 찬 하이든의 피아노 소나타에 관심을 갖는 사람이 많은데, 이 현상에 대해 나는 사람들이 자유분방함과 자연선택의 힘을 인정하기 시작한 것이라고 믿고 싶다. 어쨌거나 직선은 매우 비자연적인 것이다.

○

"…흉한 소리를 만들어내지 못한다." 우리가 즐겨 읽는 피아노 학술지에 이 마법의 주문이 또 실렸다. 최근의 경연 대회에 참가한 어느 젊은 피아니스트의 매력에 대해 쓴 것이다.

이 얼마나 대단한 말인가. 사람들을 현혹시키는 솜씨

가 정말 놀랍다. '흉한 소리'라는 것이 균형이 맞지 않는 소리를 뜻한다면 이것은 곧 '올바른' 균형의 모범이 있다는 것을 암시한다. 그리고 이 기준에 따르면 파격적이고, 대담하고, 격렬하고, 놀랍고, 과감하고, 절박하고, 극적인 소리들은 비판의 대상이 될 수밖에 없다. 그러나 만일 '흉하다'는 것이 '아름답지 않은' 것을 뜻한다면(해설자의 의도는 이것일 테고 그 파급 효과도 이것일 것이다), 우리는 다시 한 번 음악을 미숙한 한계 안에 가두는 것이다(이런 한계는 발레리나에 대한 어린아이들의 맹목적인 동경에나 어울린다).

이런 감상적인 시각은 두 가지 불행한 결과를 초래한다. 첫째, 예술의 범위와 역할을 크게 해친다. 둘째, 아이들이 천사가 되도록 훈련시키면서 그들에게서 기백과 활기를 빼앗는다. 물론 예술이 기백과 활기를 되찾아주지만, 삶의 폭풍과 열병을, 이른바 '어두운 면'을 거부하면 이 목적을 성취할 수 없다. 그랬다가는《죄와 벌》은 마지막 단원만 빼고 다 버려야 한다. 아이들이 건강한 어른으로 성장하려면, 코를 흘린 적도 없고 사람을 죽이는 상상을 한 적도 없는 성당의 복사나 되는 듯 생각하거나 행동하지 말고, 어두운 면을 인정해야 한다.

●

내 친구이자 영원한 정신적 스승인 루돌프 콜리시—그는 콜리시 현악 사중주단의 창설자로서 금세기 최고의 음악가이자 바이올리니스트 중의 한 분이며 나의 선생님 스토이어만의 절친한 친구이자 체스 파트너이다—는 '큰 소리를 위한 소나타'(또는'아름다운 소리를 위한 소나타')를 쓴 사람은 아직 아무도 없었다고 말하곤 했다. 물론 큰 소리는 표현의 강도를 얼마나 높일 수 있느냐에 따라 훌륭한 동맹자이다. 그러나 그저 큰 소리를 내기 위한 큰 소리는, 축 처진 감정을 선동하기 위한, 부르주아를 선동하기 위한, 세력권을 선포하기 위한, 정신과 혼의 부재를 숨기기 위한, 혹사당한 자아에 대한 보상을 위한 큰 소리는, 대중의 갈채를 받는다고 해도 비판되어야 할 속성이다.

우리는 여러 가지 현대 형식의 소음에 갈채를 보낸다. 그리고 짐짓 화려한 솜씨를 가장하기 위해 A의 피치를 더 높여 점점 더 귀에 거슬리는 고음을 만들어낸다. 우리의 청원이 들리지 않을까 봐 신에게 귀앓이를 선사하고, 그러면서 우리 자신은 과부하된 데시벨로 인해 귀머거리가 돼간다.

o

각종 음반과 테이프는 도회지건 시골이건 곳곳에 엄청나게 다양한 레퍼토리와 존경할 만한 연주를 퍼뜨렸다. 우리는 이런 발전과 번영에 감사해야 한다. 이런 발전과 번영이 없다면 실황 연주회에 갈 기회가 없는 애청자들은 널리 알려진 작품이건 널리 알려지지 않은 작품이건 감상할 수 없을 것이다. 또한 인위적인 짜깁기와 편집만이 제공할 수 있는 연주의 표준은 몇몇 음악가와 해설자에게 가장 순수하고 이상적인 음악 메시지의 전달 방법이 되었다. 그리고 몇몇 애청자에게 음반과의 일대일 관계는 음악과의 가장 친근한 대화 방식이 된다.

이제 이 문제를 다른 각도에서 살펴보자. 몇몇 관측자에 따르면 텔레비전에서 영화를 볼 수 있는 기회가 점점 많아짐에 따라 결국에는 진지한 영화 산업이 죽을 것이라고 한다(물론 양적으로가 아니라 질적으로 죽는다는 것이다). 나는 실황 연주회도 음반의 풍부함과 편리성 때문에 위험에 처할 수 있다고 생각한다. 실제로 실황 연주회에서 젊은이를 찾아보기는 힘들다. 그리고 실황 연주회에서의 연주도 특색 없는 음반처럼 닳고 표준화된 모방일 경우가 많다. 다시 말해서 깔끔하고 평범하다는 말이다. 오랫동안 애정과 관심을 가지고 습관적으로 연주회를 찾아다니며 음악적 소양을 쌓은 사람들은 이제 판에 박힌 연주회를 찾고 있다(파리의 퐁피두센터에서 열리는 연주회 같은). 그러나 이런 즉석 연주회는 작품의 뼈대를 보여주기는 하지만 그 비전이나 복잡성이나 시야를 보여주지는 못한다. 다양한 흑백이 시장을 석권했다. 그 대표적인 예를 들자면, 옛 흑백 영화를 '채색'함으로써 색깔 없는 영화로 만들어버리는 행위다. 이런 것이 바로 기술이 예술적 욕구를 지배할 때 생기는 현상이다.

o

음반의 혼은 음악의 혼에 대한 저주다. 작곡이자 연주로서의 음악은 시간의 의미와 의미의 적시성에 대한 논문이다. 작품의 타이밍과 의미는 시시각각 변하며, 내부적 및 외부적 변수는 똑같은 연주가 반복되지 못하게 역동적으로 작용한다. 음악은 살아 있는 에세이며, 그 시작과 끝은 형식적인 설정일 뿐이다. 왜냐하면 음악이 우리의 일상생활의 일부로 존재하는 한, 이런 경계는 아무 의미도 없기 때문이다. 우리는 우리의 의식의 안팎에서 깜박거리는 여러 가지 잊을 수 없는 선율에 대한 지속적인 기억 속에서 산다.

완벽하게 녹음될 수 있는 것은 평범하거나 좋지 않은 음악뿐이다. 음반은 고정되기 때문이다. 다차원적인 창조와 양립할 수 없는 정체 상태를 만들어내기 때문이다. 음반은 작품의 사진과 같다. 보기는 좋지만 작품 자체는 아니다. 더 나아가 음반은 여드름, 흉터, 얼룩, 놀라움 따위를 에어브러시로 깨끗이 제거한 그림이다. 음반을 신성하게 만들고, 가치관을 왜곡하고, 복잡한 내면보다 단순한 외면을 선호하고, 불확실하고 우연적이고 도전적이고 유기적인 것을 영구적이고 안전한 유치장에 가두는, 음반의 음향적 및 기술적으로 순결한 표면이 바로 그 현혹적인 성질을 드러낸다.

o

우리는 연주자로서 아무리 무미건조하다고 해도 음반의 그 놀라운 예측가능성과 완전무결함에 그저 놀랄 뿐이다. 우리가 연주장에서 연주할 때 절대적 확실성에 대한 유혹이 도저히 뿌리칠 수 없는 달콤한 목소리로 속삭인다. 가증스러운 물의 요정 옹딘이 자꾸 우리의 초조와 불안을 상기시킨다. 음악적 감수성의 증표인 상상력과 자발성이 위축된다. 그러나 결국에는 뜻밖에도 상상력과 자발성이 모든 유혹을 물리치고 주도권을 잡게 되고, 이런 것에 익숙하지 않은 청중은 경악에 사로잡힌다.

한편, 마치 무슨 피 없는 화신이나 날개 없는 새처럼 싸늘한 표정으로 우리를 노려보는 독재자 같은 마이크가 없으면 연주를 할 수 없다. 모험심 많은 개인이나 방송국, 잊혀진 기록 속에 이 연주를 처박아버리고 싶어 하는 기업이 이 없으면 연주를 할 수 없다. 모든 소리가 뮤즈와 작곡가의 구상대로 어떤 질서에 따라 제자리에 배치되어야 하건만 억류되어 꼼짝도 못하고, 인민 위원 같은 음반 프로듀서의 빨간 펜을 기다리고 있다. 작품은 일련의 정적인 자세를 취하게 된다. 미지의 것, 전설적인 것, 마법적인 것, 예언적인 것 등 초월과 해방의 모든 매력에 대한 친화력을 상실한다.

대체로 우리는 음반에 만족해야 한다. 과거의 위대한 예술가들과, 음반이 없으면 절대로 알 수 없을 음악을 일별할 수 있는 것만으로도 만족해야 한다. 그러나 오만한 태도로 우리를 무력하게 만드는 그 고약한 효과를 극복해야 한다. 언젠가는 슈퍼 피아니스트들이 완벽한 통제와 완벽한 방종으로 연주하고 녹음할 수 있는 연주자들을 키워낼 것이다.

o

니체는 미학적 가치의 양극을 아폴로적 미와 디오니소스적 미로 설정했다. 아폴로의 사도들은 기예와 균형과 우아미와 대칭의 가치를 옹호하고, 디오니소스의 사도들은 환희와 무절제한 음악과 화려한 이미지에 맞추어 춤을 춘다. 이 두 가지 상충된 경향과 유사한 음악 용어는 '고전적'이라는 말과 '낭만적'이라는 말이다. 진부하고 편의주의적인 말로서 너무 남용한 나머지 지금은 거의 무의미한 말이 되었다. 이 말을 적용하는 데 있어서도 일관성이 없기 때문에 정확한 표현이라고 할 수도 없다. 그저 최초의 묘사 방식이라는 의미밖에 없다.

　이를테면, 고전적인 형식과 구조는 낭만주의 예술 형식보다 훨씬 더 복잡하고 모험적일 때가 많다(낭만주의 예술 형식은 그 건축학적 청사진에 있어서 보다 대칭적이다). 일반적인 관념과 일치하는 것은 이 둘의 표면적 구조뿐이다. 즉, 고전주의의 특징은 명료성과 투명성이고, 낭만주의의 특징은 농후성과 장식성이다. 그러나 이런 속성조차 위험한 것이다. 세계와 사상을 양편으로 갈라놓을 수 있기 때문이다.

낮과 밤, 해와 달, 동과 서는 어쩔 수 없는 양극단이지만 예술 작품은 현실을 편의주의적으로 둘로 가르는 것을 거부한다. 모차르트 스타일, 쇼팽 스타일, 브람스 스타일 따위가 흔히 예술적 자기만족을 위한 구실이 되고, 현학자들에게는 모순 적이거나 반역적으로 보일 수 있는 사상을 배척하는 핑계가 되는 것도 바로 이 때문이다.

●

고전주의니 낭만주의니 하는 엉터리 분류처럼 널리 보급된 진부한 스타일의 개념을 타파하고 싶다면 페르메이르 같은 예술가를 연구해봄으로써 깨달음을 구할 수 있다. 그래서 나도 내 스튜디오를 장식해주고 있는 〈화실의 예술가The Artist in His Studio〉를 열심히 들여다보고 있지만 일반적인 미학적 관념으로는 그 의미와 구조를 도저히 이해할 수 없다. 내 눈에 보이는 것은 복잡한 형태들, 고동치는 것 같으면서도 잠잠한 표면, 평온하면서도 황홀경에 빠진 듯한 인간의 표정, 모난 각도와 곡선, 간소함과 화려함, 실제적인 현실과 순간적인 신비, 이런 것뿐이다. 내가 보는 것은 질서와 무질서, 균형과 붕괴, 빛과 어둠, 차분함과 환희, 기하학과 자유 조형, 현실과 초월, 이런 것들이 부드러운 상호 긴장 같은 것을 이루고 있는 것이다.

정신을 번쩍 들게 하는 이런 교훈들을 깨닫고 나면 예

술 작품을 스타일에 따라 나누는 것이 순 억지라는 생각이 든다. 이를테면 쇼팽은 극히 고전적인 동시에 극히 낭만적이며, 둘 다 아니기도 하다. 작곡가로서 극히 현명할 뿐이다. 그는 아폴로의 사도이자 디오니소스의 사도이며 창조성의 전형이다. 광기 없는 방법, 의문 없는 진술, 부정 없는 단언, 또는 왜곡 없는 형태는 슬로건이요 죽은 흔적이 된다는 것을 그는 잘 안다.

이런 케케묵은 분류를 알아두는 것도 쓸모가 있을지 모르지만, 어디까지나 이것을 출발점으로 삼아야 한다.

o

겸손은 편견과 자만이 없는 정신 상태로서 사실들과 그 상관관계를 깨닫게 해준다. 사실과 사실, 원인과 결과, 실체와 그림자의 모호하지만 뿌리 깊은 관계를 인정하게 해준다(그림자는 실체의 흔적일까, 실체의 흠 없는 윤곽일까?)

겸손은 왜곡하지 않고 내면과 외면을 볼 수 있는 개방성과 정숙함의 전제 조건이다. 겸손은 교리문답 의식을 위한 맹목적인 굴종도 아니요, 상황을 통제하기 위한 수단도 아니다. 진정한 겸손은 바른 삶이 무엇인지 깨닫게 해준다. 가까운 것과 먼 것을, 지속적인 것과 순간적인 것을, 핵심적인 것과 방편적인 것을 분간하는 분별력을 갖게 해준다. 모든 선택은 장식물처럼 보일 수 있는 것이 실은 핵심(보다 구체적으로 말하자면 소우주의 핵)의 필수 보조물일 수 있다는 것을 인식하는 충분한 통찰력을 바탕으로 이루어진다.

내면적 빈곤이나 아집이 거짓 겸손의 탈을 쓸 경우가 많다. 음악 연주에서 거짓 겸손은, 곧이곧대로의 무미건조한 표현—이상하게도 이런 표현은 단순화와 자기거부에 대한 우리의 '자연적' 본능에 호소하는 경향이 있다—에서 나타날 수 있다.

o

예술 작품에는 기원과 구체적인 현실성과 전설이 담겨 있다. 이런 예술 작품을 뿌리와 가지가 없는 사물 그 자체로만 다루는 것은 그 여러 가지 잠재적 상관관계를 제한하고 말살하는 것이다. 셸리는, "시는 종이에 옮겨지는 과정에서 이미 그 영감의 원천을 일부 상실한 것"이라고 말한 바 있다. 시의 해석에 영향을 주는 시의 강렬함은 미래 세대에 대한 의미의 계수라고 할 수 있다.

작품을 연주할 때에는 악보에 관련된 과거와 미래의 여러 가지 목소리를 무시하면 안 된다. 과거의 작품들과 작곡가들의 역사적 모델—전기적이거나 지리학적인 혹은 심리학적이거나 시적인 암시—과 후대의 작품들과 해설에서 실현된 악보의 예언은 작품 해석을 위한 통찰력과 가이드라인을 제공해준다. 이런 것을 참고하는 것이 악보 자체의 성격을 변질시키거나 퇴색시키거나 묵살하지 않는다. 오히려 부피와 아우라를, 깊이와 대담함을 불어넣는다.

악보는 얼어붙거나 죽은 것이 아니기 때문이다. 악보는 살아 있다. 음표와 연주 기호가 만들어내는 소리의 울림에 의해 활성화되는, 잠자고 있는 조직이다. 모든 울림은 여러 가지 가능성과 접근법을 보여준다. 그러므로 우연적인 요소를 탐닉해서도 무시해서도 안 된다. 오늘과 어제와 내일의 빛의 변화에 따른 모든 변수의 스펙트럼을 즐겨야 한다.

O

예술 작품의 범위와 깊이는 미래에 대한 목소리에 의해 측정될 수 있다. 새로운 세대는 자신의 선입관과 편견에 따라 특별히 중요한 작품의 의미를 발견한다. 바흐만큼 다양한 방식으로 후대와 후대의 문화에 대해 이야기한 작곡가는 아마 없을 것이다. 물론 그의 후대와 후대의 문화는 할 수 있는 모든 방법으로 그의 음악을 해석하고 정리하고 편곡했다. 이른바 고전주의, 낭만주의, '정통' 바로크 따위의 지금까지 무차별적으로 감행된 온갖 해석은 바흐 음악의 깊이와 세상의 모든 상처와 축복을 흡수하는 능력을 나타내는 명백한 증거이다. 바흐 음악의 본질적인 장엄함은 그 무엇에 의해서도 손상될 수 없다. 몇몇 세미클래식 그룹과 재즈 음악가에 의한 바흐 음악의 편곡은 좀 이상하긴 하지만 바흐 음악에 대한 찬미와 장식이라고 할 수 있다. 나만 해도 스윙글 싱어스라는 팝 그룹이 편곡한 바흐 음악에 매료된 적이 있다. 부드러움과 기교를 어떤 식으로 표현했건, 이것들이 작품의 무한한 폭에 의해 수용되기 때문이다.

　　모든 작품의 직간접적 해석은 필연적으로 시대정신의 영향을 받는다. 어떤 의지도, 보존이나 순수성에 대한 본능도 이 본질적인 편견을 극복하지 못한다(아나톨리 브로이어드의 충고: "당신의 편견을 고수해라. 편견은 당신의 유일한 취향이다"). 그러므로 편견을 극복하려고 애쓰는 것보다는 편견과 작품 사이에, 작품과 그 수많은 잠재적 가능성 사이에 다리를 놓는 데 힘을 쏟는 것이 낫다.

o

'후대'의 관문을 통과하는 예술 작품은 시대의 요구에 부응한 것이라고 할 수 있다. 거꾸로 말하자면, 우리의 관점에서 볼 때 작품의 특정 요소들이 오늘날의 온갖 병폐에 대한 필수적 처방이나 보상이 될 수 있는 것이다. 카를 융은 각 세대의 예술가들은 감각으로 느껴지는 미적 및 사회적 불균형을 시정하기 위해 애쓴다고 말했다. 이 점에서 볼 때 순전히 오락으로서의 예술의 가치는 그 내용물—논쟁적이고 반半정치적인 요소가 항상 포함되는—을 감싸고 있는 예쁜 포장지일 뿐이다. 그리고 그 핵심 메시지가 단순한 즐거움이라고 해도 예술은 보다 큰 자유와 품위를 촉진하는 경향이 있다.

그러므로 나는 모차르트와 헨델의 오페라에서 현대인의 삶의 고난에 대한 해결책을 찾아내려고 애쓰는 피터 셀러스 같은 무대 감독에게 아낌없는 찬사를 보낸다. 구체적으로 밝히기는 좀 거북하지만(내가 워낙 부끄러움이 많기 때문이다), 내가 보기에 셀러스는 악보를 존중하는 것 같다. 그는 악보를 연구하면서 사회적 부정에 대한 비판—이것은 모든 위대한 예술과 예술 작품의 올바른 해석의 공통점이다—을 찾아낸다. 나도 베토벤의 소나타를 연주할 때 악보에 깃들어 있는 포용의 태도를 표현하려고 애쓴다.

o

작품의 유산이 전혀 온화하지도 위안을 주지도 않는 경우가 가끔 있다. 리스트의 소나타 〈단테Dante〉를 연주할 때(그의 다른 작품들도 그렇지만) 나는 불안, 혼란, 허무주의, 심지어는 파멸 같은 현대적 세태의 징후를 느낀다. 물론 구원이나 속죄로 회복되는 순간들이 있긴 하지만, 이 작품에는 단테의 연옥과는 그 성질이 좀 다른 격렬한 광기 같은 것이 있다. 강제노동 수용소와 전쟁 도구의 냄새가 나고, 지옥에 대한 오늘날의 이미지를 떠올리는 어지럼증과 공허가 느껴진다.

이것은 리스트가 의도한 것이었을까? 내 추측이 맞을까? 아니다. 그는 현대 전쟁의 엄청난 파괴성과 처참함을 상상도 할 수 없었을 것이다(기관총이 따르륵거리는 듯한 소리가 들리긴 하지만). 하지만 맞았다고도 할 수 있다. 운명에 대한 그의 두려움은 매우 기괴하고 불분명했기 때문에 오늘날의 악의 온갖 끔찍한 이미지를 떠올린 것이다. 어쨌거나 이 작품을 연주할 때에는 의식적으로건 무의식적으로건 오늘날 가장 절박한 이미지들을 표현하게 된다. 물론 악보를 부정할 뜻은 없고 다만 그 심오한 폭과 의미를 나타낼 뿐이다.

이런 작품은 그 범위가 매우 넓기 때문에 자칫 길을 잃기 쉽다. 더듬거리며 길을 찾아야 하지만 그 심오한 의미에 감사하게 된다.

o

멈추고 살펴봐라! 잘 들어봐라! 포괄성에 대한 믿음이 너무 지나칠 수도 있을까? 가능성의 문을 모두 열면 지나치게 되는 걸까? 적당한 수준을 저버리고 존재의 행복감에 빠져 주관적인 눈으로만 보게 되는 걸까? 제멋대로 소리를 부풀리고 스타일을 변형시키는, 피를 비로 바꾸고 폭포를 폭소로 바꾸는 그 지저분한 건달들과 살찐 귀족 미망인들을 환영하게 되는 걸까? 어쨌거나 괴테는 취향 없는 상상력보다 무서운 것은 없다고 했다.

나는 그런 독단적이고 제멋대로인 피아니스트들의 연주를 들어보았다. 물론 그들은 그들의 그 둔감하고 인습적인 클럽의 아주 작은 일부일 뿐이다. 그들의 연주를 듣는 것이 항상 즐겁지만은 않을 수도 있지만, 인정을 받는 궁극적 기준은 절대불변의 것이다. 과연 그들은 악보를, 그 모든 표시와 지시 사항을 존중할까? 아니면, 구리 반지와 승리의 꿈을 좇아 이성을 잃고 창을 휘두르며 악보를 마구 유린하는 걸까?

아인슈타인은 지식보다 상상력이 더 중요하다고 했다. 이 말을 좀 바꿔서, 취향과 지식은 상상력을 연마하고, 상상력은 취향과 지식에 활력을 불어넣는다고 하면 어떨까? 단순한 진리다(조표준이 간단하진 않지만). 자유분방한 상상력이 분별없는 포괄성에 이를 수 있고, 지식을 갖춘 취향은 확실하고 강렬한 이미지를 강조한다는 것이다. 양방향으로 활발한 교류가 이루어지지만 뭐든지 처음 시작할 때에는 되도록 많이 가지고 시작하는 것이 좋다. 항상 고정돼 있는 인색한 몫보다는 다양하고 풍부한 것이 더 좋다.

또는 이렇게 말할 수도 있다. 상상력 없는 취향은 단순한 멋으로 전락한다.

o

오늘날의 광란—팝 문화와 요란한 미디어—을 생각할 때, 상당수의 예술적 표현의 경향이 비교적 보수적이고 암시적이고 온건하다는 것은 뜻밖일 수도 있다(융의 보상 이론이 옳다면 당연한 현상일 수도 있다). 이런 경향의 예를 들자면 때로는 이렇다 할 특징 없이 밋밋하게 표현되기도 하지만 회화와 음악에서의 미니멀리즘, 조각에서의 구성주의, 그리고 예술 전반에 걸친 신낭만주의 등이 있다. 대중성을 거부하는 진지한 소설만이 제임스 조이스와 윌리엄 포크너의 유령들에 의해 추구되고 있는 것 같다.

물론 일반적으로 쉽게 말하는 것은 문제가 있고, 예외도 많이 있다. 그러나 음악 연주에 있어서의 해석 방법은 이제 바뀌기 시작하는 것 같긴 하지만 지금까지 수십 년 동안은 수수하고 충실하고 일반적이고 평범했다. 다양성보다 통일성이 선호되고(한 동기에 한 템포로 제한된다), "적은 것이 많은 것"이라고 주장하는 사람들이 최근의 싸움에서 이겼다.

어떻게 적은 것이 많은 것일 수 있는지 도무지 이해할 수가 없다. 내가 보기에는 많은 것이 많은 것이다. 몇 가지 또는 두 가지 색깔 중에서 고르는 것보다 모든 색깔 중에서 고르는 것이 훨씬 더 좋을 것이다(물론 그중에는 겉으로 보기에 서로 비슷한 것들도 있겠지만). 환원적 과학 또는 종교적 패러다임과 관련이 있는 걸까? 혹은 항상 후다닥 먹고 후다닥 가려는, 뭐든지 후다닥 해치우려는 현대인의 성향과 관련이 있는 걸까? 음악에서 지나친 수식을 배제하려 한 반 세기 전의 영향력 있는 음악가들의 영향일까? 중력의 중심에 매달리는 음반의 영향일까? 그것도 아니면 광란의 한 세기가 지난 뒤 평온을 갈구하는 보편적 현상일까?

o

고전주의 시대 작곡가들은 악장이 물 흐르듯 유유히 느리게
진행되도록 하면서도 전반적으로 오늘날의 지배적인 경향
에서 지시되는 것보다 **덜** 느리게 진행되도록 의도했다는 증
거가 많이 있다. 근래 세대들에게(나도 포함된다) 느린 박자
는 종종 다양한 묵시적 표현의 근거가 된다. 그들의 변함없
는 경건함은 천국과 연결되는 연약한 끈이며, 그래서 갑작스
러운 충격이나 과도한 힘에 취약하다.

　　빈에 있는 나의 정신적 스승들에게는 지나치게 느린
것은 곧 파멸이었다. 게다가 이는 신비주의적인 상투적 표현
을 탐닉하다가 구조를 지탱하는 데 필요한 흐름의 템포를 빼
앗는 일종의 운율의(그리고 표현의) 유사에 빠지고 마는 폐
쇄적 사고를 나타내는 것이었다. 그들의 생각도 그랬고 베토
벤(그리고 그의 제자 체르니)이 남긴 메트로놈 표시도 입증
하듯, 고전주의 작곡가들은 느린 악절의 박자는 아무리 느려
도 충분하지 않다고 충고한 바그너를 지지하지 않았다. 빈 사
람과 독일 사람의 기질을 비교한 속담이 떠오른다. 즉, 독일
사람은 상황이 심각하지만 절망적인 것은 아니라고 말하고,
빈 사람은 상황이 절망적이지만 심각하지는 않다고 말한다.

　　언젠가 라흐마니노프는 그가 작곡한 협주곡의 느린
악장의 템포를 선택하라는 지휘자의 말에 이렇게 대답했다
고 전해진다. "너무 느리지 않게 해주시오. 난 베토벤 전문가

가 아니오."

o

십대 시절 언젠가 나는 레슨을 받기 위해 베토벤의 〈피아노 소나타 작품 109번〉을 쳤다. 이 곡의 마지막 악장은 부드럽고 장중한 흐름을 바탕으로 한 일련의 변주곡으로 이루어져 있다. 이 악장의 성격은 매우 독특하다. 자비로운 창조주에 대해 황홀경에서 우러나오는 무한한 사랑과 경의를 표하는데, 결코 엄숙하지 않으며, 친절한 천사를 찬양하듯 아름다운 대지를 찬양한다. 이 악장에는 안단테가 표시되어 있다. 노래하듯 부드럽게, 물 흐르듯 유연하게, 정적이지 않은 채 포근하게 감싸듯 연주해야 한다.

그런데 나는 좀 지나치게, 신중히, 천천히 연주했다. 당연히 선생님은 너무 부드럽다고 지적했다. 나는 어디서 갑자기 그런 용기가 생겼는지 내가 선택한 템포를 옹호했다. 온갖 고난으로 얼룩진 이 세상에서는 이런 행복과 축복의 메시지를 보다 느린 박자로 연주해야 사람들의 공감을 얻을 수 있지 않겠냐고 한 것이다. 온화하고 개인적인 사고가 무사히 살아남으려면 침범할 수 없는 평온의 방벽 같은 것으로 둘러싸여야 한다는 것이 내 생각이었다. 이 세상에서의 우리의 삶의 정신적 요구에 부응하기 위해서는 더 신중하고 느린 템포가 필요하다고 했다.

놀랍게도 까다롭기 짝이 없는 선생님은 어깨를 으쓱하며 말했다. "좋아, 그럼 너 좋을 대로 해라." 우리 선생님은 방종하거나 무덤덤한 것을 용납하지 않았지만(절대 가혹하지 않게) 이때만큼은 내 의사를 존중했다. 그 뒤로 나는 '진정성'과 문화적 요구 사이를 오가며 이 악장을 때로는 더 느리게, 때로는 더 빠르게 연주한다(물론 이 판단은 순전히 짐작에 의한 것일 수도 있다).

o

시간은 우리의 실패와 성공을 가늠하는 수단이다. 시간은 냉혹하고 중립적이며 사용자에게 비우호적이다. 시간은 일차원만 있다. 균등한 부분들로 이루어진 직선 트랙을 따라 망각으로 달리는 모노레일이다. 음악에 있어서 시간은 새들의 청원과 산만한 풍경의 영향을 받지 않는, 항상 일정한 운율의 영역이다.

시간은 표현의 무늬다. 그 결합 패턴에 따라 특징이 새겨진다. 은총과 운명의 특징이, 발랄한 춤과 사색적 독백의 특징이 나타난다. 시간은 리듬의 영역이다. 때로는 편안하게 때로는 아슬아슬하게 운율을 올라타며, 때로는 슬그머니 사라지기도 하는, 길고 짧은 지속의 결합에서 자신의 존재를 나타낸다.

시간은 기억이요 꿈이요 예언이다. 때로는 앞으로 때

로는 뒤로 움직이면서 현실을 떠나 해방과 초월의 세계로 나아간다. 모든 사고가 직선적 시간의 흐름은 거들떠보지도 않고 영혼의 변덕과 충동에만 집중되는 이 꿈의 세계는 선율에 의해 창조된다. 영혼은 시간이 없는 세계를 동경한다.

또는 시간은 지는 해요, 밀물과 썰물이요, 빛과 어둠의 순환이요, 우리 삶의 변화무쌍한 흐름이다. 이렇게 끊임없이 변하는 특징은 근본적으로 조화의 영역과 시간적 진행에 속한다. 음악의 흐름에는 이런 시간의 모든 측면이 서로 맞물리고 공존해야 한다.

o

음악에서 시간은 다양한 경향과 조화를 이루는 여러 가지 요소의 네트워크이다. 시간은 단순히 일정한 간격의 박자가 아니다. 이것은 여러 가지 변수의 하나일 뿐이다. 음악적 구성의 균형이 이루어지려면 양보와 조정이 필요하지만, 변수들은 상호작용하며 그중 어느 것도 손상되지 않는다. 상관관계를 이루고 있는 모든 요소의 권익이 존중되어야 한다. 이를테면 동정적이지만 고집이 센 반주에 의해 뒷받침되는, 무의식적인 속박 상태에 있는 애처로운 시간의 화학적 작용보다 감동적인 것은 없다. 아무리 부드러운 것이라도 일관된 운율의 흐름과 화려한 장식 음절의 조화는 억제할 수 없는 삶의 희망과 체념을 나타낸다.

그러나 보다 근본적인 의미에서의 시간은 음악의 핵심 요소이다. 조정되지 않은 시간은 단조롭고 일상적이며 우직하기 때문에 한 번에 한 걸음만 나아갈 수 있다. 음악은 특색이 없는 이런 단조로움을 없애기 위해 만들어진 것이다. 음악은 적어도 끊임없이 변화하는 템포를 통해 여러 가지 시간과 타이밍을 구상한다. 그리고 엔트로피의 비약에서 원자와 땅벌의 비약에 이르기까지, 인간이 이해할 수 있는 모든 분위기와 활동이 시간에 의해 전달될 때까지, 각 템포는 저마다 다른 방식으로 페이스를 재조절한다. 시간은 이런 식으로 인간의 상상력의 변화무쌍함에 매료된다. 음악은 우리에게 시간의 정체불명의 임무를 상기시키는 것을 절대로 잊지 않지만, 시간은 음악을 통해 길들여진다.

o

음악은 연극 같은 것이다. 다양한 신념을 가진 다양한 등장인물이 모여 저마다의 특별한 관심사에 대해 이야기한다. 등장인물은 기본적으로 세 명이며, 저마다 다른 목소리와 성품을 가지고 있다. 모든 등장인물이 공통의 주제와 안녕에 동참한다. 삐걱거리는 의견의 불일치 따위는 없다. 어떤 것은 좀 더 명료하고 어떤 것은 좀 더 모호하지만, 전체에 대한 역할에 있어서는 그 비중이 똑같은 여러 가지 관점에서 하나의 생각을 검토하는 것과 같다고 하겠다.

등장인물들은 개인, 집단, 행동, 배경 등 그들이 공유하고 나타내는 세계 안에서의 역할들을 상징한다. 영웅이나 악당 같은 것은 없다. 영웅적인 이야기나 비극적인 이야기만 있다. 희극과 익살극, 로미오와 줄리엣 같은 인물들, 북쪽의 빛, 남쪽의 샘, 의지로서의 사고, 유희로서의 사고, 천국과 지옥의 이미지로서의 사고 등 이 모든 것이 이 유랑 극단의 레퍼토리다.

음악의 3대 등장인물은 1) 멜로디 또는 동기라고도 불리는 선율과 그 대위 선율, 2) 두 가지 측면(능동적이고 표현적이며 생산적인 측면과 모든 것의 집합으로서의 수동적인 측면)이 있는 하모니. 3) 무차별적인 것에서 무작위적인 것에 이르기까지 여러 가지로 나뉘는 시간 등이다. 이 세 명의 배우가 힘을 합쳐 인식할 수 있고 표현할 수 있는 모든 것을 그려낸다.

o

물론 음악은 쿼크나 4차원이나 슈퍼스트링 등에 관한 원리를 공식화하지는 못한다(옛날 필라델피아 관현악단 연주 음반을 들어보지 않는 한). 쿼크? 글쎄… 베토벤은 변하지는 않지만 전환될 수는 있는 기본 구성 요소와 바탕 동기의 특성의 예를 든 적이 있다(좀 복잡하기는 하지만). 4차원?

음악에 비하면 어린아이의 장난이다. 음향학적으로,

수사학적으로, 그리고 여러 가지 소리의 화학 작용에 의해 표현되는, 밀도 곡선에 투명성을 부여하는 공간이 괴물 같은 시간과 싸움을 벌이며, 이 분쟁에서 각각의 좌표를 흐트러뜨리는 혼란이 일어난다. 선율이 스킬라*와 카리브디스 근처**의 위험한 소용돌이의 혼란을 헤치고 나아가면서 참고와 의지의 제3의 요소를 덧붙이면 미묘하거나 명백한 우발적 사건들이 일어나고, 이것들이 없었으면 정적이었을 트리오에 제4의 예기치 않은 차원을 부여한다. 격렬하거나 온건한 대화의 말투는 모든 과정에 영향을 끼치는 여러 가지 순간적 발견에 좌우된다.

이런 것이 연주의 본질이다. 즉흥적이고, 역동적이고, 돌발적이지만 존재의 제한된 조건과 잘 어우러진다. 조용하고 포근한 서정적 목소리는 오직 이런 변화무쌍한 화합을 통해서만 진정으로 이해할 수 있다.

O

리스트와 쇼팽의 작곡 방식과, 더 나아가 기술에 대한 두 사람의 시각을 구별하는 방법 중 하나는 악절의 구성 —특히 매우 빈번하게 삽입되는 꾸밈음으로 이루어진 카덴차***—을

- 큰 바위에 사는 머리 여섯, 발 열둘의 여자 괴물.
- ∙∙ 시칠리아 섬 근처의 소용돌이 모양을 한 바다 괴물.
- ∙∙∙ 협주곡이나 아리아에서 독주자의 기교를 나타내기 위한 장식부.

비교하는 것이다. 리스트의 카덴차는 화성적 기능과 수사적 기능을 더 강조한 것이고, 쇼팽의 카덴차는 선율적 개념을 강조한 것이라고 할 수 있다. 따라서 쇼팽의 카덴차의 패턴은 동기의 뉘앙스를 반복하고 발전시킨다는 점에서 보다 복잡하다. 그러나 리스트의 경우에는 화성의 구성에 따라 악절의 고조와 한계가 결정된다. 리스트가 카덴차를 삽입하는 일차적 목적은 수사적이므로 시간대를 채우기 위해 쓰이는 멜로디의 모자이크가 다소 상투적으로 보일 수도 있다. 이것은 리스트가 즐겨 쓰는 몇 가지 대중적 장식 선율의 하나이다.

이런 점에서 볼 때 리스트의 기술적 이론은 매우 난해한 일련의 설정된 패턴에서 비롯된 것이라고 할 수 있다. 쇼팽이 즐겨 쓰는 패턴들은 서정적이고 동기적인 것으로서 이것들이 융합되어 유연하고 해맑은 아라베스크를 이룬다.

기술과 스타일에 대한 이런 추측은 만일 동기적 요소들을 다루는 그의 기술이 제한돼 있다고 한다면 리스트를 깎아내리는 행위가 될 수도 있을 것이다. 미심쩍기는 하지만 내가 이 두 사람에게서 받은 또 한 가지 인상은 쇼팽은 본질적으로 세밀 화가이고 리스트는 보다 웅장한 주제를 많이 다룬다는 것이다. 물론 창조적 천재성 앞에서 이런 추측은 그야말로 주제넘은 짓이다.

그러나 두 사람의 손의 역할에 대한 비교는 순전히 추측이라고 볼 수는 없다. 쇼팽에게 있어서 손은 선율의 여러 가지 측면과 선율을 유지하고 대비시키는 화성적 및 대위적 구조를 표현하는 데 필요한 다양한 터치를 위해 이용되어야 할 유연한 불균등 요소들의 집합이다. 한편 리스트에게 있어서 손은 극적인 장면을 연출하기 위한 좀 덜 표현적이긴 하지만 매우 역동적인 힘이다.

이제 막 전문가의 길에 들어선 연주자이건 완성된 전문가이건 피아노를 연주하는 손의 이 두 가지 모델을 참고해야 할 것이다.

o

몇 년 전, 쇼팽의 〈A♭ 폴로네즈〉가 꽤 오랫동안 인기 순위 1위에 올랐었다. 당시 가장 유명했던 음반(수많은 모방 음반들도 그렇지만)은 이 작품의 장엄함과 위엄을 그대로 나타내는 것 같았다. 폴로네즈라는 춤의 애국적 성격을 나타내는 고상한 수식과 당당한 율동을 그대로 느낄 수 있었다.

그 뒤 언젠가 우연히 90년 전에 녹음된 옛날 음반을 듣게 되었다. 작곡가이자 뛰어난 편곡자이며 창의적이고 다재다능한 피아니스트 레오폴드 고도프스키Leopold Godowsky가 연주한 것이었다. 나는 그의 연주에 담긴 혼과 연주 방식에 깜짝 놀랐다. 유연함과 경쾌함, 빠르고 탄력적인 템포, 독특하고 장난스러운 선율의 처리, 그리고 무엇보다도 맹목적인 애국심을 꺾어버리는 불꽃처럼 번득이는 정열, 전투의 즐거움과 성性의 매력과 유머의 교훈이 춤추는 것 같았다. 풍자와 희롱과 재치로 가득 찬 유쾌하고 활기찬 유머가 통통 튀는 것 같았다.

보다 고전적인 프랑스식 쇼팽이 있고, 보다 열정적인 폴란드식 쇼팽이 있다. 이것은 구분하기가 쉽다. 그러나 또 한편에는 창의적이고 교활하고 위풍당당하며, 그가 흠모하면서도 혐오한 귀족들보다 더 많은 가면과 허울과 칼을 가진 쇼팽이 있다.

○

우리는 마음은 그리 감상적이 아니지만 정신이 감상적인 쇼팽 스타일에 익숙해져 있다. 번민과 동경은 낭만주의의 특색이다. 활발하고 정력적인 연주를 요하는 곡이나 악절이 있긴 하지만, 요즘에는 이런 스타일이 선호되고 있다. 사실 쇼팽은 그리 성공적인 연주자가 아니었다. 확실한 것은 아니지만 맨 앞 몇 줄만 들을 수 있을 만큼 소리가 너무 약했기 때문이라고 한다. 과연 음조가 너무 약했기 때문일까, 아니면 너무 미묘하고 복잡해서 이해할 수 없었던 것일까? 연주회장이 당시보다 훨씬 더 큰 오늘날에는 이 문제가 어떻게 될까? 웅장하고 단순한 표현, 원색, 명백한 암시와 특색 등에 익숙한 오늘날의 취향에서는 또 어떻게 될까?

쇼팽의 곡은 마디 하나하나에 생명력이 넘치는, 변화

무쌍한 소리와 의미로 가득 찬 고도의 정교함을 보여준다(변화무쌍한 소리와 의미는 쇼팽 음악의 규범이다). 이를테면 〈F♯ 장조 야상곡 작품 15번 2곡〉의 중간 삽입곡 첫째 마디는 필수적인 짜임새의 다양성을 생생하게 보여준다. 전형적으로 단선율적인 구조를 바탕으로 오른손의 멜로디는 최소한 세 가지 성부로 이루어져 있으며, 왼손의 반주는 각각의 음의 음향을 세 가지 다른 터치로 연주하게 돼 있다. 그 효과는 물론 잘 조정되어야 하지만, 지시된 모든 감흥과 뉘앙스를 반영해야 한다. 그리고 이 모든 것은 전체적으로 부드럽고 경쾌한 분위기 안에서 이루어져야 한다.

이 깊고 푸른 바다 안에는 수많은 마귀가 도사리고 있다. 대부분 수면 바로 밑에 있지만 명료한 의도와 터치가 그 목소리를 들리게 한다.

o

모차르트 추종자들과 하이든 추종자들은 끊임없이 전쟁을 벌여왔다. 하지만 아무도 이것을 심각하게 생각하지 않는다. 스카치를 마시건 버번을 마시건 꿈속에서 낙원에 이른 듯 기분이 좋은 것은 마찬가지인데 왜 굳이 둘 중 하나를 골라야 하는가? 아마 이것이 문제일 것이다. 사람들의 말에 따르면 모차르트는 심술, 권태, 의혹, 왜곡, 불쾌, 고통 따위가 없는 천상의 세계를 여행한다고 한다. 모차르트는 사춘기의 고통과 중년의 혼란을 겪을 필요가 없는, 어른이 된 소공자이다. 모차르트가 없으면 천사들의 광고 대리인은 최고의 모델을 잃고, 모차르트의 이름을 내건 축제는 삶에 지친 관중에게 평화와 초콜릿을 제공하는 복사服事를 잃게 된다.

모차르트는 헌신적인 음악 소비자들에게 선의와 우아한 삶의 성찬을 베푼다. 그는 삶의 기쁨을 제외한 모든 것의 절제를 옹호하는 믿음을 구현한다. 신이란 것은 신성화되기는 하지만 그 자체는 인간의 자연스럽고 유쾌한 본능을 축복하는 깨달음의 상태일 뿐이라는 것을 그는 안다.

이것이 과연 진정한 모차르트를 정확하게 묘사한 걸까?

O

하이든은 훨씬 더 세속적인 사람으로 여겨진다(영화 및 연극 〈아마데우스〉의 터무니없는 주장과 고정관념은 두 사람의 대조적인 특징을 부정하는 경향이 있지만). 그는 자신이 쏜 총 한 방에 두 마리의 새를 잡는 일석이조의 효과를 무척 자랑스러워하고 좋아하는 사람이었다. 모차르트가 삶의 포도주를 즐겼다면(여자와 노래도 즐겼지만), 하이든은 험준한 현실에 적응하는 데 필요한 기지와 경건한 태도를 갖춘 평범한 노동자 같은 사람이었다. 하이든에게 타고난 경건함은 단순한 전통이 아니었다. 그는 신성한 영감을 얻기 위해 무릎을 꿇고 기도했다. 그래서 보통은 성공했지만, 악상이 떠오르지 않을 때에는 다시 열심히 기도했고, 그러면 악상이 떠올랐다.

　　물론 모차르트와 하이든에 대한 이런 묘사는 순진하고 과장된 것이다. 하이든은 와토Jean-Antoine Watteau*의 그림만큼이나 신비롭고 비현세적인, 천상의 음악 같은 곡들을 쓰기도 했다. 한편, 모차르트에게는 매우 신랄하고 냉혹한 면도 있었다. 몇몇 악절은 버르토크를 떠올리는 통렬함과 귀에 거슬리는 유머를 담고 있다.

　　모든 훌륭한 음악에는 심리학적 측면과 구성적 측면을 비롯한 여러 가지 측면이 있다. 어느 측면이 드러나고 어느 측면이 감추어지느냐는 개개인의 창의적 의지에 따라 달라진다. 하이든의 경우에는 모든 수식을 다 동원한다. 그리고 상대적으로 말해서 비범한 일을 위해 평범한 목적으로 모든 측면을 종합한다. 더 정확히 말하자면 수식과 구성이 일치한다. 모차르트는 훨씬 더 은밀하다. 온화하고 차분한 표면 밑에 혼란과 우회, 의혹과 도전의 소용돌이가 숨어 있다.

o

1771년에 작곡된 작품으로서 '호보켄 20'이라는 번호가 붙은 〈피아노 소나타 C단조〉는 하이든의 자유로운 수식과 구

● 　로코코 회화의 창시자로 불리는 프랑스의 화가.

성을 잘 보여준다. 이 작품은 하이든 음악의 표현적 성격이 극명하게 드러나는 이른바 그의 '질풍노도' 시기에 쓰여진 것으로서 질풍과 노도를 잠잠하게 하는 경향이 있는 보다 성숙한 스타일이 덜 두드러지는 작품으로 알려져 있다. 그러나 실은 형식을 무시하고 이성과 구성의 연속을 깨뜨리는 그의 타고난 성향이 여러 작품에 잘 나타나 있다. 〈피아노 소나타 C단조〉에는 혼란스러운 분위기와 더 나아가 공포가 보다 격렬하게 묘사되어 있지만, 일련의 전위와 그에 대한 대응을 통해 질서를 구축하는 과정은 결코 그의 일반적인 규칙에서 벗어난 것이 아니다.

제1악장의 처음 네 마디는 그럴듯한 해답이 없는 음울하고 격정적인 의문을 제시하고 있지만 일반적인 규칙에서 벗어나지는 않는다. 다섯째 마디는 첫째 마디처럼 시작되지만 한 옥타브 낮다. 여기에서 논리적인 예측은 거부되고 산산이 부서진다. 여섯째 마디는 음역을 전위시키고 이야기를 축약하며, 분노의 헐떡임으로 바뀌었다가 회한과 체념의 쓸쓸한 종지부로 이끌면서 당김음과 악상을 강화하는 악절을 만들어낸다.

이 대목의 표현 방식은 공상적일지도 모르지만 음악적 진실은 자명하다. 그야말로 한 편의 드라마나 시나리오다.

O

하이든의 〈피아노 소나타 C단조〉 시작 악절은 이처럼 구성적으로 분열돼 있음에도 불구하고 일반적인 여덟 마디 기준에 들어맞는다. 특히 고전주의 시대 작곡가들을 비롯하여 위대한 작곡가들이 다 그렇듯 어수선한 요소들이 전통의 포장지로 단정하게 포장되면, 분란과 파괴를 품고 있는 그들의 예술은 시한폭탄이자 현실의 초상화로서 더욱 더 설득력 있는 것이 된다. 이것이 바로 동그라미를 네모로 만드는 불가능한 작업을 해내는 비결이다.

　　　제라드 맨리 홉킨스의 노트에 남아 있는 리듬에 관한 이야기는 전통적인 형식의 틀과 자유분방한 삶 사이의 본질적인 갈등과 역학을 또 다른 시각에서 조명하고 있다. 그는 보통 박자나 악센트인 '러닝 리듬'**과 '스프렁 리듬'***을 비교하면서, 스프렁 리듬을 "양립할 수 없는 상반된 두 개의 강음을 연결해주는, 모든 가능한 리듬 중에서 강요되지 않고 가장 수사적이고 명확하고 자연스러운 말의 리듬"이라고 정의하고 있다. 통제된 러닝 리듬에 스프렁 리듬을 덧붙이면 대위작용―일상적 삶의 흐름을 끊어놓는 우발적 사건이나 뜻밖의 일, 산문과 시의 대조적인 문법, 예술 자체 또는 화려한 예

- 강약이 적절히 배합된 보통의 리듬.
- ●● 하나의 강세가 최고 네 개의 약한 음절을 지배하고, 주로 두운과 중간운과 어구의 반복에 의해 이루어지는 운율.

술의 본질적인 모순, 하이든의 탈구조적 음악 등에서 나타나는—이 일어난다. 하이든의 음악에서 전례와 우연의 충돌은 한마디로 대담하기 짝이 없다.

o

〈피아노 소나타 C단조〉에서 처음 여덟 마디가 끝나면, 화성적 방향만 제외하고 똑같은 두 개의 세 마디짜리 악절로 이루어진 경과구가 시작되면서 제2주제가 나타난다. 예측할 수 있는 평범한 임무를 수행하는 이 경과구는 그야말로 경과구일 뿐이다. 자세히 설명할 필요는 없을 것이다. 음악은 가벼우면서도 무겁고, 정교하면서도 단순하고, 집중적이면서도 산만하고, 시끄러우면서도 부드럽고, 뚜렷하면서도 흐릿하고, 의미심장하면서도 모호하고, 형식이 있으면서도 없다. 하이든이 옆문으로 들어오게 한, 일종의 '불확실성의 원리'가 앞문으로 살짝 빠져나간다. 불확실성 또는 우연성은 나쁜 것이 아니다. 발전과 진화의 조건일 뿐이다.

　　탄탄한 하이든의 음악적 의도에 불확실성의 원리를 적용하는 것은 시대착오적인 발상이라고 생각할 수도 있겠다. 그의 음악은 나름대로의 나침반과 방향이 있어서 자신 있게 해안을 향해 나아가는 것처럼 보이기 때문이다. 자신이 있다기보다는 결단력이 있다고 하는 것이 더 정확할지도 모르겠다. 항로 자체가 순환적일 뿐만 아니라, 많은 신학자들이 말했듯이 신념이나 사고와의 투쟁에는 우연성과 의혹의 방해가 따르기 때문이다.

예로부터 창조적인 예술가들은 미래의 정신적 풍경 및 물리적 풍경을 예측하는 능력이 있었다. 이를테면 백 년 전에 토마스 하디가 그린 문화적 세계의 그림을 보면 불확실성과 혼란과 마구잡이와 불안이 그 주요 구성 요소이다. 하이든이 이런 음울한 힘들을 희망과 낙천주의로 승화시킨 것에 대해 새삼 놀라움과 감사를 표하는 바이다.

o

이런 점에서, 이 소나타의 제2악장에 나타나 있는 부드러움과 유창함과 자유분방함에서 보이는 달콤한 약혼의 환상 같은 것을 다른 곡에서 생각하기는 힘들다. 모든 구획과 경계를 무너뜨리는 트릴에 의해 다듬어지고 장식된 미세한 순차적 음계를 바탕으로 수평선처럼 길고 부드러운 곡선의 선율이 펼쳐진다. 물론 모든 것을 천한 가지 뉘앙스를 집어넣어 실행해야 한다. 배가 기울어지게 하는 루바토는 이 배를 조종할 수 없다. 오직 햇빛의 부드러운 흡수와 악절의 부드러운 모양만이 느리지도 빠르지도 않으며, 사실적이지도 비사실적이지도 않게 안단테 콘 모토*라고 표시된 배와 악보를 추

• 안단테보다 조금 빠르게 연주하라는 빠르기표.

275

진시킬 수 있다.

　　　그러나 모든 음악은 음악의 언어의 구속을 받으며, 음악의 언어는 그 지침과 규칙의 구속을 받는다. 이 환상곡 역시 꾸밈음, 부점**음표, 쉼표, 16분음표, 이음줄 등으로 나뉘어 있다. 그리고 이 조음 기호들은 하이든이 자식같이 여긴 악보의 의미와 특성에 부합되어야 한다. 모든 음악(특히 고전주의 스타일의 음악)은 명확한 음들의 규칙을 철저히 지켜야 부활시킬 수 있다. 논리와 주장과 정보 교환으로 점철돼 있는 고전주의 스타일은 어떤 크기이든 간에 정교한 터치의 배합과 배열을 바탕으로 하고 있다. 그래서 이 너무 느리지 않은 악장의 시작도 끝도 없는 뱃노래는 한정적이고 미세하면서도 풍부한 잔물결과 물마루와 소용돌이로 이루어져 있다.

O

이 소나타의 제3악장은 한마디로 악마의 소행이다. 재미있으면서도 기괴하다. 그 대표적인 예를 들자면(이 괴팍하고 광기 어린 철학자의 정신세계가 그대로 나타나는 대목), 일곱째 마디 전의 약박자로 시작하는 으뜸 주제의 두 번째 서

●● 음표나 쉼표의 오른쪽에 찍어서 원래 길이의 반만큼의 길이를 더한다는 것을 표시하는 점.

술부이다. 이 대목을 보면 이 주제의 첫 번째 서술부 처음 두 마디의 센박을 이루고 있었던 화음들을 하나도 찾아볼 수 없다. 온데간데없이 사라져버린 것이다. 이 화음들이 있던 곳에는 큰 구멍만 뻥 뚫려 있다. 왜 이렇게 이가 쏙 빠져 있을까? 왜 이런 터무니없는 공백이 있는 걸까? 이미 상처받은 영혼을 더욱더 교란시키려고? 현실에 대한 우리의 집착을 완전히 무너뜨리려고? 운명의 제약에, 중심 없는 변덕에 더 취약해지게 만들려고?

어쩌면 이것은 구성의 기략을 추구하는 데 있어서 일시적인 혼란일 수도 있다. 이 구멍은 전체적인 짜임새를 약화시키고, 솔로 바이올린 선율을 자유롭게 하며, 악절이 흔적도 없이 창밖으로 날아가버리게 하기 때문이다. 장난의 천재 하이든은 화살을 쏘고 증거를 없애버린 다음 슬그머니 사라져버린다. 그리고 모든 구멍에서 새로운 실마리와 가지가 생겨난다. 생각의 궤도가 아이디어와 아이디어의 부재에 의해 뒤섞여진다.

이것은 용기다. 이 구멍을 남겨두고 공허에 맞서면서, 공백을 싫어하는 신이 콩과 호랑가시나무로 공백을 메우리라고 믿는 기지와 용기다. 좀 더 사실적으로 말하자면, 정원사들은 이것을 가지치기라고 한다.

모차르트에 대한 듣기 좋은 단순한 해석을 좋아하는 순수파 학자들은 종종 멋과 분별력과 균형의 기준을 일깨워주는 모차르트의 편지들에서 이론적 근거를 얻을 수 있다. 이를테면, 1777년에 아버지에게 쓴 편지에서 모차르트는 이렇게 썼다. "다들 저의 아름답고 순수한 음을 칭찬했어요." 그리고 1781년에 아버지에게 쓴 또 다른 편지에서는 "정열은 격렬하건 아니건 혐오감을 불러일으킬 수 있도록 표현되면 절대로 안 되고, 음악은 아무리 혹독한 상황에서도 음악이어야 한다"고 썼다. 그의 라이벌 클레멘티Muzio Clementi에 대해 쓴 유명한 구절에서는 클레멘티를 "멋이라고는 눈곱만큼도 없는 단순한 **기술자**"라고 혹평했다.

신체적인 몸짓과 태도에 관하여 모차르트는 여덟 살짜리 신동의 유별난 행동을 이렇게 풍자했다. "그녀는 건반 한가운데 앉지 않고 최고 음역 정반대쪽에 앉는다. 그래야 손을 파닥거리며 얼굴을 찡그릴 기회가 더 많기 때문이다. 그녀는 눈알을 굴리며 능글맞게 웃는다. 같은 악절이 반복될 때에는 더 천천히 연주한다. 악절을 연주할 때에는 팔을 최대한 높이 쳐들어야 한다. 그리고 악절의 음을 강조할 때에는 손가락을 쓰지 않고 팔을 쓴다. 이때도 역시 과장되고 어줍은 동작으로 연주한다."

이쯤이면 모차르트의 음악적 가치관의 핵심은 멋과

278

세련미, 명료함과 우아함이라는 것을 의심할 수 없지 않을까. (조 아니면, 그의 아버지의 가치관일까?).

o

물론 모차르트의 성품에는 예술적인 측면도 있고 인간적인 측면도 있다. 알다시피 그는 도박을 좋아했고, 그가 좋아하는 사촌에게 외설적인 '난센스' 편지를 썼으며, 비밀 공제 조합의 신비주의 의식에 참여했다. 그중에서도 그의 성품을 가장 적나라하게 보여주는 것은 난센스 편지일 것이다. 이 난센스 편지에는 동음이의어 장난, 과장, 우스갯소리 등을 통해 말의 전통적인 의미와 순서를 파괴하는 순수한 즐거움이 묘사되어 있다. 모차르트는 특히 수수께끼와 만담을 좋아했으며, 단어를 반복하거나 해체함으로써 관용어 용법을 조롱하는 단어 합성 장난도 즐겼다(베케트나 로브그리예 같은 현대 작가들이 개발한 기술을 떠올린다). 모차르트는 일반적인 표현을 강세와 단어만 약간 바꾸어 반복함으로써, 그는 미약하고 습관적이고 위선적이고 가식적이고 부정한 사회적 교류와 관계의 실상을 폭로한다. 어형 변화의 교묘한 조작에 의해 시대의 케케묵은 생각들이 불합리해지거나 반역적이 된다. 의미는 습관이다. 그리고 습관이 만담이나 조소에 의해 쇠약해지면 의미는 황제의 옷처럼 빈껍데기가 된다.

그렇다면 모차르트는 탁상 개혁가였을까? 혹은《걸

리버 여행기》를 쓴 조너선 스위프트 같은 냉소주의자였을
까? 하긴 모든 예술가는 개혁가라고 할 수 있다. 더러는 십자
가를 이용하고, 모차르트 같은 예술가들은 현실을 폭로함으
로써 현실을 뒤죽박죽으로 만들어놓는다. 현실의 의미를 무
의미하게 만들기 위해, 아니면 현실의 무의미함을 의미 있게
만들기 위해서?

o

모차르트는 선천적으로, 유전학적으로 당대의 음악적 전통
을 수용하는 경향이 있었다. 그의 유전자가 결정하지 못한
것, 즉 음악 교육은 그의 아버지에 의해 이루어졌다. 그의 아
버지의 교육은 철저하고 훌륭했다. 어린 모차르트가 묵묵히
그 혹독한 교육을 받아들인 것은 당연한 일이었다. 사춘기도
되기 전에 모차르트는 음악적 구성의 법칙과 언어를 마스터
했고, 이것을 바탕으로 놀라운 연주와 작곡 솜씨를 보여주었
다. 그는 이미 작곡의 수단을 자유자재로 쓸 수 있었으므로,
미래의 창조 작업은 오로지 운명과 성품이라는 변수에만 달
려 있었다. 그러나 잘 알려져 있듯이 그의 운명과 성품은 상
황에 따라 수시로 변했다.

　　이런 변수에 대한 모차르트의 대응의 철학적 배경은
그의 오페라에 잘 나타나 있다. 겉보기에는 전통적인 스타일
의 형식을 취하고 있었지만, 그의 오페라의 주제는 성性, 계

급 제도, 창조 등 감히 헤아릴 수 없는 문제에 관한 것이었다. "그 무가치하고 방자한 주제를 생각할 때, 〈돈 조반니〉가 모차르트의 작품이 아니라면 내 오른팔을 떼 주겠다"고 한 베를리오즈의 반응은 모차르트의 주제가 얼마나 대담한 것이었는지 입증해준다. 우리는 분별력 없는 속인이기 때문에 그런 암시와 반역을 감지하지 못하는 걸까? 극소수의 예외가 있긴 하지만 정치적 스펙트럼의 양극단 중 어느 쪽에 속하건 우리는 그런 '위험한' 암시를 알아차리지 못한다. 그리고 이 사실은 우리의 모차르트 음악 연주가 전반적으로 반역적 성질 또는 평범한 장난기를 잃지 않았나 하는 생각이 들게 한다. 모차르트를 너무 쉽게 신성화하면 신성과 자기만족의 상징이 된다.

o

만일 우리가 연주의 혼을 찾는다면, 사상과 관점이 담긴 연주를 찾는다면, 의도적으로 기존의 규범을 어기지 않고 숨겨진 길을 탐사할 수 있는 자유를 찾는다면, 우리는 모차르트 음악의 구조와 형식에서 찾아야 한다. 과장된 가식적 몸짓, 화려한 장식, 귀에 거슬리거나 불쾌한 화성 따위는 이런 자유를 대신할 수 없다. 오직 음과 악절과 형식의 적절한 배치만이 창조 작업의 결정 요소가 된다.

　　언젠가 아직 풋내기였을 때 나는 그때 공부하고 있던

모차르트 소나타의 구조에 대해 선생님에게 불평을 한 적이 있다. 레슨 시간에 그 곡을 치면서 여덟 마디로 된 조프레이즈가 계속 이어지는 단순한 형식에 대해 버릇없이 투덜거렸다. 선생님은 빙그레 웃으며 계속 연주하라고 했다. 그때는 선생님도 내 생각에 동의하는 것이라고 착각했지만, 어린 내가 이해할 수 없는 미묘한 주제에 대해 이야기하고 싶지 않았을 뿐이라는 것을 지금은 안다.

이를테면, 〈피아노 사중주 G단조 제1악장〉 제2주제의 올바른 해석은 쇤베르크를 포함한 여러 저명한 음악가들 사이에서 격렬한 논쟁의 대상이 돼왔다. 4/4박자의 네 마디짜리 프레이즈에, 모차르트는 여러 가지 방식으로 해석될 수 있는 모호한 패턴의 이음줄과 악센트를 붙였다. 너무 복잡해서 처음부터 끝까지 설명할 수는 없지만, 이 논쟁의 여파는 모차르트의 거의 모든 주제에 적용되는 흥미롭고 유효한 격언을 뒷받침해준다. 즉, 모차르트의 주제는 색다른 운율 분석과 해석, 색다른 감정 변화를 허용하는 유연성을 가지고 있다는 것이다.

보다 일반적인 격언이자 추론적인 결론은 겉보기처럼 간단한 것은 아무것도 없다는 것이다. 특히 모차르트의 음악이 그렇다.

o

〈피아노 사중주 G단조〉의 이 모호한 주제의 난해함은 그 지형적인 변덕의 **정도**에 달려 있다. 만일 이 주제가 모차르트 음악의 일반적인 멜로디와 전혀 맞지 않는 것이라면, 변화무쌍한 배합(그리고 이것들이 이루는 불균형적인 배치) 때문이라고 할 수 있다. 그러나 만일 이 주제가 모차르트 음악의 모든 주제의 경향을 단적으로 나타내는 것이라면, 아무리 위장돼 있더라도 어떤 마법적인 연금술이 작용하고 있는 것이다.

우리가 지금 토론하고 있는 이 주제는 시험적으로, 그 복잡성이 허용하는 한 크게 두 부분, 즉 세 마디로 된 질문(전악절)과 한 마디로 된 대답(후악절)으로 나눌 수 있다. 악절의 마지막 마디는 전체와의 관계를 제외하고는 예외적인 것이 아니다. 이 네 마디는 영감이 넘치고, 자유사상적이고, 비수학적이고, 다차원적인 모차르트의 주제의 일반적 윤리 및 규범을 실현하는데, 그 방식이 다양하며 특히 그중 한가지는 매우 독특하다. 악센트와 리듬 지속의 패턴은 이 네 마디에 속한 네 개의 특정 음을 강조하는데, 4/4박자를 바탕으로 각 마디의 서로 다른 박에 강조가 있다. 주제는 셋째 박에서 시작되며 첫째 마디의 셋째 박, 둘째 마디의 넷째 박, 셋째 마디의 둘째 박, 그리고 넷째 마디의 첫째 박에 악센트가 실린다. 물론 악센트마다 강약의 차이가 있긴 하지만 경쾌하고 정중한 음악을 만들어내는 것은 악절의 모든 운율적 요소에 리듬과 동기의 비중을 고루 배분하는 이 일반적인 전략이다.

덧붙여 설명하자면, 제시부의 두 개 이상의 주제에 있어서 (〈피아노 소나타 F장조 K.332. 여기서는 7번 나온다!) 리듬의 강조는 각각의 주제에 대해 서로 다른 박에 초점을 맞추는 경향이 있다. 주어진 박자의 각각의 박이 이 보완적 분배에 의해 활성화되며, 이 공동 분배에 의해 박자 자체가 끊임없이 활력을 되찾는 것이다.

o

모차르트의 공식과 재능을 전체적으로 이해하려면 작곡의 규칙과 절차에 있어서의 모차르트와 하이든의 두드러진 차이점을 알아야 한다. 하이든은 수단의 경제를 이용한다. 즉, 으뜸 주제의 배치와 자원을 바탕으로 연속부와 악상을 전개하는 것이다. 그 결과는 뚜렷하게 나타난다. 제시부의 제2주제가 부분적인 변화를 제외하고는 제1주제와 똑같을 때가 많다. 또한 하이든의 경우 소나타 형식의 전개부는 일반적으로 더 활동적인 영역으로서, 제시부의 요소들을 압축하고 깎고 다듬는 곳이다.

한편 모차르트의 경우에는 전개부가 본래의 기본적인 악상을 배치하는 데 있어서 일반적으로 덜 모험적이다. 전개부에 새로운 주제가 나타나는 경우도 있다(소나타 알레그로 형식의 규칙에 명백히 위배되는 것이다). 물론 이 새로운 주제는 보통 전혀 새로운 것이 아니라, 이미 앞서 나온 악상이 유령이나 해골같이 모차르트의 보다 큰 형식의 구상에 맞도록 변형되고 확장된 것이다.

하이든에게 있어서 전개부는 계략의 중심부 같은 것이다. 아이디어가 실험적으로 교환되거나 삭제되거나 새로운 형태로 재형성되는 상업의 중심지다. 제시부가 풍부한 모차르트의 경우, 전개부는 대기 구역 같은 곳이다. 시장이라기보다는 휴식처라고 할 수 있다. 대부분의 경우 초기 요소의 재판再版 또는 각인이 그대로 남아 있고, 생생한 제시부와 그 재현부 사이에 어떤 휴전 협정이 유지된다. 물론 예외도 있다.

o

전개부의 역할에 대한 이야기를 끝내기 전에, 요즘(그리고 영원히) 논의되는 연관 주제에 대해 언급할 필요가 있을 것 같다. 주로 고전주의 시대의 소나타 악장의 제시부에 붙어 있는 도돌이표를 이행하거나 이행하지 않는 기준은 뭘까? 최근 저명한 음악가들이 영향력 있는 여러 학술지에서 도돌이표 연주에 대한 찬반양론을 제시했다. 이것은 몇 가지 우발 인자가 적용되는 흥미로운 연구를 촉진한다. 그중 몇 가지를 들자면 다음과 같다. 첫째, 우리는 오랜 세월 동안 이런 소나타를 들으면서 이런 제시부에 익숙해졌기 때문에 도돌이표 연주에 반대한다. 둘째, 반복되는 부분의 지속 시간이 작품과 프로그램의 길이에 대한 실제적인 고려에 영향을 끼치므로, 경우에 따라 도돌이표 연주에 반대할 수도 있고 찬성할 수도 있다. 셋째, 작곡가가 남긴 악보에서 제1종지부가 제2종지부와 같으냐(슈베르트처럼) 다르냐에 따라 달라질 수 있지만, 일반적으로 도돌이표를 연주해야 한다. 한편, 아직 충분히 논의되지 않은 중요한 요소가 하나 있다. 이것은 심리학과 형식에 관한 문제로서, 도돌이표를 연주하는 것이 (또는 연주하지 않는 것이) 전개부의 극적 효과에 어떤 영향을 끼치느냐는 것이다.

모차르트나 하이든의 다양한 구상을 반영하는 전개부는 제시부와 재현부의 중요성에 대한 관점과 전혀 다른 관점을 제시한다. 전개부는 모험과 조사와 재구성의 영역이다. 전개부의 임무는 작품의 주제를 드러내는 것이 아니라 주제를 심문하고 파헤쳐, 악상의 초기 형식 및 개념의 순서와 다르게 새로 배치하는 것이다. 일반적으로 말해서 이 변환의 극적 효과는 제시부를 반복함으로써 높일 수 있다. 여러 가지 우발 인자의 경우처럼 모든 상황에서 가능한 것은 아닐지도 모르지만, 본래의 주제를 견고하게 하고 '지원'함으로써 변화 연구실로서의 전개부의 참신함이 한층 더 돋보이게 된다. 이렇게 핵심 원칙을 이중으로 적용함으로써 의지이자 진화이자 비약으로서의 전개부의 성격이 보다 뚜렷하게 나타난다.

o

모차르트의 전개부가 격변기라기보다는 안정과 평화의 시기라면, 물론 그것은 그의 정교한 기술이 부족하기 때문이 아니다. 모차르트는 색다른 방식으로 주제를 전개했다. 서로 연관돼 있는 매우 흥미롭고 미묘한 개개의 주제들의 내면적 의미를 통해, 모든 악장의 모든 주제들 사이에 배치된 상호 보완적 특징들의 상호작용을 통해 전개한 것이다.

모차르트에게 있어서 악장을 구성하고 있는 요소들 중 고유한 매력과 특성이 부여된 동기나 주제에 이바지하지 않는 것은 하나도 없었다. 아무리 미약하고 기능적인 경과부라도 독특한 선율이 부여되었으며, 이런 것은 곧 전체적인 풍부함에 이바지했다.

한편, 개개의 주제들 사이의 절묘한 균형과 분배와는 별도로 또 다른 정교한 차별화 및 조직화의 과정이 보다 점진적으로 진행되고 있었다. 여러 가지 주제 사이에 보다 큰 대화가 진행되면서, 각 주제의 특징이 서로 조화를 이루며 보완한다. 여러 가지 생각과 주어진 동기적 요소들이 공유되고, 앞서 나온(또는 앞으로 나올) 주제들의 탐구되지 않은 (하지만 생략에 의해 암시된) 요소들에 들어맞는 새로운 형태들이 생겨난다. 주제들은 악상의 합주를 연출하고, 저마다 전체를 화려하게 장식하는 영예로운 방정식을 완성한다.

같은 종種―한 작품에 존재하는 특유의 종―에서 파

생된 생명체들이 상관관계를 이루며 진화하는 것, 이런 것이 전개였다.

o

하이든의 전개 과정은 주제를 명료하게 하고 강조한다는 점에서는 수사적이고, 악상을 제시하고 거부하고 다듬는다는 점에서는 변증법적이다. 모차르트의 전개 과정은 보다 미묘하고 설명하기가 어렵다. 모방과 압축과 확장과 변환을 위해 똑같은 도구를 쓴다는 것은 분명하지만, 의도적으로 나타내는 것은 아니다. 그 대신에, 높은 곳에서 작품 전체를 내려다보면서 너그러움과 능숙함을 바탕으로 기본적인 개념을 증식시켜 악장 및 작품 전체에 고루 배분하는 만화경적 시각이 있다. 풍부하건 빈약하건 형식의 모든 요소가 멜로디의 향연에 참여한다. 모든 선율은 서로 의붓형제자매이다. 어떤 간격과 강조가 주기적으로 재배치되면서 노골적이면서도 은밀한 물물교환이 이루어지고, 대응물과 대치물과 분신이 번갈아 나타나면서 균형을 조정한다.

표면적으로 드러나 보이는 것은 군주제이다. 전체적인 스타일 및 표현 양식이 전통적인 명령을 따르고 있기 때문이다. 하지만 그 표면 밑에는 모든 요소가 저마다의 필요에 따라 양분을 공급받는 벌집 모양의 민주주의가 번창하고 있다.

o

앞서 말한 〈피아노 소나타 F장조 제1악장〉에는 모차르트 음악의 특색인 주제들의 대조와 조화의 본보기(뚜렷하면서도 '꾸밈없는')가 있다. 이 악장의 제시부에는 일곱가지 매혹적인 주제가 있다. 으뜸 주제, 종속 주제 및 종결 주제 영역이 이 중 여섯 개를 공유하고 있고, 으뜸 주제와 제1주제의 영역을 연결하는 경과부에 가장 정교한 주제가 들어 있다. 그리고 시작 주제와 종결 주제는 각각 두 개의 서로 다른 동기로 나뉜다.

이 악장의 구성 요소들 사이에서 이루어지는 결합과 중복과 응답을 표현하려면 여러 페이지의 설명과 도표가 필요하다. 기본적인 부극副劇은 두 가지 경로로 펼쳐진다. 동기적 차원에서는 단조로운 노래처럼 일정한 간격을 두고 물결 모양으로 굽이치는 음정들 사이에 지속적인 대화가 진행되는데, 보통 셋씩 짝을 이루어 반복되는 똑같은 음정들과 대조를 이룬다. 이 상호보완적인 동기 선율들은 정보의 맥락 또는 틀을 형성하며, 이 틀에서 비롯되는 기본적인 유전 암호 같은 것이 나란히 배치된 아름다운 선율들의 표면적 줄거리를 압도한다.

그와 동시에 또 하나의 연결 및 전개의 맥락을 만들어내는 평행 리듬이 있다. 시작 주제의 처음 세 마디에는 3/4박자의 둘째 박에서 울리는 음이 없기 때문이다. 여기서부터 첫째 박과 셋째 박의 편중은 둘째 박의 부재에 대한 보상을 필요로 하게 되고, 그에 따라 모든 연관 요소가 이 최초의 공백에 의해 생겨난 깊은 대화에 참여하게 된다. 이 지속적인 대화는 이런 토론을 불러일으키는 특별한 멜로디와 구성을 발견하기 위한 축제가 되며, 이것은 모차르트 음악의 특징이다.

o

이 악장의 전개부는 모차르트의 지혜로움과 경건한 태도와 정교한 기술을 보여준다. 처음 여덟 마디—이 다음 여덟 마디는 이것이 부분적으로 바뀌어 한 옥타브 낮게 반복된 것이다—는 우아한 추상과 변형을 보여주는데, 제시부의 여러 가지 주제를 이루고 있는 요소들을 합쳐 새로운 멜로디를 만들어낸다. 물론 여기서 '새로운'이라는 말은 상대적인 표현일 뿐이다. 선행 요인들에서 비롯된 것은 엄밀한 의미에서 새로운 것이 아니다. 이것은 말하자면 늙은 뼈를 가진 참신한 얼굴, 또는 새 모자를 쓴 늙은 얼굴처럼 새로운 동시에 오래된 멜로디이다. 수많은 주제가 아주 조용히, 아주 얌전히 어우러져 있는 다양한 사고의 완벽한 조화에서 절대적으로 평온한 정서적 분위기를 느낄 수 있는데, 이것이야말로 모차르트의 천재성의 극치라고 하겠다. 스트레스나 긴장이나 충격 따위는 전혀 없다. 상호 보완성의 씨가 치밀하게 준비되어 고루 뿌려져 있기 때문에, 미묘하면서도 의도적인 융합이 극히 자연스럽게 느껴진다. 내재적인 리듬과 동기의 대화가 은근히 나타나기는 하지만, 이것 역시 사돈네 팔촌까지 다 초대된 가족 모임에 포함되어 있다. 식전 감사 기도를 올린다. 메뉴는 채식이다. 모든 것이 건전하고 다양하다.

O

모차르트의 작곡 및 피아노 연주 스타일에는 흔히 간과되고 소홀히 다루어지는 또 다른 측면이 있다. 그의 간소한 반주는 미풍을 타고 스쳐 지나가는 듯, 남자 무용수가 자신의 본분을 잊지 않고 절대로 튀지 않으면서 프리마 발레리나를 보조하듯 아주 자연스럽게 멜로디를 지원한다. 모든 작곡가가 공통적으로 쓰는 기본적인 형식과 표현 방식을 바탕으로 이루어진 이 반주는 특징도 없고 섬세하지도 않은 것처럼 보일 때가 많다. 그저 타이밍을 맞추기 위한 수단으로만 보인다. 화성적 및 대위적 암시가 말발굽 소리 같은 반주 밑에 숨어 있는 것이다.

그러나 이성과 경험을 바탕으로 판단하면 아무 감정도 들어 있지 않은 것처럼 보이는 이런 연주 스타일은 진정한 연주라고 할 수도 없고, 연주로 표현할 가치가 있는 영감 같은 것도 아니다. 가요계에서 무능한 사람이 아닌 한 영감이 넘치는 멜로디에 단조로운 반주를 펼칠 수는 없는 법이다.

사실 이런 연주는 모차르트의 음악 어디에서나 나타나는 그의 기술과 천재성을 그대로 보여주는 것이다. 절묘한 구성을 통해 선율을 지원하거나 모방하거나 보완하고 주 성부를 직접적 및 간접적으로 보조하는 한편, 대위 선율이 돋보이게 하는 독립적 기능도 가지고 있다. 또한 투명한 곡선을 통해 화성적 내용을 전달하는 한편 고음부 멜로디를 고스란히 나타나게 한다. 아기를 키우는 일에서 집안일에 이르기까지, 이 반주는 여러 가지 의무가 있다. 하지만 각각의 특성이 다르고 매우 탄력적이기 때문에, 가장 미묘한 터치와 의식에만 반응한다.

●

모차르트 음악의 심리학과 매력에 대한 이런 성찰은 모차르트 음악을 해석하는 데 있어서, 완벽한 모차르트 음악 연주에 필요한 기교의 접근 방법과 음향을 이해하는 데 있어서 중요한 의미가 있다.

모차르트 연주에 대한 우리의 현재 기준은 과연 어떤 것일까? 우리는 모차르트 음악을 무슨 신성한 위안의 증표로 연주하는 경향이 있다. 그래서 신성한 분위기가 느껴지는 연주를 자주 듣는다. 길게 퍼지면서 정적인 칸틸레나*가 작품

● 서정적인 선율.

의 전개를 지배하면서, 고상하고 부드러운 곡선으로 정보와 호기심과 대화의 요소들을 덮어버린다(한결같은 논 레가토* 터치를 쓴다 해도 구조적 결함을 덮을 수는 없다). 라파엘에 게서 데려온 천사들에게 이 포물선을 떠받치게 함으로써 우 리에게 모차르트의 상냥한 마음씨를 확인시키는 한편, 인간 의 다정하고 온화한 본능을 강조한다. 빠르고 경쾌한 악장에 서는 흔히 **힘찬 분출**을 느낄 수 있는데, 이것은 대화를 나눌 때의 태연자약함의 결과라기보다는 기교적인 **활력**의 결과 이다.

이런 악보의 재치와 절묘함과 기지는 표현에 대한 주 의와 사랑 없이는 제대로 살릴 수 없다. 악보의 지시와 암시 에 따라 악센트, 이음줄, 리듬, 선율, 균형 등을 조정해야 한 다. 작품에 담긴 유머를, 달콤쏩쓸함을, 우아하면서도 격렬 한 교환을, 재잘거림을, 난센스를, 기분 좋은 놀라움을 들어 야 한다. 공짜로 제공되는 종합 건강관리 선물과 케이크와 맥 주와 만물에 대한 사랑을 들을 수 있어야 한다. 그리고 그러 기 위해서는 흔들의자뿐만 아니라 포고 스틱**도 있어야 한다.

---

* 음을 그 본래 길이보다 조금 짧게 연주함으로써 음과 음의 부드러운 연결을 끊는 연주 기법.
** 아래에 용수철이 달린 막대기의 발판에 올라타고 뛰는 놀이 기구.

○

민족주의와 신앙심이 그 도덕적 중추가 되는 피상적인 시대에서는 모차르트의 메시지와 이상을 발견하기가 어렵다. 우리가 믿는 여러 신은 우리에게 사랑하라고 한다. 네 자신과, 네 가족과, 네 이웃과, 네 조국과, 이방인과 적을 사랑하라고 한다. 하지만 우리는 이 과업을 심각하게 망쳐버렸다. 정상적인—그러므로 편파적이고 당파적인—사람들에게는 이 소중한 사랑의 만병통치약을 누구에게나 아낌없이 나누어 주는 것이 매우 힘들다. 아니, 불가능하다.

　　모차르트는 매우 합리적인 방식으로 이 막중한 짐을 가볍게 만들었다. 그는 여러 가지 의례를 존중하는 한편(이를테면 기독교의 하나님과 시저의 경쟁적인 주장을 인정하는 등), 청렴과 금욕과 변함없는 충성을 요구하는 그 거룩하고 엄격한 감독자 '사랑'보다 더 매력적이고, 덜 숭고하고, 덜 막중한 대체물을 제시한다. 이 매력적이고 슬기로운 친구가 외치듯, 우리 모두 어렵게 생각할 것 없이 그냥 점잖고 공손하고 다정다감한 사람이 되면 어떨까? 친절은 인류를 위한 가장 자연스러운 처방이 아닐까?

　　모차르트는 온화함과 너그러움과 친절의 왕자이다. 그는 우리의 여러 가지 결점을 조롱하지 않고 즐긴다. 그의 메시지는 여러 가지 방식으로 추출될 수 있겠지만, 나는 간단한 방식이 좋다. 즉, 말을 하기 전에 듣는 것이다. 우리의 생각을 일깨워주고 보다 총명하고 포용적이고 고상하게 만들어줄 수 있는 뭔가를 배울 수 있을 것이다.

○

베토벤은 또 다르다. 모차르트보다는 하이든에 가깝다. 개암이라기보다는 솔방울이며, 소화할 수는 있지만 덜 말랑말랑하다. 하지만 결코 모차르트나 하이든보다 덜 온후한 것은 아니다. 모차르트의 우애의 윤리가 각양각색의 사람들이 찾아오는 한낮의 해변이라면(구름이 좀 낀), 베토벤의 우애의 이상은 사람이라기보다는 사람들이고 인간이라기보다는 인류이며 어떤 날씨에도 좋다. 베토벤이 정말로 "인류를 사랑하는 사람은 인간을 증오하게 마련"이라든지 "나무만큼 마음에 드는 사람은 만난 적이 없다"고 말할 만큼 감상적인 사람이었는지, 사람들이 그렇게 생각한 것인지는 확실하지 않지만, 전혀 터무니없는 말은 아니다. 어쨌거나 그의 음악을 가득 채우고 있는 황홀하고 미묘한 사랑의 요소들을 부정할 수 있는 사람은 아무도 없다. 베토벤만큼 돌체를 자주 쓴 작곡가는 아마 없을 것이다.

그런데 그는 뭘 그렇게 사랑했을까? 소포클레스와 셰익스피어에 능통할 만큼 철학적 성향이 강했던 그는 사랑 자체를 비롯하여 여러 가지 추상적인 개념을 사랑했던 것 같다. 그의 성격과 습관에 대해서는 말하지 않겠다. 그런 것은 엉뚱한 부작용을 초래할 만큼 이미 정신분석학적으로 분석되었기 때문이다(불멸의 연인이 누구인지 안다는 것이 〈멀리 있는 사랑하는 이에게An die ferne Geliebte〉를 제대로 해석할 수 있을까? 아니면, 우리는 베토벤이 땀샘이 예민해서 땀을 많이 흘렸다는 사실을 알기만 해도 만족하는 걸까?) 베토벤은 세상사를 포함하는 큰 카테고리에 특별한 관심이 있었다. 자연과 운명(아!)과 신은 그의 음악 드라마에 자주 등장하는 주인공이었다.

❍

하이든과 베토벤의 작품에서는 종종 볼 수 있지만 모차르트의 작품에서는 거의 볼 수 없는 특징이 있다. 느닷없이 여러 마디에 걸쳐 길게 이어지는 악절이 삽입돼 있는 것인데, 이것은 일정하게 계속 반복되는 기악적 표현에만 의존하는 것을 뜻한다. 화성과 강약은 가변적인 반면, 동기의 활동은 기초적이거나 순차적이고, 리듬의 오스티나토*와 추진력은 지속적이고 강렬하다. 그리하여, 제안되거나 논의되거나 변경되거나 거부된 생각들이 모여 전형적인 고전주의 토론을 한창 벌이고 있을 때, 느닷없이 돌 하나로 된 괴물이 불쑥 나타나서 모든 활동을 마비시키고 우리의 목덜미를 잡는다. 이

---

* 어떤 일정한 음형音型을 똑같은 성부로 계속 반복하는 연주 기법.

괴물의 의도가 무엇이냐에 따라 우리는 매료되거나 겁을 집어먹는다.

하이든의 경우 이런 악절은 보조적인 것일 수도 있고 구조적 기능을 가진 것일 수도 있으며 혹은 둘 다일 수도 있는데, 장난스럽게(또는 미친 듯이) 형식을 파괴하는 개인적 기쁨이나 분노를 나타낼 경우가 많다. 하이든은 A에게서 빼앗은 돈으로 B에게 진 빚을 갚는, 교활하고 빈틈없는 도둑이다. 그는 롤라Lola Montez*처럼 원하는 것은 뭐든지 갖는다. 그가 우리 코를 잡아 비틀고자 한다면, 그것은 이 옹고집의 하루 일과에 이미 계획돼 있는 일이다. 그는 자신감 넘치고 완강한 자아다. 그는 자신의 고집을 자랑스럽게 여기지는 않는다. 하지만 수완 좋은 도둑이나 목사가 다 그렇듯, 주위 환경을 조사하여 장애물이나 틈새 따위를 철저히 이용한다. 베토벤은 복수의 여신들과 특별한 연줄이 있어서 그들이 그 끔찍한 쇳소리로 울부짖으면 곧바로 반응한다. 솜씨 좋은 형이상학적 저널리스트가 그렇듯 그는 무서운 사실들을 알려준다.

o

베토벤은 자신의 〈피아노 소나타 B♭ 장조 작품 제22번〉에

- 아일랜드 태생의 무용수. 욕망의 화신이라고 불릴만큼 자신이 원하는 것은 수단과 방법을 가리지 않고 반드시 손에 넣고야 말았다.

297

너무나 흡족한 나머지 악보 끝에다 "정말 훌륭한 작품이다"라고 썼다. 제1악장의 전개부는 제시부의 주제들 중 임의로 선택한 주제로 시작되며, 나중에는 시작 주제와 종결 주제의 요소들이 합쳐져서 16분음표로만 일관된 긴 악절을 이룬다. 이 16분음표들의 저돌적이고 맹목적인 힘은 순간적으로 동기적 요소들을 압도한다. 화성과 강약은 이 기초적 틀에 음악의 흐름을 꿰맞추는 확고한 공식에 순응한다. 이 맹렬한 기세를 꺾을 수 있는 것은 아무것도 없다. 그러나 이 격류는 점점 기세가 꺾여 구불구불 흐르는 시냇물로 바뀌고, 결국 딸림음에서 완전히 멈추어 아주 공손하게 감사히 재현부를 선언한다. 이 악절은 모두 서른일곱 마디로 이루어져 있으며, 이 중 16분음표를 취하지 않는 것은 마지막 네 마디뿐이다. 그 길이는 무려 전개부의 거의 2/3를, 악장 전체의 1/5을 차지한다. 높이 또는 낮게 줄기차게 계속되는 이 장광설 때문에 쾌활하고 정다운 악장의 전체적 분위기가 밋밋하게 돼버린다.

    베토벤은 보통 불굴의 의지의 전형으로 여겨진다. 나는 그런 파격적인 행동과 의식이 그의 의지보다는 개방성에서 비롯되는 것이라고 생각한다. 그는 모든 신과 짐승뿐만 아니라 그런 정체불명의 허무주의적 격정까지 그의 우주론에 수용하는 것을 두려워하지 않는 것 같다(격정이 아니라 자연스러운 창조 작업의 무심함일까?). 어쨌거나 그는 그의 눈에 보이는 것을 그대로 이야기하며, 그중 몇몇은 선악을 초월하는 것들이다.

○

〈소나타 작품 제22번〉의 아다지오는 외로움을 받아들이는 동시에 떨쳐버리는 듯한 기묘한 기쁨의 발산 중의 하나이다. 이런 것은 도취에서 비롯된다. 숲과 초원도 목소리를 지닌, 워즈워스식의 애잔한 분위기가 꿈꾸는 듯한 멜리스마* 선율을 감싸고 있다. 마치 이곳이 무슨 방랑하는 사이렌의 영역이나 되는 것처럼.

　　〈작품 제22번 아다지오〉를 보면 주성부에 줄곧 8분음표가 따라다니는데 대부분 반복적이고 편한 3도 화음으로 이루어져 있다. 어두우면서도 밝고, 무거우면서도 가볍고, 낭랑하면서도 침울한 이 흥미로운 화음은 우직하면서도 모르는 것이 없는 작곡가의 특성을 나타낸다(반 고흐가 베토벤의 교향곡에 대해 평한 것처럼 매우 복잡하면서도 단순하다고 할 수도 있다). 중간부에서는 이보다 절박한 반음계 진행의 화음들이 선율을 지원하는데, 이때에는 전혀 다른 세상—불안과 공포의 〈거룩한 밤〉 같은—이 펼쳐진다. 그런 다음에는 어둠이 물러나면서 재현부와 코다**가 부드러운 환

　●　한 음절에 여러 개의 음표를 붙이는 장식적 기법.
　●●　한 악곡이나 악장, 또는 악곡 가운데 큰 단락의 끝에 끝맺는 느낌을 강조하기 위하여 덧붙이는 악구.

상을 되찾는다.

　짜임새와 심리적 배경으로서의 이 화음의 독특함은 뭐라고 형용할 수가 없다. 다른 작곡가들의 작품에서도 이와 비슷한 것이 있긴 하지만, 이 작품처럼 전율과 음산함과 절망을 느끼게 하는 것은 거의 없다. 〈작품 110번〉의 아리오소에 비슷하게 나타나지만, 온화하면서도 불길한 기운을 느끼게 하는 아스라한 합창 같은 이 화음은 동경의 비약을 제한한다. 이것은 어디에나 있는 '암흑 물질'*일까, 아니면 가공의 주민들이 운명을 풀어헤치면서 보다 온건한 인간의 영역을 침범하는 '시간'의 소유권 주장일까?

●

연주할 수도 없고 이해할 수도 없는 작품들 중 가장 악명 높은 것은 베토벤의 〈디아벨리 변주곡 작품 제120번〉이다. 길이가 거의 50분이나 되는 이 서사시는 기교와 암기, 그리고 무엇보다도 이해를 거부한다. 리스트는 베토벤의 기교에 대해 "베토벤을 연주하려면 그가 요구하는 것보다 조금 더 많은 기교가 필요하다"고 말한 바 있다(이 작품에서는 많은 기교가 필요하다). 암기에 관해 말하자면, 이 게임의 난해하기

- 한 악곡이나 악장, 또는 악곡 가운데 큰 단락의 끝에 끝맺는 느낌을 강조하기 위하여 덧붙이는 악구.

짝이 없는 전략을 이해하려면 비밀결사단장이 되어야 한다. 특히 각 변주곡의 종반전에서는 더욱 더 까다롭다. 이해에 관해서는 다음과 같은 시나리오를 제시하는 바이다.

디아벨리의 단순한 왈츠 주제를 바탕으로 하는 이 서른세 개의 정처 없이 떠도는 변주곡들을 지탱하는 영적 에너지는 두 가지 원천에서 비롯된다. 동시에 이 두 가지 원천에서 에너지를 얻는 곡도 몇 있지만, 거의 모두 어느 한 가지 원천에서 특정한 변주곡이 되는 에너지를 얻는다. 그 결과 일정한 형식이 있는 것은 아니지만 대체로 두 가지 상반된 특성이 번갈아 나타나며, 이런 특성이 작품 전체의 영적 및 구조적 뼈대를 이룬다.

이 두 가지 특성 중 하나는 명백히 우리의 옛 친구 '불굴의 의지'이지만, 이 작품에서는 두목과 악당과 어릿광대와 독재자의 의지다. 또 하나의 원천은 우리의 지친 눈과 물린 귀로 감지하기가 훨씬 더 어렵다. 이 변주곡들 중 대다수는 무의식적이고 유유하고 경쾌하고 정처 없는 시냇물과 산들바람처럼 순수하고 꾸밈없는 자연의 손에 의해 연주되어야 가장 효과적이다. 때로는 돌멩이와 분자와 작은 마귀들이 우르르 내달리는 것처럼 거친 요소가 끼여들 때도 있다. 시냇물이건 돌멩이건, 이런 종류의 변주곡은 자연스러움이 그 특징이다.

결국에는 불굴의 의지의 맹렬한 힘과 무의지의 부드

러운 충동의 중간 지점에서 상반된 요소들이 맞물려 새끼줄처럼 꼬여 있는 전체적 형태가 나타난다. 말할 것도 없이 곡이 끝나는 미뉴에트에서 하나로 합쳐지는 것이다.

o

베토벤은 인간 및 신들에게 속한 영역에서 최고의 건축학자이다. 그러므로 그가 소포클레스와 셰익스피어에 관심이 많은 것은 결코 놀라운 일이 아니다. 그는 그들의 영적인 친족이다. 궁극적인 형이상학적 드라마는 인간과 운명의 충돌에의해 펼쳐지며, 이 세 영혼의 동반자는 이 싸움을 한 치의 오차도 없이 정교하게 묘사한다. 슈베르트의 표현을 빌리자면베토벤은 백열 상태에서 냉정하게 작곡한다. 그는 광포한 미치광이로 명성이 높지만 가장 객관적인 리포터이며 가장 과학적이고 가장 먼 거리를 여행하는 여행자이다.

그러나 베토벤에게는 셰익스피어나 소포클레스와 다른 점이 있다. 그는 광대무변하고 포용적인 기록자에게서 마땅히 기대할 수 있는 재능을 가지고 있다. 애정 어린 묘사에있어서 베토벤보다 성실한 작가는 아직 없었다. 그의 음악에는 이상화된 여자뿐만 아니라 생명을 키우고 꿈을 꾸고 인내하는 여자들이 생생하게 묘사돼 있다. 그에게, 그들에게 그의 축복과 통찰력에 깃들어 있는 이 마음에서 우러나오는 부드러움은 독특한 것이며, 세상에서 가장 소중한 교훈을 전해준다.

　더 나아가 그의 페미니즘은 성을 초월했다. 그리고 그의 인간애는 산 사람들과 죽은 사람들과 인간이 아닌 것들의 모든 생활 방식을 포용했다. 숭배는 적절한 태도가 아니지만 그에 대한 영원한 흠모는 괜찮을 것이다.

O

〈아파시오나타 소나타 작품 제57번〉은 작품에 담긴 지나친 동요와 번민이 연주자와 듣는 사람의 감정뿐만 아니라 작품의 구성적 균형과 관계에까지 영향을 끼치는, 그런 격렬한 멜로드라마의 하나로 여겨진다. 그래서 작품이 왜곡될 때가 많다. 즉, 정의와 악, 복수와 속죄의 상징을 병렬시키는 대립적인 힘들의 장엄한 배치가 이루어지지 않고, 연주자의 공감과 본능에서 그치는 것이다. 이런 구성을 다룰 때 연주자는 내재적 논리의 경계선상에서 자신의 신념을 강화해야 한다.

　제1악장에는 알레그로 아사이가 붙어 있다. 박차고 나아가듯 **빠르게** 연주하라는 뜻이지만 보통 너무 느리게 연주되는 경우가 많다. 에드윈 피셔가 지적했듯이, 이 악장의 리듬의 신호이자 눈에 띄는 8분음표 열두 개로 이루어진 12/8박자 리듬은 형식, 감정, 폭발 등의 다른 요소들을 지탱해주는 받침판을 제공해야 한다. 8분음표 음들에서 비롯되는 힘과 흐름은 다양한 주제와 분위기의 여러 가지 제스처에 맞추어 조정될 수는 있지만 절대로 없어지거나 꺾이지 않는다. 폭발은 매우 크고 격렬할 수 있지만, 이것은 울화가 아닌 진정한 분노의 징후이다. 고상한 격정은 분노보다 광범위하고 복잡한 힘들에서 추진력을 얻으면서 고스란히 남아 있다.

놀랍게도 이 악장에 대한 베토벤의 초안은 서툴렀다. 완성작하고는 거리가 멀었다. 시작 악절은 지루한 연속 진행으로 끝나고, 광대한 제2주제는 어디에도 보이지 않았다. 베토벤 같은 천재가 한동안 더듬거리다가 확실한 해결책을 찾았다는 사실은 왠지 용기를 준다. 냉정한 자기반성을 조금만 하면 이런 수정 작업을 하게 되고, 그에 따라 개인적 고정관념과 편견에 얽매이지 않는 진리를 표현할 수 있다.

●

〈소나타 작품 제57번 제2악장〉은 안단테 콘 모토라고 표시된 한 개의 주제와 변주곡들로 이루어져 있다. 흔히 콘 모토보다 아다지오처럼 연주된다. 이 곡의 성격은 부드러운 행진곡이다. 스토이어만 선생님은 동료 피아니스트 미카엘 폰 자도라의 장례식에서 이 곡을 연주했다. 이 악장의 리듬은 주제 및 세 개의 변주곡과 조화를 이루면서 4분음표에서 8분음표로, 8분음표에서 16분음표로, 16분음표에서 32분음표로 진행되며, 이런 식으로 진행되기 때문에 박자가 바뀔 여지가 없다. 성격과 방향이 그리는 곡선이 뚜렷하고 확고하며 음역이 그리는 곡선도 마찬가지다. 이 악장은 저음부에서 고음부로, 지상에서 초월로 전개된다.

일반적으로 주제 및 변주곡 악장에 대한 템포 조정은 전체적인 구성과 내용의 문제이다. 이 경우처럼 분위기가 통일돼 있고 전체적인 흐름이 주제와 일치하면 템포는 제 길에서 벗어나지 않는다. 하지만 변주곡이 본래의 주제와는 대조적인 반영을 나타낼 경우에는 템포도 그에 따라 바뀐다. 그럼에도 전자의 관점을 모든 상황에 적용되는 진리처럼 여기는 학문적 편견이 있다. 언젠가 줄리어드의 어느 선생과 의견을 나눌 기회가 있었는데, 그는 이런 태도를 단번에 반박했다. 내가 변주곡 악장에서 박자가 일정해야 하는지 각 변주곡의 특성에 따라 바뀌어야 하는지 묻자 그는 조금도 망설이지 않고 대답했다. "박자가 바뀌어야죠." 왜냐고 묻자 그는 재미있는 논리로 대답했다. "변주곡이니까요."

〈소나타 작품 제57번〉의 이 악장에서는 박자가 일정하다. 이 악장은 양옆 두 악장 사이의 완충 지대 구실을 한다. 따라서 이 악장은 어떤 방식으로 위안을 제공할 것인지 연구하기 위한 토론회라기보다는 영혼이나 예술, 겸손이나 형식 등 보다 고매한 목적에 보조를 맞추어 올리는 조용한 기도 같은 것이라고 할 수 있다.

O

안단테 악장의 주제는 제1악장 으뜸 주제의 후악절에서 파생된 것이다. 〈아파시오나타〉 마지막 악장의 주제는 제1악장 으뜸 주제의 전악절과 후악절을 이루고 있는 요소들의 결합에서 생겨난 것이다. 이런 동기적 연결관계는 매우 미약하고 모호할 때가 있지만, 여기서의 관계는 그냥 지나치기에는 너무 뚜렷하고 전략적이다. 의도적으로 이렇게 만든 걸까? 베토벤은 이 모든 사실을 알고 이런 통일적인 구조물들과 상징들을 표출하려 했던 걸까? 이에 대한 대답은 아무 의미도 없다. 그는 머리로 모르는 것을 본능으로 알았다. 그리고 이런 작업에서 머리와 본능은 필연적으로 똑같은 결론에 이르게 돼 있다.

마지막 악장의 박자는 알레그로 마 논 트로포*라고 표시돼 있다. 너무 빠르지 않게! (이 지시를 주의하는 사람이 거의 없다. 나도 그렇다.) 계속 움직이기는 하지만 마구 돌진하는 것은 아니다. 그렇다, 억제된 죽음의 거부와 죽음의 소망이 갈등과 긴장을 만들어낸다. 무엇보다도 저항이 느껴진다. 의지 대 운명, 운명 대 의지의 돌출. 의지와 의지의 대결이다. 이것은 억제되어야 한다. 개인적 방종의 춤이 되면 안 된다. 지시된 대로 피아니시모로 연주하지 않고 역동적인 포

* 지나치지 않게 빠르게 연주하라는 빠르기표.

르테의 영역에서 으뜸 주제를 연주하는 현란한 손가락을 과시하면 안 된다. 이것은 억눌리고 짓밟힌 힘이다. 마구 날뛰기보다는 차분한, 방종하기보다는 절제된 힘이다.

냉혈한 베토벤. 그는 모든 문제에 있어서 지시를 한다. 열정은 농축된 결심에서 비롯된다는 것도 가르쳐준다.

o

리스트는 베토벤의 자식이다. 베토벤의 교향곡들을 모두 편곡하여 연주하면서, 그는 내적 및 외적 제스처를 통해 스승에 대한 충성을 입증한다. 그의 악보에는 전개 기술, 극적 자유, 구조적 통일성 등 베토벤의 유산이 산재돼 있다. 시종일관 그런 것은 아니고 본질적인 면에서 그렇다는 말이다. 그의 작곡 태도는 보다 대중적이고 극적이다. 인위적으로 음악적 내용에 활력을 불어넣어 팽창시키거나 모멘트의 3대 요소(화성, 해결, 휴지)를 탐닉하는 화려한 수식을 즐겨 쓴다. 어떤 점에서 그는 뻔뻔스러웠다고 할 수 있다(물론 인간성을 말하는 것은 아니다). 그는 방종하다기보다는 수치심이 없었다. 그는 너그러운 뮤즈 여신의 아낌없는 지원을 받아들이는 것을 두려워하지 않았다. 어떤 화성이나 악절이나 장식 선율에 눌러앉아 떠날 줄 모를 때도 있었는데, 그것은 생각이 없어서가 아니었다. 한순간에 꽃 한 송이나 계곡을 한 번에 하나씩 보여주다가 나중에는 무지갯빛으로 영롱하게 빛나는 모든 꽃과 계곡을 다 보여주는, 자연과 영혼의 자비로움을 보여주는 자비로운 **신**의 은총에 의한 것이었다.

보완적 악은 사탄과 메피스토가 만들어낸 것이었다. 이 악은 신랄한 아이러니로 가득 찬 상징들로 나타났지만 이 상징들은 냉혹하게 실행되었다. 이것이 19세기의 **스케르초**˙ 세상이었다. 장난이 마귀가 되었고, 마귀는 미래의 전쟁 도구를 예측했다. 리스트에게 이것은 재미있는 일이 아니었다. 마귀가 들린 예언이었다.

기품 없이, 이해 없이, 리스트의 조상과 그가 그들에게 진 빚에 대한 존경심 없이 리스트의 음악을 연주하면 참담한 결과가 나타난다.

o

리스트는 베토벤의 자식이자 쇼팽과 베를리오즈와 파가니니의 형제였다. 쇼팽은 음악과 시의 상호 이익을 인정하고 조장하는 점에 있어서 리스트에게 가장 깊은 인상을 남겼다. 문학적 이미지에서 직접적으로 영감을 얻은 것이건 황홀한 기분의 힘에 의해 간접적으로 영감을 얻은 것이건, 시적 공상을 펼치는 것은 음악의 내용과 매력을 나타내는 데 본질적으로 적합한 대본이 되었다.

- 경쾌하고 해학적인 곡.

〈D♭ 자장가〉의 두 가지 버전처럼 리스트가 명백히 쇼팽의 형식을 따른 작품들이 있다. 쇼팽의 자장가와 리스트의 자장가의 두 번째 버전 사이의 시적 및 구성적 차이를 살펴볼 필요가 있다.

쇼팽의 자장가에서 아기를 어르는 효과는 반복되는 화성적 바탕 위에 놓인 일련의 변주곡—뒤로 갈수록 장식이 많이 붙는다—에 의해 이루어진다. 평화로운 조화를 이루는 이 두 가지 흐름(하나는 팽창하고 다른 하나는 고정된) 사이에서 형식이 표류한다. 샤콘*과 비슷한 이 곡의 지배적 구조는 바흐와 그 이전에 역사적 기원을 두고 있다. 리스트의 자장가에서 아기를 어르는 효과는 쇼팽의 자장가에서처럼 똑같이 반복적이지만 무질서한 특성 때문에 더 중독적이고 반음계적인 화성을 중심으로 이루어진다. 쇼팽의 자장가는 진행이 차분하고 끝없이 반복되지만, 리스트의 자장가는 초시간성의 추구와 황홀경의 순간이 합쳐져서 감각을 어지럽힌다. 물론 둘 다 넋을 잃게 할 만큼 아름다운 곡이다. 쇼팽은 뒤를 돌아보고 리스트는 앞을 내다본다.

O

리스트는 베를리오즈의 영향을 받아 열정적이고 이국적인

- 기본 저음이 일정하게 반복되는 3박자의 변주곡.

표현에 대한 관심이 더 커졌다(그는 베를리오즈의 환상 교향곡을 피아노 연주용으로 편곡했다). 또한 그는 베를리오즈에게 관현악 편성법에 대해서도 배운 것 같다(그의 관현악 편성법 솜씨는 과소평가되는 경향이 있다). 그의 관현악 편곡은 가끔 귀에 거슬리는 과장이 있긴 하지만 우아하고 청명한 소리가 많이 있다(음향의 대위). 그의 다른 여러 가지 창조적 재능에서도 볼 수 있듯 이것은 20세기의 발전을 암시하고 있다.

파가니니의 영향은 그리 크지 않았다. 리스트는 이미 악마적인 기교를 가지고 있었고, 그의 대중적인 페르소나를 다듬어서 돌아오는 보상에 익숙했기 때문이다. 바이올린의 제스처와 울림을 피아노 스타일로 전환시키는 솜씨는 파가니니보다 더 뛰어났다. 이런 전환을 가장 뚜렷이 잘 이용한 작품은 〈초절 기교 연습곡 제2번 A단조〉이다.

이 작품에서는 피치카토*와 중음重音과 활을 켜는 기술의 피아노 버전을 들을 수 있다. 그리고 이보다 훨씬 더 중요한 또 다른 것도 들을 수 있다. 같은 피치로 반복되는 네 음의 간결한 리듬의 동기가 그것이다. 매우 창의적이고 정교하게 만들어진 이 동기는 작곡가의 병기고의 무기로써 102마디에 걸쳐 전개된다. 베토벤의 영향을 받은 스타일을 바탕으로 중립적이고 다용적인 단 하나의 악상이 파노라마처럼 펼쳐지는

● 현악기의 현을 손끝으로 튕겨서 연주하는 기법.

다양한 기교 속을 헤집고 다니면서 형식을 압도한다. 이렇게 복잡하고 정교한 구상력은 실로 위대한 작곡가들에게서만 찾아볼 수 있는 것이다. 또한 이 작품은 생동감과 활력이 넘치지만 작품의 모든 내용이 전적으로 이 확고한 핵심 요소에서 파생된다는 것은 리스트가 구성의 천재였음을 입증한다.

O

리스트의 〈피아노 소나타 B단조〉는 주제 변환의 대표적인 예로 여겨진다. 당연히 이 긴 곡의 모든 측면이 소수의 모티브에서 파생되기 때문이다. 형태와 그림자의 광대한 네트워크 전역에 걸쳐 비교적 간소한 요소들이 고루 퍼져 있는데, 그 특색이 두드러지기도 하고 잘 드러나지 않기도 한다. 리스트가 〈피아노 콘체르토 A장조〉를 위해 고안한 전환법은 표현의 순서가 거꾸로 돼 있다. 〈소나타 B단조〉 시작부 근처의 쿵쿵거리는 베이스 선율이 나중에 서정적인 제2주제의 기원이 되는데, 처음에는 부드럽고 경건하다. 이 주제에 수반되는 저음 선율의 생성 기원은 그다지 명백하지는 않지만 흥미롭다. 이 저음부는 둘째 마디와 셋째 마디의 상승하는 7도와 순차적인 하강으로 이루어진 작품의 도입 동기가 재현된 것으로서 미약하지만 기능적이다. 전체적으로 똑같은 음정들에서 모든 요소를 추출하는 쇤베르크의 방법처럼 엄격하거나 단조롭지 않다. 그러나 지적인 엄격함과 극적 공상의 절묘한 조화가 이루어지려면 이 방법을 쓸 수밖에 없다.

이 작품을 연주하는 방법들은 매우 대조적인 두 부류로 나뉜다. 일반적으로 개개의 주제와 악상을 독특하고 표현적인 열정에 따라 표현하지만, 동기적 및 구조적 관계는 소홀히 다룬다. 주제적 변수들을 그 1차적 근원과 역할에 따라 설정하는 해석은 정교하긴 하지만 바람직한 방법이 아니다. 이상적인 것은 하나에서 많은 것을 만들어내고 많은 것에서 하나를 만들어내는 조합의 기술이다.

o

바그너가 〈트리스탄과 이졸데〉를 작곡하기 20년 전(이 작품은 당시 급박했던 조성의 붕괴의 상징이자 촉매였다), 리스트는 나중에 그의 사위가 될 바그너처럼 역동적이고 울림이 깊고 전율적인 방식으로 화성을 진행시켰다. 바그너가 리스트에게 진 빚은 한스 폰 뷜로에게 보낸 편지에서 확인되었다(뷜로는 나중에 바그너와 결혼한 리스트의 둘째 딸 코지마의 첫 번째 남편이었다). "우리 두 사람이 솔직하게 이야기할 수 있는 일이 많이 있습니다만(이를테면, 리스트의 작품을 접한 뒤로 나는 화성을 다루는 방법에 대해 그 전과 전혀 다른 생각을 갖게 됐습니다), 한마디만 하자면 적어도 친구 폴이 이 비밀을 온 세상에 알린 것은 경솔한 짓이었습니다."

리스트가 화성의 실험과 발견에 열중한 시기에 쓴 작

품들 중 후기 작품들은 섬뜩한 징조와 조성을 붕괴시키는 요소로 가득 차 있다. 살짝 스쳐 지나가는 듯한 묘한 향기가 이 작품들에 배어 있다. 화성적 불안을 일으키는 요소들—증화음들, 삼온음, 7도음, 해결되지 않은 불협화음 등—이 마치 정체 상태에 빠진 듯 빈번하게 멈추어 서면서 유령선처럼 표류한다. 〈회색 구름Nuages gris〉 같은 작품은 다음 두 가지 중 한 가지 방법으로 들을 수 있다. 첫째, 대변동 전후의 지옥의 변방 같은 아수라장의 상징으로 듣는다(당시에는 오늘날의 상징이었을 것이다). 아니면, 더 고무적이나 가능성이 적은 방법으로써 무질서하기보다 불명확하고 숙명적이라기보다 자유로운, 우리의 타고난 권리이자 환경인 불분명한 혼돈의 본보기로 듣는다. 물론 이 작품이 순전히 '회색 구름' 자체에 대한 것이라고 주장한다면 당분간 내 주장을 보류하겠다. 여러분이 육감을 포함한 여섯 가지 감각을 되찾을 때까지.

o

리스트는 아마 위대한 음악가들 중 가장 너그러운 사람이었을 것이다. 그는 다른 작곡가들의 작품을 변호하고 연주하는 한편, 비범한 학생들을 기르면서 수업료를 단 한 푼도 받지 않았다. 삼류 작곡가들의 작품을 편곡하는 등 그가 아무 생각 없이 한 것 같은 지나친 행동에 대해 흔히 그를 조롱하는 경향이 있지만, 실은 그는 그들의 음악을 홍보함으로써 그들이 음악가로서 성공하는데 도움을 주려 했다. "때로 그는 음악과 편한 사이가 되어 음악을 무릎 위에 올려놓곤 한다"는 드뷔시의 말은 사실이다. 그러면서도 드뷔시는 같은 에세이에서 이런 말도 했다. "리스트의 작품의 부정할 수 없는 아름다움은 음악에 대한 그의 사랑이 다른 모든 감정을 배제했다는 사실에서 비롯되는 것 같다."

리스트의 음악과 성품은 사적인 감정을 공적 및 극적으로 확대시키는 경향이 있다는 것은 널리 알려진 사실이다. 그러나 리스트가 환상, 공상, 헌신, 악 등 매우 심오한 주제를 나타내는 데 필요한 극히 개인적이고 시적인 언어를 발견했다는 점에서, 또 다른 그럴듯한 견해가 있을 수 있다. 특히 그는 사랑과 무無의 시인이었다. 너그럽고 차별 없는 사랑의 시인이며, 야만성을 불러일으키는 동시에 무너뜨리는 무의 시인이었다.

○

의혹의 베일과 '비할 데 없는 삶의 활력'을 헤치고 나아가면서 연주할 때, 이리저리 이동하며 항해하려면 나침반과 돛 같은 항해 도구가 필요하다. 뒤범벅된 갖가지 형식과 머릿속을 쥐어뜯는 듯한 불확실성이 우리를 저지하고 빗나가게 할 수도 있다. 미로 속에서 비틀거리게 하고, 그보다 더 나쁘게는 맹목적으로 돌진하게 할 수도 있다. 작품 속을 유연하게 지나가려면 균형과 방향의 메커니즘이 필요하다. 그리고 이 메커니즘은 길을 따라 펼쳐지는 모든 아름다운 풍경을 묘사할 수 있을 만큼 자유분방해야 하며, 길을 잃지 않고 계속 나아갈 수 있을 만큼 안정된 것이어야 한다.

해답은 시간을 효과적으로 쓰는 방식에 있다. 그런데 이것은 무슨 시간일까? 통제하는 시간일까 자유로이 풀어주는 시간일까? 나는 왼손은 시간을 정확히 지켜야 하고 오른손은 루바토가 되어야 한다는 모차르트의 금언을 제시하겠다. 시간을 표기하고 읽는 데 필요한 자유로움과 안정성이라는 두 가지 본능을 다 수용할 수 있는 간단한 공식이 있다(그리 간단한 것은 아니다).

리듬의 요소를 그 기본 구성 요소인 센박과 여린박으로 나눈다. 센박의 역할은 기본 템포의 지휘자이자 감독자로서 음악적 흐름을 안정시키는 것이다. 그래서 센박은 정확히 예측할 수 있는 시간 간격에 따라 실행되며, 이런 정확성은 곧 그 권위의 바탕이 된다. 그러나 여린박은 탐구적인 행동의 영역으로서, 흔히 덜 장중하나 더 탐색적이다. 여린박은 더 경쾌하고 쾌활하고 장난스러울 수 있다. 또한, 더 잔인하고 혹독하거나 더 감상적이고 대범할 수도 있다.

하나는 더 안정적이고(하지만 위압적인 것은 아니며 잔잔하다) 다른 하나는 더 자유분방한, 표현과 흐름의 이 두 가지 인자 사이의 대화는 작품을 이끌고 가면서 장엄하고 광

대한 의미를 부여하는 '지속적' 운동의 신진대사를 만들어
낼 수 있다. 이 작용은 모차르트의 법칙을 어느 정도 입증해
준다.

o

멜로디와 반주의 관계—묘사와 강약과 타이밍의 문제로서—
는 결코 빠뜨릴 수 없는 주제이다. 독립적이면서도 상호작용
적인 이 두 궤도를 측정하려면 이 둘의 각각 다른 곡선을 구상
할 수 있는 항상 새로운 정교함과 통찰력이 필요하다. 각각 근
본은 다르지만 공통된 운명에 처한, 완벽하지만 위험한 동맹
관계를 맺고 춤추는 경험 많은 사교댄스 커플을 탄생시키듯
이 둘이 어떻게 일치하고 어떻게 다른지 알아야 한다.

　지휘자 클라우스 텐슈테트는 제1바이올린보다 제2바
이올린을 지휘하는 것이 더 중요하며, 따라서 멜로디보다 반
주를, 겉모습보다 바탕을 드러내는 것이 더 중요하다고 말한
바 있다. 우리 선생님에게서도 이와 비슷한 말을 들은 적이
있다. 작곡가이자 지휘자인 알렉산더 폰 쳄린스키(쇤베르크
의 스승)가 제1바이올린과 제2바이올린이 절대로 같은 박자
로 연주하면 안 된다고 말했다는 것이다.

　그러나 배경 성부와 멜로디를 영원히 분리하려고 하
기 전에, 기능과 성향이 아무리 다르다 해도 이 둘의 공동 목
적과 밀접한 관계를 다시 한 번 상기해야 한다. 어쨌거나 이

둘은 때때로 대화를 나누어야 하고, 표현 목표를 강화하고 지원해야 하며, 서로의 이해관계를 조화시켜야 한다(등을 맞대고 포옹하겠지만). 하나와 다수의 필연적인 역설이 영원히 작용하기는 하지만 이 둘의 여러 가지 교류에 의해 소리와 특성의 새로운 화학 작용이 일어나기 때문이다. 그러나 솔로 연주자의 송시와 애가는 항상 외로움과 구원과 모험의 이미지를 불러일으킬 것이다. 이런 이미지들은 다소 우호적인 반주 성부에도 완전히 쇠퇴되지는 않는다.

O

드뷔시의 모음곡 〈판화Estampes〉에 들어 있는 '그라나다의 밤 Soirée dans Grenade'은 작곡가의 지시에 따라 '냉담한 기품'을 가지고 연주해야 하는 하바네라* 춤곡이다. 내 학생들 중 한 뛰어난 학생은 템포 지우스토**가 붙은 제17마디에서 이 곡의 달콤쌉쓸한 아이러니와 불길한 징조를 느끼게 하는 **활기**를 지탱하기 위해 **활력**을 충분히 넣어 화음을 연주하는 것을 소홀히 하곤 한다. 화음에 활력이 없으면 작품의 활기가 살아나지 않는다. 나는 궁리 끝에 "카스트로 이전의 쿠바의 소리처럼" 연주하라고 충고한다. 아무 소용이 없다. 이번에는 "재즈 밴

- 탱고 비슷한 쿠바의 춤.
- ● 정확한 빠르기로 연주하라는 말.

317

드의 금관악기처럼, 토미 도시나 해리 제임스처럼"" 연주하라고 한다. 좀 낫다.

그건 그렇고 다시 시작 동기로 돌아가자. 부점이 늘어진다. '냉담한 기품'이 없다. 냉담한 운명에 대한 냉담함이 없는 것이다. 여기서 충고 한마디: "16분음표를 유혹자의 거짓 키스처럼". 바로 그거야. 훨씬 좋아. 아무튼 이런 식으로 주사위를 던지며 의미를 풀어나간다. 여러 가지 사건에서 어떤 목적이 드러날 때까지 뜨거운 석탄 위를 조심조심 걸어간다.

작곡가 안톤 베베른의 강의록에는 대중의 듣는 습관을 비판한 대목이 있다. 대중은 푸른 들판이나 파란 하늘이나 그 비슷한 것이 떠오르지 않으면 만족하지 않는다는 것이다. 베베른은 무엇보다도 정교함과 명료함을 추구한 작곡가로서 악상의 내용과 묘사만으로 악상이 전달될 수 있다고 확신했다. 물론 그는 위대한 작곡가였지만 솔직히 말해서 그의 그런 생각은 은유와 특징 묘사를 좋아하는 내 취향과 잘 맞지 않는다. 이렇게 말할 수밖에 없지만, 왜 안 된단 말인가? 푸른 들판이나 파란 하늘을 떠올리면 안 되는 건가? 그럴듯한 이미지나 특성을 떠올리면 안 되는 건가? 작곡의 목적은

● 토미 도시는 트롬본 연주자로, 해리 제임스는 트럼펫 연주자로 이름을 날렸으며 둘 다 규모가 큰 이른바 '빅밴드'를 결성하여 퓨전 재즈의 열풍을 불러일으켰다.

악상의 핵심이, 악상의 생김새와 특징이 두드러지게 하는 것이다. 다른 목적은 없다. 물론 곡을 잘못 이해할 위험은 항상 있다. 그러나 곡을 그 자체로서, 또는 음악이 항상 추구해야 하는 표현적 영역의 한 예로서 올바로 이해하게 하는 가장 좋은 방법은 이런 위험을 장려하는 것이다.

O

선생님은 항상 작품의 성격이 뭐냐고 물었다. 우리 모두 잘 알다시피 작품의 성격을 정확히 파악하는 것은 셜록 홈스의 미스터리 소설에서 범인을 찾아내는 것만큼이나 어려운 일이다. 정체를 밝히기 전까지 수많은 틀린 단서가 있다. 하지만 이런 단서들을 추적하는 것은 진실이 밝혀졌을 때의 놀라움을 더해준다. 요제프 호프만이 레슨을 받으면서 어떤 곡을 건성으로 연주하기 시작하자, 그의 무서운 스승 안톤 루빈슈타인은 즉시 연주를 중단시키고 늘 하는 그 질문을 했다. "작품의 성격이 뭐냐? 극적이냐, 비극적이냐, 서정적이냐, 낭만적이냐, 해학적이냐, 영웅적이냐, 장엄하냐, 신비롭냐? 도대체 뭐지?"

분명히 어떤 성격이 있을 것이다. 그 자체? 하지만 이건 무의미한 말장난이다. 자기만족적이며 자기충족적인 말이다. 작품의 내면적 구조는 그 음악적 가치의 사실적 증거이다. 그러나 음악이건 체스건 물리학이건 그 구조는 나름대로의 분위기와 빛깔과 변덕과 매력이 있는 법이다. 그럼 이 구조는 뭘 지탱하는 걸까? 거대한 조립 세트를 지탱하는 걸까? 방벽과 지하 감옥과 발코니와 뾰족탑과 방이 있는, 가짜지만 그럴듯해 보이는 회랑이 감추어져 있는 거대한 건축물을 지탱하는 걸까?

비교될 수 없는 것도 비교될 수 있듯, 아무리 독특한 것에도 일반적인 특성이 있는 법이다. 뭐가 다르고 뭐가 같은지 밝히는 것, 이것이 바로 과학자와 예술가와 시인이 할 일이다. 모든 사람이 그렇듯이 모든 음악가가 역시 어떤 시정을 가지고 있다면, 이 시인이 자신의 눈으로 보고 나름대로의 성실한 연구를 통해 차별화한 것을 무시할 수 없다. 우리가 말을 이용하여 음악의 성격을 묘사하는 것은 편의상의 한 방법일 뿐이다. 그러나 성격을 밝히는 것은 하나의 의무이다.

나는 젊은이들이 잘 자라기를 바란다. 점차 전선으로 가득 찬 방에서 나와 그들 주변의 모든 생명체에 깃들어 있는 영원한 풍요로움과 기쁨을 연구하기를 바란다. 바람처럼 유연하고, 나뭇잎의 구조처럼 복잡하며, 열대 지방 새들의 색깔과 숲처럼 매혹적인 새로운 음악에 참여하기를 바란다. 인권과 환경 보호를 위한 정치적 운동—음악가들에게 속박된 사람들과 표현을 잘 못하는 사람들과 자연계의 대변인이 돼달라고 요구하는—이 여기저기서 일어나고 있는 것은 매우 고무적인 일이다.

피아노를 친다는 것은 누구나 할 수 있는 개인적인 작업이다. 흔히 말하듯, 우리 모두가 피아노를 친다면 훨씬 더 행복한 세상이 될 것이다. 피아노의 가장 큰 장점은 결국 그 영원한 매력이다. 피아노에 대한 호기심과 연구에는 한계가 없다. 운과 헌신을 발판으로 우리는 점점 발전할 수 있을 뿐만 아니라 초월과 깨달음의 이야기에 좀 더 접근할 수 있다.

인간적이라는 것은 탐구하는 것을 뜻한다. 이 탐구에서 피아노는 이상적인 동반자이자 원천이 될 수 있다. 별들의 특성과 아스라한 야생화의 특징을 읽을 수 있는 은유적 망원경이다. 피아노 줄들과 펠트와 해머로 이루어진 이 소리 상자의 은총을 통해 고독과 친교의 신비가 모든 사람에게 열려진다.

코다

왼손(반주로서의)은 청지기요, 집사요, 시종이요, 가정교사요, 유모요, 완벽한 신사다. 또한 왼손은 배의 선장이요, 심판원이요, 자선가이다. 오른손(멜로디로서의)은 광적이고 변덕스럽고 조울증적이고 까다로우며 자비의 천사다. 이 둘은 공존하며, 때로는 사이좋게 지낸다.

○

이론이 분분하다. 전문 음악가이자 바드대학교 총장인 리언 보트스타인은 우리 젊은이들의 교육에 있어서 자연과학이 우선해야 한다고 주장한다. 아마추어 음악가이기도 한 조지 버나드 쇼는 인문학을 가장 중요하게 여겼다. 두 사람 다 옳다. 음악과 수학은 동일한 법칙을 상반되게 표현한 것이다. 그러나 이 둘 중에서 수학이 더 변덕스러우므로, 삶과 죽음에 대한 위대한 진리가 들어 있는 음악부터 시작해야 한다.

○

피아노를 위해 작곡된 멜로디는 그들만의 독특한 색깔과 터치가 있지만, 현존하는 다른 모든 악기에 어울리는 소리의 특징도 지니고 있다. 피아노로 아름다운 음을 자아내기 위해서는 활 켜는 법, 혀 떠는 법, 가야금의 애끓는 절규, 우드*의 전율적인 소리와 한숨 등을 다 알아야 한다.

○

괴테는 "건축물은 얼어붙은 음악"이라고 했다. 그렇다면 음악은 흐르는 건축물이어야 한다. 형식은 유동적이어야 한다._프레드 애스테어

- 중동 및 아프리카 북부 지방에서 쓰이는 만돌린 비슷한 현악기.

o

테렌스 데 프레Terrence Des Pres는 "인간에 관한 것이라면 그 어떤 것도 나에게는 낯설지 않다"고 했다. 슈만은 거의 항상 발광 상태였다. 음악은 발광 상태의 연속이다. 모차르트의 가장 순수한 선율은 열꽃이 피지 않고는 살아남을 수 없을 것이며, 디도*나 부주의로 사랑하는 여인을 죽인 오르페우스의 혼령이 없이는 살아남을 수 없다.

o

바른 시점에 바른 음을 연주해야 한다. 그러나 특색이 없는 바른 음과, 바른 효과를 위한 틀린 음 중에서 하나를 선택해야 한다면, 어느 것을 선택해야 하는지는 뻔하다. 위대한 예술가라도 완벽하게 연주하지 못하는 경우가 종종 있다. 신이 나무를 만들 듯 음악을 만드는 사람들에게 완벽이란 너무 세속적이고 무상하고 경직된 것이다.

o

음악은 거친 현실을 장식하고 기만할 목적으로 만들어진 환영이다. 그러나 음악이 없으면 메마른 현실은 점점 흐릿해지는, 알맹이도 없고 즐거움도 없는 환영적인 순간이 된다. 다

• 그리스 신화에서 카르타고를 세운 여왕.

행히도 목소리가 잠잠해지면 바람과 물이 소리를 낸다. 그러므로 음악은 어디에나 있으며, 그에 따라 현실이 존속한다 (근근히).

o

음악을 배우는 학생은 몇 개의 작품을 계속 연마하면서 터치와 감수성을 다듬어야 할까? 아니면 잠정적으로라도 여러 가지 다른 작품을 배우면서 레퍼토리와 경험과 판단 수단을 보강해야 할까? 질 대 양, 이 지긋지긋한 논쟁은 생산성을 기준으로 해결되어야 한다. 즉, 상당한 양을 연마하고 나면 그 중에는 잘 다듬어진 것도 있고 잘 다듬어지지 않은 것도 있게 마련이다.

o

자연을 읽는 법과 음악을 읽는 법을 배우고 싶다면 제라드 맨리 홉킨스의 노트를 읽어야 한다(특히 파동의 운동에 대해 쓴 부분). 더 확실히 알고 싶거든, 시인 벤 벨리트가 〈샐머건디Salmagundi〉지(1993년 봄-여름호)에 쓴 논설을 읽어보라. 이런 증언을 통해 세상과 물이 우리가 완전히 정화되어 보고 들을 수 있도록 우리를 어떻게 깨우쳐줄 수 있는지, 우리를 어떻게 '간질일' 수 있는지 알 수 있다.(라벨의《물의 유희 Jeux d'eau》에 쓰인 것처럼)

o

모든 방식의 의사소통이 축약되어 있는 텔레비전의 시대에서 성공을 위한 필수적 재능은 침착이다. 진땀 빼게 하는 영감의 마귀들과 온갖 압박에 흔들리지 않아야 한다. 그러므로 오늘날의 기준에 따르면 신들과 대화를 할 때 생겨나는 절박한 호소와 수사학적 난관을 살펴보는 것보다 자신감을 가지고 음악 속을 헤쳐 나아가는 것이 더 높이 평가될 수도 있다.

o

클라우디오 아라우는 리스트에 대해 이렇게 말했다. "열변. 노골적인 표현. 이 음악을 연주하는 것을 부끄러워하면 안 된다. 소극적으로 표현해서 그를 '바로잡을' 수 있다는 생각은 착각이다."

계속해서, "일반적으로 이 나라의 배우들은 셰익스피어 연극을 공연할 때 거의 항상 소극적인 연기를 한다. 마치 그들의 극중 역할과 삶이 부끄러운 듯이 연기한다. 그들은 사람들이 비웃을 것이라고 생각한다. 그러나 처음부터 끝까지 혼신의 힘을 다해 연기하면 사람들이 비웃지 않고 매료되는 것을 보게 될 것이다. 눈물을 흘리게 될 것이다. 어떤 연주는 작품의 순수한 아름다움 때문이건 절절한 깊은 감정 때문이건 연주자 자신이 눈물을 흘리게 만들어야 한다."_⟨에센

셜 피아노 계간지The Essential Piano Quarterly〉에서

O

초등학교 아이들은 고등학교 아이들보다 정신적으로 더 성숙할 수도 있다. 건강과 동물과 환경에 대한 관심, 그리고 상업적인 유혹에 대해 냉정을 잃지 않는 능력에 있어서 아직 사춘기가 안 된 아이들이 이미 정신적으로 쇠약해지기 시작한 일부 사춘기 아이들보다 더 뛰어나다. 나이가 비교적 많은 학생들은 흔히 경제적 불안과 냉소주의의 희생양이 되지만, 나이가 어린 학생들은 헌신적인 교사들과 부모들의 전체론적이고 개화된 가르침의 덕을 입고 있다.

O

생각이 깊은 많은 관측자들이 교육적 수준의 하락은 학군제의 팽창 때문이라고 지적한다. 여기에는 의문의 여지가 없지만, 교사의 지위의 하락도 연관이 있다. 창조적인 사람들은 굶어 죽을 수밖에 없을지 모른다. 이것은 이들의 천재성과 독립성의 무작위적인 부산물이다. 그러나 창조 작업을 설명하고 찬미하는 교사들에게는 위정자의 특권과 존엄성이 부여되어야 한다. 이들은 나라와 문명의 안녕을 짊어지고 있기 때문이다.

o

사회 문제는 구할 수 있는 일자리의 성격이다(인류학자 에드
워드 사피어의 저서를 참고할 것). 만일 인간이 만들어지고
팔리는 물건이 되지 않고 물건을 만든다면 성향이 훨씬 더
밝아질 것이다. 계란은 몸에 좋은 것이 되고, 사람들은 부분
이 아닌 중심을 갖게 될 것이다. 일과 노동은 다른 것이다.

o

콜 포터Cole Porter와 호기 카마이클Hoagy Carmichael*, 게리 쿠퍼
Gary Cooper와 벳 데이비스Bette Davis의 시절에는 대중문화가
진지한 문화와 자연스럽게 섞였다. 그런데 어느 시점에서 이
화합이 갑자기 깨져버렸다. 요즘 영화와 뮤지컬은 분별력을
어지럽히고 조롱하고 압도하려는 소란과 허무주의의 향연
을 즐기는 것 같다. 이런 단순한 시각에서 볼 때 진지한 문화
는 어설픈 시대착오로 간주된다.

이 두 가지 세계관 사이의 긴장, 아니 분열은 점점 더
심화되고 있다. 주어진 이 틀과 확신에서 둘 중 하나는 위험
할 정도로 과장된 것임에 틀림없다. 이런 상황에서 우리는
어떻게 해야 할까? 그저 가만히 앉아서 빙글빙글 웃으며 묵
묵히 따를 수밖에 없는 걸까? 노는 데 정신이 팔린 철없는 아

---

* 둘 다 대중가요 작곡가로서 1930-50년대 미국의 대중문화를 이끌었다.

이들처럼?

잊지 말자. 미학적 및 심리학적 관점에서 생각할 때 예술 작품이 살아남으려면 그에 대한 반응이 직접적인 **동시에** 신중한 판단에 의한 것이어야 하고, 감정적인 **동시에** 이성적인 것이어야 한다는 것을.

o

의문: 전자 문화가 살아남을 수 있을까? 그렇게 무질서하고, 비문명적이고, 순간적인 세계관이 문명화된 기준에 맞도록 조절될 수 있을까? 언제든지 즉시 마음껏 이용할 수 있다고 유혹하는 괴물이 제멋대로 날뛰게 된다면, 과연 생각이 충동을 당할 수 있을까?

곧 전환점이 올 것이다. 현실은 이해할 수 있을 뿐 통제할 수는 없는 것이며, 그러므로 가상현실은 거짓이라는 것을 누군가 지적할 것이다. 그런 다음 머지않아 사람들은 텔레비전을 내다 버리고, 손으로 '물건을 만들고 키우기' 시작할 것이다. 그리고 괴테의 현대 후계자 같은 사람이 나타나서, 통일된 생각과 느낌과 행동으로 몸과 영혼과 마음과 정신이 함께 작용하지 않는 한 인간의 현실은 충족될 수 없다는 결론을 내릴 것이다.

o

어쨌거나 멜로디는 여전히 여왕벌이다. 다른 목소리들은 열심히 여왕을 보좌함으로써 집단을 위해 봉사해야 한다. 여왕의 건강과 안녕과 광채가 없으면 집단 전체 ─ 그리고 곡 ─ 가 살아남을 수 없기 때문이다.

o

궁극의 목적, 모든 것, 모든 것의 귀결, 즉 무지개 끝의 그 참을 수 없는 가벼움은 칸타빌레의 특성이다. 그러나 파를란도*가 없는 칸타빌레는 가사 없는 노래와 같다. 모든 노래에는 가사가 있다. 특히 애매모호한 언어가 폭로하지 않은 모든 감정을 울리게 만드는 무언의 가사가 있다. 파를란도를 이루는 것은 말 자체가 아니라 말의 근원과 갈래, 말의 영혼과 문법이기 때문이다. 요컨대 이것을 웅변술이라고 한다.

o

곤혹스러운 주제와 고삐 풀린 망아지 같은 노래를 연주할 때 쓸 수 있는 유용한 공식이 있다. 멜로디는 파를란도로, 반주는 칸타빌레로 연주하는 것이다. 칸타빌레는 감상과 음조를 결합해주는 언어로서 보조 성부를 바람직하게 조절해주는

- 말하듯이 연주하라는 말.

경우가 많기 때문이다. 멜로디는 불평을 잘 늘어놓고 약속과 항변을 잘하므로, 여러 가지 주장을 표현하기 위해 파를란도 터치를 잘 이용할 수 있다. 물론 그럴 필요가 있는 상황에서 그렇다는 말이다.

o

멜로디는 연인과 용사와 사제의 목소리로 말한다. 그런 것이 일반적인 예상이나. 하지만 어떤 멜로디에는 기억과 역사와 지혜와 고통이 들어 있다는 것을 알아야 한다. 이 점에서 볼 때 그런 소리는 여러 세대 전의 목소리를 반영해야 한다. 그러므로 조상을 생생하게 기억하고 있는 멜로디는 그 내용과 꿈과 동경과 계획과 의문의 미묘한 시련을 잘 재현할 수 있다.

o

브람스는 저음부는 소프라노만큼 중요하다고 말했다. 이 둘은 음악의 양대 긴장이고, 양극단이며, 경계선이다. 소리가 명료하려면 짜임새가 있어야 한다. 끈적끈적한 내용물이 흘러넘치면 안 된다. 분출하고 폭발하고 황폐화시키는 것은 괜찮지만 이 우주의 안정과 신성함과 질서를 해치면 안 된다. 그렇지 않으면 영원에 대한 꿈과 환상을 품고 있는 음악은 우옷갑처럼 구겨져버린다.

O

내키지는 않지만 로큰롤에 대해 우호적인 말을 한마디 하자면, 그 음과 가사 속에 줄기찬 힘이 들어 있다. 평등한 기회라는 이름으로 모든 인종과 종교의 사람들이 출발선에 소환된다. 하지만 메시지가 조악하게 만들어져서 내가 먼저라는 욕망과 집착의 케케묵은 유아독존론으로 타락해버렸다. 방종한 선동과 파괴는 명분 없는 반역이 된다.

O

학생에게 기대하는 것은 혼란과 수양이다. 다시 말해서 미로에 있는 듯 자유분방함에 대한 감각, 산발적이고 무질서하지만 직관적인 통찰력, 그리고 측량 기사와 대장장이와 카드놀이 사기꾼의 냉철한 직업윤리를 갖추어야 한다.

O

학생이 선생에게 배워야 하는 것은 균형이다. 중용을 말하는 것이 아니다. 교사는 인간성의 모든 측면을 가지고 있되 좋은 측면을 강조하면서 모든 측면의 균형을 추구하는 성품의 본보기가 되어야 한다는 말이다.

O

우리 젊은이들에게 있어서 가장 미숙한 능력은? 다시 말하지만 그것은 바로 아이러니의 능력이다. 이 능력이 결핍된 것은 "양다리 걸치면 안 된다"며 끊임없이 위선적으로 비난하는 미디어와 정치가들에 의해 심하게 왜곡돼버린 현대 문화 때문이다(부분적으로). 이들이 서로 공격하는 사이에 삶과 예술을 평가하는 최선의 방법이 사라져버린다. 양다리를 걸치는 것은 서로 경쟁적인 주장과 이념에 대한 유일한 '깨달은 대응'이다. 두 가지 관점을 놓고 보면 그 정도는 다를지라도 둘은 모두 상당한 인정을 받고 있고, 다루기가 쉽고 재미있다(조화를 이루는 것은 아니지만).

아이러니가 없으면 냉소주의와 탐욕에 점령된다.

○

피아니스트들과 아이들과 기타 이해관계자들의 정신적 회복은 다음과 같은 순서에 따라 단계적으로 진행될 수 있다. 맨 먼저, 의지와 자극에 의해 모욕감으로 바뀌는, 모든 감정의 어머니 '분노'에서 시작된다. 그런 다음에는 부정을 인식하게 되고, 이어서 일반적인 공감대와 정의에 관한 관념을 조성한다. 그런 다음에는 확신과 긍정을 갖게 되고, 마지막으로 기쁨을 느낀다. 그리하여 두려움의 파수병인 혐오와 자기혐오가 온화함으로 누그러지고, 마침내 음악가들은 복음을 전파할 수 있다.

분노는 완전히 정복될 수 없다. 순화될 수 있을 뿐이

다. 순화는 절제와 성취의 과정이며, 모든 교육의 근본 이념이 되어야 한다. 인정되고 개선된 분노는 공상과 창의성의 원천이 되기 때문이다.

o

브람스의 헝가리적 측면, 모차르트의 터키적 측면, 또는 폴란드적이자 프랑스적인 쇼팽, 프랑스적이자 러시아적인 스트라빈스키. 이것들은 '스타일'과 그 종자從者 '이성'의 단조로운 습관 밑에 쉽게 파묻혀버리는 정신적 실체의 대표적인 본보기다. 모든 생각과 멜로디와 창조는 이와 상반된 것을 품고 있으며, 이것이 없으면 진부함밖에 남지 않는다. 모든 작곡가들 중에서 모차르트는 아라비안나이트와 부조리주의 작가들 같고, 베토벤은 막스 형제* 같고, 하이든은 베케트와 버스터 키튼**, 바그너는 판타지 아일랜드***와 비슷한 경향이 있다.

- 1930-40년대에 현실을 통렬하게 풍자한 난센스 코미디로 많은 사랑을 받은 미국의 4인조 형제 코미디 팀.
- •• 1920년대 무성영화 시대에 할리우드를 풍미한 코미디 배우이자 감독.
- ••• 1977년부터 1984년까지 방영된 미국 ABC 방송국의 주간 드라마. 우리나라에서도 방영된 이 드라마에서, 일주일에 두 명씩 이 '환상의 섬'에 초대된 사람들은 이 섬에서 평소 품고 있던 꿈과 환상이 실현되는 기쁨을 맛보는 한편 소중한 교훈을 깨닫는다.

○

빛의 본질은 입자일까 파동일까? 선율의 본질은 입자일까 파동일까? 물론 이 둘 다에게 있어서 입자와 파동은 똑같이 필수적인 요소이다. 이 두 가지 요소는 번갈아 작용하지 않고 동시에 작용한다.

○

아홉 명의 뮤즈 여신들 중에서 세 명이 음악을 관장하고 있다. 에우테르페Euterpe, 에라토Erato, 폴리힘니아Polyhymnia, 이 셋은 각각 피리와 하프와 성가를 맡고 있다. 그러므로 음악의 발상지는 초원과 안마당과 사원 또는 그 근방이다. 하지만 우리가 음악을 공부하고 표현할 때 희극과 시와 비극, 그리고 무엇보다도 춤의 여신 테르프시코레Terpsichore를 간과할 수 있을까? 우리 악보에는 역사와 천문학에 관한 이야기도 많이 있지 않은가?

○

손가락 끝은 음에서 꿀을 추출하는 꿀벌이다. 손가락 끝은 음의 유혹적인 불꽃의 표적이 되는 나방이다. 손가락 끝은 각 건반의 여울목과 힘줄을 따라 기어가는 애벌레이다.

o

콩쿠르에서 결선이나 준결선에 오른 참가자들 중 심사 위원들에게서 배운 학생의 비율이 터무니없이 높을 경우가 많다. 마치 음악적 특성을 항목별로 나누고 합계를 낼 수 있다는 듯, 인위적인 점수로 학생을 평가하는 관행은 더더욱 터무니없다. 이 방법을 옹호하는 사람들은 공공연한 파벌주의를 막기 위해 고안한 방법이라고 말하지만, 글쎄다.

o

지금까지 나는 '이완'의 일반적인 개념과 그 현혹적인 의미를 뚜렷하게 구분하지 않은 것 같다. 이완의 참된 의미가 곡해될 수도 있으므로 분명히 밝히고자 한다. 클래식 음악의 악보와 연주에 깃들어 있는 수수하고 장엄한 아름다움은 영감의 원천과의 교섭과 여유로운 마음가짐을 요한다. 서두르지 말라는, 악상을 짓밟지 말라는 모든 지시는 필수적이며, 반드시 준수해야 한다. 이런 원칙을 비롯하여 기타 보다 실제적인 원칙은 절제되고 다듬어진 호흡을 바탕으로 피아노에 신체적 및 정신적 힘을 전달하는 영혼에게 여유로움을 제공해준다. 느슨한 마음가짐이 아닌 평온한 마음으로 음악의 메시지에 충실해야 한다.

o

멜로디 음을 친 직후에 조심스럽게 조금만 페달을 밟으면, 레가토를 지탱해주는 '후광' 효과를 낼 수 있다. 부조니도 이런 말을 했다. 이것은 그리 쉬운 기술이 아니지만, 멋진 장식적 기교의 하나가 되어야 한다.

o

레가토는 피아니스트가 짊어져야 할 난제이자 십자가이다. 우리는 반사적으로 '연결'을 생각하게 된다. 그러나 단순한 물리적 연결은 하나의 도구일 뿐이다(흔히 기계적인). 레가토는 마음가짐이다. 배를 타지 않고 루비콘 강이나 홍해를 건너는 것과 같다. 이것은 제스처와 강약과 타이밍의 문제이지만, 악절의 구조에 대한 이해가 전제되어야 한다.

o

빌 코스비는 나이가 들면 쓸데없는 곳에만 털이 나고 가장 원하는 곳(머리 위)에는 안 난다고 투덜거린다. 이와 마찬가지로 우리의 그랜드 피아노는 생각할 수 있는 모든 음역의 풍부한 음을 만들어내지만, 정작 우리가 진정 **필요로 하는** 최고 음역의 음은 만들어내지 않는다. 바로 고음부에서.

그리고 우리의 가장 연약한 손가락들이 가장 중요한 음들을 책임지고 있으니, 이 얼마나 막중한 책임인가!

o

소리의 중심이 되는, 재잘거리는 소리나 우르릉거리는 소리 등 주변의 온갖 소리의 공급원이자 중심축이 되는 왼손 엄지 손가락의 역할에 대해 다시 이야기해보자. 나는 항상 이 엄지손가락을 피아노 오케스트라의 프렌치 호른으로 여겼다. 그렇지만 내 지친 귀를 실망시키는 경우가 너무 많아서 이런 이미지를 바꾸게 되었다. 지금은 엄지손가락을 소리의 목사라기보다는 소리를 섬기는 첼로의 대용물로 여긴다. 그리고 학생들에게도 불지 말고 켜라고 한다. 그러면 학생들은 갈피를 못 잡는다.

늙었다는 징조다.

o

베토벤의 첫 번째 피아노 소나타 〈작품 제2의 1번〉의 전개부는 정교하고 암시적인 동기 묘사의 좋은 본보기다. 학생들에게는 프레이즈의 구성의 전개(내면적 활동과 변형)를 인식하는 것보다 더 중요한 것은 없을 것이다. 많은 학생들(사람들)이 정신적 및 기능적으로 정적인 상태에 있기 때문이다. 온 아니면 오프, 빠르게 아니면 느리게, 크게 아니면 작게, A 아니면 B, 둘 중 하나다. 그러나 효과적으로 표현된 악절의 운명은 이 우직한 양극성을 반박한다. 수많은 우여곡절, 대조와 상충, 사고와 장애물은 삶의 본질과 음악의 도약을 나타낸다. 결국 이것은 일종의 자유라고 하겠다. 정확히 말하자면 행성들의 궤도를 아는 자유이다.

o

학생들은 흔히 이렇게 말한다. "이런 식으로 치면 이상해요." 하지만 학생에게 맞서고 도전하는 것은 우리 교사의 본분이다. 학생에게 자연스러운 것보다 자연스럽지 않은 것을, 그가 모르는 것이나 내면에 묻혀 있는 것을 가르치는 것이 우리가 할 일이다. 중요한 통계 자료, 적절한 이미지, 신비로운 통찰력 등 모든 것을 제시해야 한다. 그러면 학생들은 언젠가는 그것들을 혼합하고 조화시키면서 적절한 것을 선택할 것이다. 그러나 지금은 전부 아니면 얼어붙은 무無이다. 우리 자신의 나태한 버릇이 그들의 나태한 버릇을 악화시킨다.

o

문법이 없으면 드라마도 없다.

o

음악 평론에서 찾아보기 힘든 말(또는 개념)이 둘 있다. '창의적'이라는 말과 '상상력이 풍부한'이라는 말이다. 이것은 작곡가와 연주자의 결함일까 비평가의 결함일까? 아니면 탈

구축주의의 탐욕스러운 질주의 한 부분일까, 고대 역사의 가장 기괴한 최신 버전일까, 비평가의 복수일까?

○

둘, 셋, 넷, 다섯…. 똑같은 목소리로 똑같은 감정을 표현하는 연주자가 갈수록 많아지고 있다. 세부적 표현과 뉘앙스가 천편일률적이다. 오늘날 지배적인 실내악의 이상은 가장 낮은 수준의 미적 취향에 호소하고 있다. 음악적 내용과 특성이 변함이 없어야 한다면 뭐 하러 실내악을 작곡할까? 저마다 독특한 목소리들이 모여 공통된 화제에 대해 열정적으로 의견을 교환하는 심포지엄의 이상은 도대체 어디로 사라져버린 걸까?

오늘날의 이런 쇠퇴는 매끄러움과 능률을 비평가와 소비자를 완벽하게 결속시키는 궁극적 기준으로 삼는 BMW 신드롬 때문이라고 할 수 있다. 이런 음악적 기준에서 벗어난 것은 쉽게 식별할 수 있기 때문에 개화된 토론(실내악)에 필수적인 다양한 목소리를 창의적으로 검토할 필요가 없다.

○

기초적인 음악 이론 및 음악사 과목 외에 음악도에게 적절한 교과 과목에는 연역법, 신화학, 생태학, 관련 예술 및 문학,

언어, 우주학, 기사도, 탱고 등이 들어가야 한다.

o

작곡가는 음표를 만들고, 연주자는 소리를 만든다. 둘 다 필수불가결한 존재이지만 오직 한쪽(작곡가)만이 다른 한쪽 없이 살아남을 수 있다. 그러나 파괴할 수 없는 음표는 순간적이고 위안적인 소리의 서곡일 뿐이다.

o

유머는 놀이와 장난에 무자비한 신들을 위한 것이다. 변덕은 다툼이나 질시나 충돌이 없는 음악을 위한 것이다. 음악은 불확실한 시대와 우주적 무관심에 대처하여 살아남기 위한 학문이다. 베토벤이 웃을 때에는 조롱하거나 모욕하는 것이 아니다. 우아함과 발놀림과 지혜를 이끌어내기 위한 교훈으로서 변덕의 그림을 그리는 것이다. 미소와 윙크로, 삶의 바나나 껍질에 맞서는 용기로 불확실성의 원칙을 활용하는 것이다. 찰리 채플린을 떠올린다. 베토벤의 〈피아노 소나타 작품 제10-3번〉 마지막 악장을 보라.

o

셸리의 말대로 시가 본래의 창의적 생각을 부적절하게 옮겨 적은 것에 지나지 않는다면, 부조니의 말대로 음악 연주가 이미 옮겨 적었고 한때 제거된 적도 있는 본래의 악보를 잠정적으로 옮기는 것에 지나지 않는다면, 탄생할 때 손상되었거나 이미 죽은 악보를 재구성하는 것과 같은 이른바 '객관적인' 연주에서 무슨 희망을 기대할 수 있겠는가.

끊임없이 바뀌는 연주장, 음향, 악기, 바이오리듬, 구상, 문화적 상관관계 등 다른 변수들은 말할 나위도 없다. 게다가 역사의 온갖 절박한 상황에서 살아남은 악보는 만질 수만 있을 뿐 소유할 수는 없다. 그렇지 않다면 아무 죄도 없는 컴퓨터가 창조를 할 수 있을 것이며, 창조의 신비를 이해할 수 있을 것이다. 그리고 작곡가들은 자신의 음악이 항상 똑같은 방식으로, 위험이나 모험 없이 연주되는 것을 듣게 될 것이다. 그럼 음악은 박물관에 들어가야 한다.

o

의미에 관한 음악 지도는 세 부분으로 나뉜다. 1) 형식적 정보. 서로 다양하고 복잡한 관계를 맺고 있는 음의 높낮이, 지속, 강약 등 순전히 음악적인 요소들에 한정된다. 2) 여러 가지 심리 상태(기분). 즉, 여러 가지 표현 방식에 수반되는 감정이 일반화된 영역들과 그 특색(시간과 습관에 따라 달라지는). 3) 소리의 다양한 결합과 패턴에 의해 만들어지는 독특하면서도 난해한 시적 이미지. 즉, 전개되는 음악이 영과 혼의 시네마로 펼쳐지는 은유적 연상의 축제, 또는 사슬에서 풀린 프로메테우스. 하지만 이것은 아무리 뛰어난 기술과 확신으로도 완전히 전달할 수 없는 은밀한 시네마이다.

이 세 길은 삼각관계를 이루고 있다. 영원히 상호 의존적이면서도 영원히 서로의 권위를 시기한다.

o

정보와 지식을 바탕으로 음악 작품을 해석하려면 두 가지 상반적이면서도 상호 보완적인 관점을 고려해야 한다. 하나는 감히 범할 수 없는 안정된 구상을 추구하는 플라톤식의 이상주의적 관점이고, 다른 하나는 작품의 경험적 세부 및 사건에 초점을 맞추는 아리스토텔레스식의 경험주의적 탐구이다. 결론: 환영하지 않는 침입자들이 들어오지 못하도록 사원을 엄중하게 지키되, 사원의 조각물과 건축학적 특징을 다듬는 것에 대해서는 성실하게 기꺼이 응해야 한다.

고전주의 및 낭만주의 시대의 봉건 영주들이 뒤에 숨어 있다(각각 형식과 공상을 상징한다). 하지만 이 마피아 두목들은 지속적인 언어 남용에 의해 거의 치명적인 부상을 입었다. 사실 이들은 오해와 곡해의 피난처가 되었다(특히 통일성 대 다양성의 문제와 연관하여). '고전적'이라는 말의 개념은 전통적으로는 꾸밈없는 형식의 상징이지만, 실제로는 고전주의 시대 음악의 특징인 다양한 주제와 세부와 논리적 표현의 과정을 뜻한다. 한편 낭만주의 음악은 공상적인 구성과 우회적인 표현 때문에 낭만적이라고 여겨지지만, 보다 단순한 구조와 기본적인 형식과 더 적은 대조적 악상을 이용함으로써 조금도 흔들리지 않고 오직 한 가지 목표를 향해 곧장 날아가는 비행 곡선으로 상징될 수 있다.

아무래도 고대 그리스인들이 다시 한 번 우리를 도와주어야 할 것 같다.

o

사람들(음악가들뿐만이 아니다)은 음악적 통일성에 대해 생각할 때 하나의 악상, 하나의 템포, 하나의 감정, 하나의 방향, 하나의 운명을 떠올린다. 작곡가들(아주 드물게 연주자들도)은 음악적 통일성에 대해 생각할 때 이 일방적인 편집광을 훨씬 더 큰 그림에 융합시킨다. 열렬한 자연주의자인 화가들은 상호 보완적인 이미지와 아이디어를 결합해서 통일성을 묘사한다. 그 차이는 웅장한 성당과 기능적인 마천루의 차이와 같다. 음악에 있어서는 조화롭게 연결된 대조적인 모티브와 리듬과 구성이 다양하고 공생적인 변수들의 영역 안에서 공존한다. 반복은 그 출발점이지만 결과는 기묘하고 반역적이라고 부를 수 있을 만큼 매우 풍성하다. 삶의 이름으로, 재미의 이름으로, 정확한 보고의 이름으로.

진정한 연주는 아무리 상충적인 변수들이라도 유연하

면서도 복잡한 균형을 이루게 한다. 그 결과는 통일성과 다양성의 50대 50 타협이 아니라 서로의 모든 가치를 흡수하는 것이다. 상반된 요소들의 화해와 조화에 의한 통일성은 편중된 추진력에서 비롯되는 통일성보다 훨씬 더 심오한 것이다.

o

음악의 매력은 모든 감각에 대한 무차별적인 호소에 있다. 멋과 꿈이 있는 연주, 적절한 터치에 의해 만들어지는 아름다운 소리가 있는 연주는 무차별적인 청중의 사랑을 받을 것이다.

o

현대 사회에는 대중 매체와 조정된 대중만 있다. 이 둘은 정확히 똑같은 것이 되었다. 현대 사회 특유의 시기와 방종의 가치관을 그대로 보여주는 완벽한 영합이다. 그래도 자비로운 본능이 살아남을 수 있다는 것은 인간의 놀라운 유전자와 창의력을 입증해준다.

o

피아노의 한 옥타브 안에는 흰 건반 일곱 개와 검은 건반 다섯 개가 있다. 흰 건반은 수도 더 많고 손과 눈에서 더 멀리 떨어져 있기 때문에 식별하기도, 연주하기도 더 힘들다 (특히 E내추럴/ F내추럴, B내추럴/ C내추럴의 무완충 지대). 검은 건반은 거품 같은 흰 건반의 바다 위로 솟아오른 빙하와 같다. 이 위에 내려앉는 것이 훨씬 더 쉽다. 교훈: 균형과 기교와 균등을 위해서는 흰 건반에 조금 더 집중해야 한다.

o

내가 자꾸 양손 사이의 힘과 말하는 듯한 표현 방식의 차이를 강조하는 바람에 단성음적 짜임새에서 왼손의 역할만 중요하게 생각될 수도 있겠다. 반주는 박자와 화성을 만들어내고 전체적인 지원 체계 역할을 하는 등 여러 가지 임무를 맡고 있지만, 대위적인 암시도 중요한 임무이다. 정교하게 쓰여진 반주의 다양한 패턴에는 엄청난 활력이 잠재돼 있다. 반주의 뮤즈는 멜로디의 원천처럼 변화무쌍하고 자유분방하지는 않지만 그 못지않게 예민한 내재적 강약과 명료한 연주를 요한다. 배경 요소들이 아무리 형식적이거나 이미 정해져 있다고 하더라도 생물학과 수사학의 법칙이 여전히 작용한다. 자연 발화 또는 동조 발화로부터 자유로운 것은 하나도 없다.

○

팝 테크노크라트들은 우리 악기를 '어쿠스틱 피아노'라고 한다. 한마디로 어이가 없다. 현대 전자식 키보드가 표준 피아노이고 우리가 쓰는 전통적 피아노는 무슨 변종이란 말인가? 게다가 많은 경험 많은 해설자들이 입버릇처럼 "피아노 리사이틀은 죽었다"고 말한다. 흥! 죽은 것은 기성 체제일 것이다. 화기애애하고 성대한 모임에서 한 사람이 하나의 악기로 서양을 비롯한 세계의 모든 역사를 고상하게 표현할 수 있다면 장례식은 너무 성급한 것이다. 반대로 나는 여러 세대의 지혜를 결합하여 보다 개인적이고, 직접적이고, 자유롭고, 강하고, 정교한 피아노 연주의 기초를 세우는 부활을 기대한다. 아직 모자를 벗지 마시오. 다음 세대의 젊은 예술가들의 연주를 들을 때까지 기다리시오!

○

바순의 깔깔대는 웃음소리: 왼손의 율동적인 반주와 악절 연주의 좋은 본보기.

○

하지만 건서 슐러가 나를 위해 작곡한 피아노 곡의 한 왼손 악절에 대해 "바순 같은 소리가 나게 할까요, 호른 같은 소리가 나게 할까요?" 하고 묻자, 그는 "피아노 같은 소리가 나야

죠"라고 대답했다. 유용한 교훈이다.

O

교훈 이야기가 나와서 하는 말이지만, 슈나벨이 연주한 베토벤 피아노 소나타를 들어보라. 악보에 들어 있는 정보를 소화하고 연주하는 능력이 모범적이고, 다면적이며, 심오하다. 객관적인가? 베토벤의 변화무쌍한 터치를 다듬고 정리하면서 정중하게 순종하는 오늘날의 피아노 거물들의 사이비 객관성보다 훨씬 더 객관적이다. 악보에서 가장 두드러지고 암시적인 세부(종종 아주 미세한)가 일반성과 충성의 세력에 의해 순순히 길들여진다. 하지만 충성은 성실과는 다른 것이다.

O

베토벤이 총애한 제자 페르디난트 리스Ferdinand Ries가 그의 스승이 작곡한 〈변주곡 작품 제34번〉을 연주하다가 틀린 음을 쳤을 때, 스승은 이것을 단순한 실수로 여기고 너그러이 용서해주었다. 그러나 리스가 문제의 그 악절을 연주하다가 특색을 잘못 나타내자 베토벤은 화를 버럭 냈다. 리스는 스승을 만족시키기 위해 그 악절을 열일곱 번이나 다시 연주해야 했다.

  리스는 스승 베토벤과 똑같이 잘 쳤다고 주장했다. 만

일 그의 주장이 사실이라면, 베토벤보다 재능이 부족한 우리 교사들 중 몇몇은 눈이 동그래질 수밖에 없다. 학생들이 우리의 이의 제기와 주장을 꿰뚫어볼 수 있을까?

O

베토벤을 연주할 때에는 베토벤을 섬겨야 한다. 아니, 베토벤을 대신해야 한다. 아니, 베토벤이 되어야 한다.

O

가장 중요한 것은 다양성과 통일성, 사건과 추진력, 변형과 구조가 균형을 이루는 것이다. 현재의 기준에 따르면 사건이 흔히 표백되거나 물 밑으로 잠겨버리고, 독특한 표현을 장려하지 않는 지배적인 '긴 선율'만 부각된다.

O

나는 언제나 지역사회 피아노 교사들의 모범에 감탄한다. 아이들과 대의에 대한 그들의 헌신과 관심과 성실은 회장들과 대표이사들, 기타 프로들의 행동보다 훨씬 더 고무적이다. 혹독한 난관에도 굴하지 않는 그들의 용기에 그저 고마울 따름이다. 그들은 음악과 피아노 연주가 궁극적이고 영구적인 선물임을 증명한다.

O

유려함과 기품, 활력과 매력, 성실과 꿈. 이것은 삶의 게임이
요 음악의 삶이다.

옮긴이의 말

우리나라의 여러 이름난 피아니스트의 스승이기도 한 세계적 피아니스트가 피아노에 관한, 음악에 관한, 삶과 우주에 관한 단상을 쓴 이 책을 출간하게 되었다는 소식을 듣고 무척 반가웠다. 언제부턴가 우리나라에서 세계적인 피아니스트들이 배출되면서 피아노가 마치 기본 교양 과목처럼 되었으나, '피아노'라는 주제로 특정되어 있는 이 책이 과연 얼마나 많은 사람들에게 읽힐까 하는 걱정이 마음 한구석에 있었다. 그러나 역시 좋은 책을 알아보는 눈은 언제 어디에나 있다.

기타만 조금 다룰 줄 아는 나에게 이 마에스트로의 산문집을 번역해달라는 의뢰가 들어왔을 때의 설렘과 두려움이 지금도 생생하다. 왜 나는 이렇게 '쉽지 않은' 책을 주로 맡게 될까…. 그러나 다행히도 이 책은 피아노를 아는 사람만 이해할 수 있을 기술적인 이야기도 꽤 있지만, 그렇다고 피아노를 잘 알거나 직접 치는 사람들만을 위한 책은 아니다. 이 책은 피아노라는 매혹적인 소리통이 우리에게 선사하는 공명과 깨달음에 관한 이야기다.

"피아노 연주는 자연과 조화를 이루는 것이다. 넋을

잃은 사랑의 달콤한 향기뿐만 아니라 하찮은 벌레, 독사, 수
증기, 심지어 은하계도 모두 피아니스트의 손안에 있다."

"피아노를 아는 것은 우주를 아는 것이다. (…) 휘파람
소리, 긁는 소리, 송아지 울음소리, 쓰다듬는 소리, 쾅 치는 소
리, 올빼미 울음소리, 달콤하고 씁쓸하게 뜯는 소리, (…) 심
지어 양이 낑낑거리는 소리, 노새 울음소리, 샴페인 코르크
마개가 펑 터지는 소리, 짝사랑의 한숨 소리 등 모든 소리가
가장 단순하면서도 변화무쌍한 이 카멜레온의 손안에 있다."

"그래서 초콜릿이 있고 바닐라가 있는 것이다. 이름이
없는 것은 오직 조물주뿐이다. 조물주의 천사들과 모래알도
저마다 독특한 이름이 있다."

"인간적이라는 것은 탐구하는 것을 뜻한다. 이 탐구
에서 피아노는 이상적인 동반자이자 원천이 될 수 있다. 별
들의 특성과 아스라한 야생화의 특징을 읽을 수 있는 은유적
망원경이다."

"베토벤을 연주할 때에는 베토벤을 섬겨야 한다. 아
니, 베토벤을 대신해야 한다. 아니, 베토벤이 되어야 한다."

이 책에는 그야말로 심금을 울리는 말이 너무나 많지
만 이상은 그중에서도 특히 나의 건반을, 나의 현을, 나의 공
명의 우물을 격하게 울리게 한 말들이다. 내가 이해하고 동
의하기에 피아노 연주는 하나의 기술이 아니라 우주 만물,
삼라만상의 조화와 이치를 표현하는 하나의 매개체일 뿐이

며, 이런 점에서 피아노는 어린 목동이 바람에 지친 황량한 들판의 어느 울퉁불퉁한 바위에 걸터앉아 제멋대로 부는 풀피리와 다르지 않다.

"짝사랑의 한숨 소리"라니… 이 소리가 화가의 귀에는 애달픈 짝사랑에 가슴이 찌그러지는 소리로 들린다. 이 철학자의 눈에는 벌새의 날갯짓에 흩날리는 샐비어의 꽃가루도 보인다. 이 시인에게 피아노는 우주와의 교감을 표현하는 매우 좋은 수단의 하나이다. 피아니스트는 피아노를 잘 다루는 기술자가 아니라 예술가이다. 따라서 피아노를 잘 치려면, 즉 훌륭한 예술가가 되려면 위대한 문호, 화가, 음악가, 무용가, 건축가 등뿐만 아니라 슈퍼스트링, 나비 효과, 마이클 창, 조 디마지오, 잭 니클라우스, 프레드 애스테어, 쿼크, 딸기와 조개의 교배 습성, 사슬에 묶인 프로메테우스, 앙상테, 하이쿠 등도 다 알아야 한다. "고요에도 맥박이 있다"는 것을 깨달아야 한다. 그래야 비로소 대지가 신음하고 바람이 소곤거리며 사시나무가 떨게 하는 '노래'를 부를 수 있다.

지정된 곡을 연주하게 하여 기술의 잣대로 우열을 가리는 '일반적' 콩쿠르를 글쓴이가 비판하는 것도 바로 이 때문이다. 제아무리 모차르트를 잘 안다 해도, 베토벤 전문가라 해도, 쇼팽의 화신이라 해도 어떻게 이 위대한 예술가들의 혼을, 그들의 예술을, 노래를 100퍼센트 완벽하게 헤아리고 이해할 수 있겠는가? 본인이 아닌 한 이는 불가능한 일이다. 그러므로 모차르트를 이해하여 표현하는 것은 사람마다 다를 수밖에 없으며, 또 그래야 마땅하다. 십인십색은 진리다. 초등학교 사생대회에서 삼삼오오 똑같은 위치에 나란히 앉아 똑같은 풍경을 보고 그림을 그려도 저마다 다른 그림이 나오게 마련이다. 나만의 울림이 없는 소리는 생명이 없는 기계음일 뿐이라고 글쓴이는 말한다.

음악에 문외한인 내가 과연 이 피아니스트의 번득이는 통찰을, 시처럼 은유와 직관으로 가득찬 글을 제대로 우리말로 옮길 수 있을지 많이 고민했었다. 물론 내가 정확히 이해할 수 없는 부분은 반드시 전문가에게 물어 확인했고 글쓴이의 부인이자 역시 피아니스트인 변화경 님이 감수했지만, 그렇더라도 읽는 사람 저마다의 울림통이 조금씩 다르게 마련이며 모든 언어는 아 다르고 어 다르게 마련이므로 사람에 따라 좀 거슬리는 부분이 있을지도 모르겠다. 그러나 글쓴이가 무슨 말을 하는지 완벽하게 이해하기 위해 최선을 다했고, 이 이해를 바탕으로 글쓴이의 언어를 우리말로 어떻게 옮기는 것이 가장 비슷할지 무척 고민하면서 작업했다. 우리 영혼의 색깔이 저마다 조금씩 다르더라도 아무쪼록 이 산문집을 읽으며 "아하" 하는 가벼운 탄성 또는 해맑은 미소가 절로 나오기를, 그리하여 우리 모습을 되돌아보는 또 하나의 계기가 되기를 바랄 뿐이다.

김용주

피아노 이야기

1판 1쇄 발행 2020년 11월 16일
1판 4쇄 발행 2023년 9월 11일

지은이 · 러셀 셔먼
옮긴이 · 김용주
펴낸이 · 주연선

총괄이사 · 이진희
책임편집 · 이우정
표지 및 본문 디자인 · 손주영
마케팅 · 장병수 김진겸 이선행 강원모
관리 · 김두만 유효정 박초희

(주)은행나무
04035 서울특별시 마포구 양화로11길 54
전화 · 02)3143-0651~3 | 팩스 · 02)3143-0654
신고번호 · 제 1997-000168호(1997. 12. 12)
www.ehbook.co.kr
ehbook@ehbook.co.kr

ISBN 979-11-91071-18-4 (03840)